尋找繚綾

——白居易《缭绫》诗与唐代丝绸

赵丰 著

浙江古籍出版社

繚綾繚綾何所似不似羅綃与紈綺應似天台山上月明前四十五尺瀑布泉中有文章又奇絶地鋪白烟花簇雪織者何人衣者誰越溪寒女漢宮姬去年中使宣口勑天上取樣人間織織爲雲外秋鴈行染作江南春水色廣裁衫袖長製裙金斗熨波刀剪紋異彩奇文相隱映轉側看花花不定昭陽舞人恩正深春衣一對直千金汗沾粉汙不再著曳土踏泥無惜心繚綾織成費功績莫比尋常繒与帛絲細繰多女手疼扎扎千聲不盈尺昭陽殿裏歌舞人若見織時應也惜

谨以此书献给中国文物和唐代舆服研究的前辈

孙机先生

序

本书作者是古代丝绸研究领域里久享盛名的赵丰先生，不过在这里我更愿意以冻绿居主人相称，因为这一次寻找缭绫的破案故事中隐藏的一点情节，正与作者的斋号暗中呼应。究竟怎样的呼应，全书读毕，自当了然。

唐代丝绸与唐代诗歌的互证，是冻绿居主人丝绸研究的入手处，然而耕耘多年的熟土，依然有未得确解之谜，缭绫实物究竟如何，即其中之一。作者拈取白居易《缭绫》中的诗句为全书每一个章节命名，由是串联历史——人物遭际、政治事件、织造制度——和唐代丝绸的方方面面，以缜密的构思，近乎周备的证据链，讲述了一个充满细节的故事，如此，最后两章对缭绫的破解，竟是举重若轻，左右逢源，恰便水落石出。轻松的阅读，以至于使人刹那间忽略了这里面所包含的几十年的辛勤考索。

于是再回过头来，读前言“研究缭绫的缘起”。其中提到曾从遇安先生处得到启迪，因不免忆及二十多年前老师为我设定的课题“唐诗物象”，遇安师在信中写道：“唐诗现存五万余首，作者约两千人，闻一多称之为‘诗的唐朝’。唐诗题材广阔，视野博大，从宫廷到市井，从幽闺到朔漠，世间万象无不投影其中。唐诗以最精致的语言文字，形象而生动地描绘了它的时代，既有全景的鸟瞰，又有细部的特写。唐诗所提供的时代面影，重彩浓墨，壮丽辉煌，且激扬顿挫，摇曳多姿，大有别于一般史书记载之朴素的白描。本课题拟通过对唐诗的选取编排，将唐代社会情状组织在多幅画面里。由于诗的创作本基于对客观事物的感受，

如王昌龄《诗格》所称‘搜求于象，心入于境，神会于物，因心而得’。物象即客观现实，毕竟是诗人兴感的基础。诗兴因物象而触发，诗情缘性灵而深沉，转过来从诗句折返到原先的物象，由于其中蕴含着诗人的艺术功力和思想情操，则此客体就会更加光彩照人。”惭愧的是，我很快把关注点转向了宋诗，但“唐诗物象”仍是一个心结。

今拜读此著，深感老师当年的设想在这里得到体现——“诗兴因物象而触发，诗情缘性灵而深沉，转过来从诗句折返到原先的物象，由于其中蕴含着诗人的艺术功力和思想情操，则此客体就会更加光彩照人”。

扬之水

癸卯初夏

前言　研究缭绫的缘起

缭绫，既是一种唐绫品名，也是一首唐诗篇名。所以，我要研究的既是唐代丝绸名品缭绫，也是唐代诗歌名篇《缭绫》。但我本人是做古代丝绸研究的，为什么还要研究白居易诗中的《缭绫》？在此我简单介绍这一研究的缘起，作为本书的前言。

一、少年种子

我是1967年上的小学。年长一点的人都知道，那个年代的学生虽然也去上学，但基本不用读书。那个年代的家长，虽然自己读书不多，但都怀着一个读书的愿望。我父母都是缫丝厂里的工人，妈妈要上日夜班，回家还要忙家务，爸爸在工作之余还总是努力地学这学那，给我留下了深刻的印象。有一天，我在爸爸的竹榻阁楼上找到了一本郭沫若的《李白与杜甫》（图000-1）读了起来。我大概就是从这里知道了唐诗，知道了初唐与盛唐的一些诗人，大概就是从这时起喜欢读一点唐诗，以至于当我考进了一个工科院校（浙江丝绸工学院）时，居然在这里和十多位同学一起成立了一个诗社，还被推选当了社长。这后来的一切，也许都与这些唐诗有关。

1982年春，我开始读研究生，学的是中国丝绸科技史。导师朱新予先生曾要求我读研时写三篇文章：一是研究性的硕士学位论文，二是为学生开课而编写的讲义，三是面向公众的科普文章。我的硕士论文题目是《中国古代染绿技术研究》，于1984年7月通过答辩。编写的讲义是《中国丝绸纹样史》（油印本），是我

图000-1　郭沫若《李白与杜甫》书影

为当时新办的丝绸美术与品种班开设的课程，到正式出版时书名定为《丝绸艺术史》。第三篇科普文章是写了一个小系列，题为《诗·丝·史》（图000-2），其实就是介绍古代关于丝绸的诗歌，来讲丝绸的历史，这在当时浙江丝绸工学院的《浙丝院刊》中连续刊登了七期。

硕士毕业后我就留校从事丝绸史研究。那时学校里有一位英文老师侯定远先生，住我楼下。我非常尊敬他也非常亲近他，几乎每天都去他那里打卡报到。有一天，他拿出一本陈寅恪的《元白诗笺证稿》推荐我读。我这才知道他的传奇人生，1936年他从长沙雅礼中学考到燕京大学读物理，抗战爆发后就无法再回北京上课。1937年时他进入了西南联大成为文学院的学生，在那里，他曾听过陈寅恪先生的课，所以他推荐我读陈寅恪的著作。《元白

诗 · 丝 · 史

——从我国古典诗歌谈丝绸发展历史（四）

明的建立，揭开了我
史上最光辉灿烂的篇
事的胜利，疆域的开
无四方，国威大振，
李唐帝国的极其强
司的安定，生产的发
济繁荣，文化发达，显示了当
的欣欣向荣。这是广大劳动人
奋斗的结果，也与唐朝统治者
历史潮流，推行一系列较得民
策有关。因此，在唐初贞观年
下大治，史称“贞观之治”。到
李隆基在位的开元天宝年间，
出一片太平“盛世”的景象。
莫盛于唐。空前绝后的唐诗就
一个社会摇篮中诞生了。诗人
奔放的激情，正直的品格，鲜
性，高度的技巧，或讴歌，或
或感慨、或谴责，唱出了时代
。其余音迴响，千年不绝，至
动人们的心弦，引起人们的共
便是后世所称的“盛唐之音”。
果说，“盛唐之音”是由万千
唱的组歌，那么我们就从其中
选几首小插曲，来听听诗人们对丝绸生产的热情描写和高度赞美吧！

田田秧稻半青黄，此屋人家煮茧香。（朱松《夏日偶成》）

五月虽热麦风清，檐头索索缫车鸣。（王建《田家行》）

缫丝须长不须白，越罗蜀锦金粟尺。（杜甫《白丝行》）

越罗与楚练，照耀舆台躯。（杜甫《出塞》）

夜裁鸳鸯绮，朝织蒲桃绫。（施肩吾《古曲》）

但是，在反映丝绸生产的诗歌中，既有赞诗，也有悲歌。华贵富丽的蜀锦吴绫，冰晶玉洁的越罗楚练上，留下了织女们的斑斑泪痕。如：

轧轧弄寒机，功多力渐微，

惟忧机上锦，不称舞人衣。（薛莹《锦》）

筋力日已疲，不息窗下机，

如何织纨素，目著蓝缕衣。（孟郊《织妇词》）

缫丝织帛犹努力，变缀撩机苦难织，

东家头白双女儿，为解挑纹嫁不得。（元稹《织妇词》）

蓬鬓蓬门积恨多，夜栏灯下不停梭，

成缣犹自陪钱纳，未直青楼一曲歌。（处默《织妇》）

但是，奢侈无度的统治者，却“裁此百日功，唯将一朝舞，舞罢复裁新，岂思劳者苦！”织女们的辛勤织制，统治者的巧取豪夺，唤起了诗人们正直之心的共鸣，他们用笔发出了充满同情的呼喊：“昭阳殿里歌舞人，若见织时也应惜！”“地不知寒人要暖，少夺人衣作地衣！”这是织妇们心底的哭声，也是诗人们胸中的悲愤，也可说是盛唐之音伴唱的深沉的悲歌。（丰）

* * *

图000-2 《浙丝院刊》1983年4月4日第四版《诗·丝·史》（四）

诗笺证稿》（图000-3）中有大量的篇幅以唐诗证唐代丝绸，对我的启蒙意义极大。

1987年，我开始写作《唐代丝绸与丝绸之路》。在书中我试图用不同的方法来研究和解读唐代丝绸，为此，我翻阅并摘抄了《全唐诗》中几乎所有与丝绸相关的诗句，特别是在书中花了一定的篇幅正式对白居易的《缭绫》诗进行了较为详细的丝绸专业解读。由于书的篇幅有限，所以没有过多展开。当时刚巧我也读到了英译的白居易《缭绫》诗，不过译者对白居易原诗的理解似乎有些问题。

1992年，《唐代丝绸与丝绸之路》正式出版，我也正式开始了在中国丝绸博物馆的工作，便没有时间再做文物以外的研究。

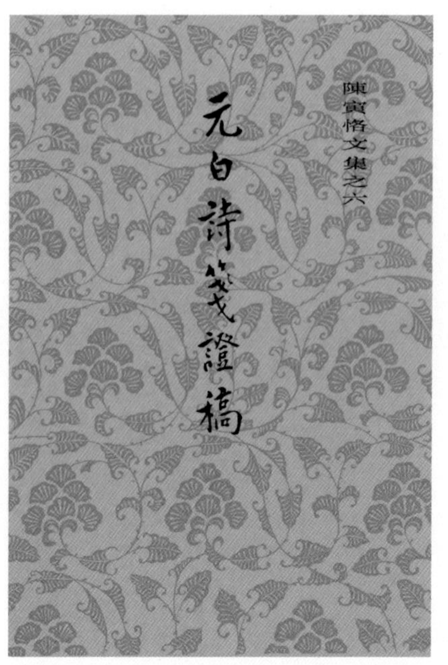

图000-3 陈寅恪《元白诗笺证稿》书影

二、重续前缘

重拾《缭绫》一诗，是在浙江全省上下大推“唐诗之路”的时候。据说一部《全唐诗》，半部在浙江，浙江有着四条唐诗之路。在这样的氛围中，中国美术学院和浙江省文史馆开始联合组织写生采风，再是联合举办书画展览。此时，他们也希望中国丝绸博物馆能参与其中，所以专门来和我谈了一次。

唐诗与丝绸的结合，特别又是与浙江丝绸的结合，那我觉得没有比《缭绫》更为合适的切入点了。所以我很想为他们策划一个单独的以“缭绫”为题的展览，把文学、科技、工程、艺术等都结合起来，要一个较大的场地，发一点较大的声响，但后来并没有成功。2020年末“青山行不尽：唐诗之路艺术展”在浙江展览馆开幕，我去了现场，现场只有一处小小的墙面挂了几幅常沙

图000-4 “青山行不尽：唐诗之路艺术展”中的丝绸部分

娜老师临摹的敦煌丝绸图案，也有人在画前驻足观看，算是留下了一丝痕迹。（图000-4）

但是，唐诗展邀请我为展览做一个配套的讲座。作为浙江省文史馆的馆员，我毫不犹豫地选了这个题目——《唐诗中的浙江丝绸：从丝绸的角度解读白居易〈缭绫〉诗》，于2021年1月30日在展览现场进行。由于讲座要求的是两个小时，一首诗再好，可能也讲不了那么久，所以我只能是夹杂了唐代丝绸的一些背景知识，尽量把讲的时间拖延。

现场的听众虽然不是很多，但有两位听众我的印象特别深。一位是谢老师，她在讲座后提了问题，后来成了中国丝绸博物馆的志愿者。另一位是王编辑，她说这是一个很好的出版选题，她很愿意为我编一本这样的缭绫小书。

但小书的最后一推是荣新江兄的到来。我和他一起做客浙江古籍出版社，王旭斌社长借此机会向我约稿，我当时正准备卸任馆长一职，估计会多一些写作的时间，所以就答应了古籍社的邀

约，不过我先前考虑的只是丝绸之路文物的题材。

后来，我又做了两次关于白居易《缭绫》诗的讲座，一次是2022年6月27日在温州大学举办的同名讲座，另一次是同年11月22日在浙江大学历史学院的《红袖织绫夸柿蒂：从白居易〈缭绫〉诗谈唐代浙江丝绸》讲座。在这一次讲完之后，我突然想起与古籍社的约定，在次日早上把讲座的PPt发给了王旭斌社长，启动了这本小书的写作。

三、诗中名物

我从读研开始，就比较怕文献。我觉得我是一个学工科的人，没有古典文献的底子，只能避重就轻，绕道而行，从实物出发，来做丝绸历史的研究。导师安排我从1982年开始就去南京大学学考古，考古挖出来的是文物，所以我研究的对象主要就是文物本体。

但丝绸文物离开文献研究也不行。与丝绸染织服饰文物相关的研究者中也有几位大家，对我产生了很大的影响，是我学习的榜样。

最初读的是沈从文先生早年的文章，如《织金锦》《谈染缬》《明锦》等，虽然主题都是文物藏品或图案，但字里行间用的还都是文献，那些文物和绘画倒好像是文字的配图，或是视觉的实例。特别是当时刚刚出版了《中国古代服饰研究》，南京大学考古教研室有一册放在资料室中，我就反复读着其中关于染织方面的论述。我在南大听的是蒋赞初先生的课，他说他认识沈先生，鼓励我给沈先生写信，但后来沈先生没有回复。

宿白先生是考古界的权威，做唐代丝绸也离不开他的指导。南京大学给我讲唐代考古的秦浩老师算是他的学生，把唐代丝绸讲得活色生香，一下把我带入了唐代丝绸的领域。后来我也给宿先生写过信，求教过唐宋丝绸上关于《毬名织物考证》的问题，还得到了他的首肯，很是高兴。

孙机先生是文献与文物名物研究的大家，读他的《汉代物质文化资料图说》和《中国古舆服论丛》中的《两唐书舆（车）服志校释稿》，如此大量的文献考证，根本就无法想象他是怎么读书的。我和孙先生后来也还算比较熟悉，我还多次请他来中国丝绸博物馆的国丝汉服节上讲课。但对于他的学问，只能是高山仰止，望洋兴叹。

当然，我更熟悉的是孙机先生的弟子扬之水，她有许多代表性著作，无论是金银器还是丝绸或是其他杂项，其中引到的诗句随处可见，都是信手拈来。但早年的一本关于《诗经》名物的考证，可能是最早直接用诗做名物考证的研究。后来她又做敦煌名物，还有金银器研究，经常引用大量诗词文献。我们也经常在一起讨论，遇到图像上的问题，我总是向她求教。

不过，离我最近的、又做文献又做丝绸研究的学者，就是我十分敬仰的尚刚兄，我很早就读过他的《元代的织金锦》和《元代工艺美术史》。2003年起，我在《中国丝绸通史》中和他合作，记得他负责的是魏晋南北朝和元代的相关章节，其中也是大量收集了诗歌等文献，与丝绸历史和丝绸实物作对比研究。特别是后来他引为以豪的《元代织御容》的考证，既严谨又生动有趣。

四、缭绫研究的全链条

这本缭绫小书原是我做诗歌中的丝绸研究的一个尝试。从写一篇文章开始，到写一本书，事实上，它后来成了一个边考证、边研究、边写作的项目。

落笔之前，我其实还没有找到真正的缭绫，也许是永远都找不到了。所以决定不去找了，还是写了再说。

2020年，就在法门寺地宫发掘的34年之后，也是2002年开始的中德专家合作保护法门寺出土丝绸19年后，陕西省考古研究院与中国丝绸博物馆签署了合作保护与研究法门寺丝绸的框架协议，纺织品文物保护国家文物局重点科研基地在陕西省考古研究院建立了工作站。正是在这一背景下，我得以在其纺织品保护实验室中详细考察了法门寺地宫出土丝绸服饰的现状。[1]（图000-5）

2023年，陕西省考古研究院编著（路智勇作为主要执笔者）的《金缕瑞衣：法门寺地宫出土唐代丝绸考古及科技研究报告》正式出版[2]，法门寺丝绸服饰研究提升到了一个新的高度。书上发布了几乎所有已做过保护处理或是初步研究的新材料，这些材料的完整发布也为我们的进一步研究提供了更多的可能。

2023年初，我写到了这本缭绫小书的唐绫图案部分。我开始陷入深思，我觉得在唐代这么丰富的绫织物图案中，如果找不到明确的缭绫图案，那不得不说是这本小书的一大缺憾。但真是机缘巧合，沉睡了这么多年的法门寺地宫丝绸突然向我招手了。也许是冥冥之中，我必须要去寻找缭绫，而且必须要找到缭绫。所以我又到关于缭绫文献最为重要的法门寺出土的《衣物帐》中寻找，到李德裕申诉的盘绦、玄鹅、椈豹、天马等奏文中寻找。终于，在梳理了大量的文献资料之后，在做了印度藏敦煌千佛刺绣中的披袍和春衣长袖等个案研究之后，我可以对《衣物帐》记载的缭绫品名和出土实物进行排除式的比定，最后找到了从来没有见过的浴袍，从而找到了一直无法证实的缭绫。[3]

---

1 本文为陕西省考古研究院与中国丝绸博物馆合作保护与研究法门寺丝绸的合作成果之一。

2 陕西省考古研究院编著：《金缕瑞衣：法门寺地宫出土唐代丝绸考古及科技研究报告》，科学出版社，2023年。

3 赵丰：《缭绫浴袍小考：从法门寺衣物帐衣名谈起》，《考古与文物》2023年第6期待刊稿。

图000-5　纺织品文物保护基地与陕西省考古研究院签约仪式

这样，这本小书的写作就刹不住车了，越写越多。我平时所倡导的全链条理念在这里一下子就被串联起来了。既然真实的缭绫已经找到，那就让缭绫“活”起来吧。于是，我开始制订复原缭绫织物的方案。因为唐代的织绫在技术上已无难点，就采用机织的工艺进行复原。在染色的复原中，尝试了蓼蓝的生叶染和靛蓝的浸染两种工艺，染出“春来江水绿如蓝”的春水绿和春水蓝。最后是服装的复原，我们已把缭绫浴袍的款式复原出来，还想做一件青衫襕袍，再现一下江州司马青衫湿时的场面。

我的缭绫研究之缘到此并没有结束，我相信，白居易所写的浙江缭绫的品牌一旦被发掘出来和建立起来，它的潜力将是无穷无尽的。

目录

导读

白居易和讽喻诗

一、白居易的生平

唐代著名诗人白居易（图00-1），字乐天，祖籍太原，出生于唐代宗李豫大历七年正月二十日（772年2月28日）的河南新郑，卒于唐武宗李炎会昌六年八月十四日（846年9月8日），葬于洛阳，享年七十五岁。

在他七十五年的一生中，可以用中间的一个转折分为两个阶段，这一转折就是他被贬为江州司马。“贬居江州之前的白居易，是一位志在兼济、耿介正直、有时会为理念而奋不顾身的少壮政治家；而离任江州之时的白居易，已经是一位独善其身、超脱内敛、更加圆通和懂得自我保护的成熟官员了。”[1]所以，贬谪江州之前的四十四年，可以算作是白居易的前半生。不过，即便是在这前半生中，其实也可以分为五个阶段。

1.九岁识声韵（772—781）

白居易出生在一个“世敦儒业”的中小官僚家庭。他的祖父白锽、父亲白季庚，皆以“明经出身”。但白居易出生之时，恰逢河南战乱，藩镇将领李正己割据河南十余州，战火烧得民不聊生。白居易两岁时，任职巩县（今河南巩义市）县令的祖父白锽卒于长安，六岁时祖母又病故。九岁时，父亲白季庚先由宋州司

1　郭杰：《白居易小传》，山东人民出版社，2017年，第83页。

图00-1 《白居易像》

户参军授徐州彭城县县令，一年后因坚守徐州有功，升任徐州别驾。白居易的童年时代，也是在战乱中慢慢长大的。

不过，因为出生在书香门第，白居易从小就表现出在文学方面的天赋。他在《与元九书》中回忆：他出生六七个月的时候，乳母抱着他到书屏下，手指“之”字和“无”字，白居易虽口未能言，心已默识。后有问此二字者，虽百十其试，已指之不差。到五六岁时，已开始为诗。到九岁，则已谙识声韵。[2]

2. 十载避黄巾（782—790）

十一岁（782）战起，十二岁东迁，十四岁避难越中。《江楼望归》“悠悠沧海畔，十载避黄巾”，自注“时避难在越中”。这里的十载，指的是自建中三年（782）朱泚和李希烈叛唐起，下推至贞元七年（791）。782年，白居易十一岁，他离开新郑，先是在宿州符离居住，再赴越中避难。贞元四年（788），刚好随父亲任职衢州而居住在南方，一直到贞元六年（790）回到符离。

白居易后来有诗回忆，“自河南经乱，关内阻饥，兄弟离散，各在一处”[3]，但这一过程也使白居易增加了人生的阅历，他经过苏州、杭州，见过许多著名的官员和诗人，并且开始为功名读书：“十五六，始知有进士，苦节读书。”

3. 中举登科（791—800）

回到符离后不久，父白季庚便于贞元七年（791）升任襄州

2　〔清〕董诰等编：《全唐文》卷六七五，中华书局，1983年，第6889—6990页。

3　〔唐〕白居易：“自河南经乱，关内阻饥，兄弟离散，各在一处。因望月有感，聊书所怀，寄上浮梁大兄、於潜七兄、乌江十五兄，兼示符离及下邽弟妹”。载傅东华选注，祝祚钦校订：《白居易诗》，崇文书局，2014年，第117页。

别驾，他随父至襄阳居住。白居易二十岁时，他更是埋头苦读。“二十已来，昼课赋，夜课书，间又课诗，不遑寝息矣。以至于口舌成疮，手肘成胝。”但三年后父亲去世，白居易就回符离为父守丧。贞元十四年（798），白居易的大哥白幼文出任饶州浮梁县主簿，他就跟随大哥至浮梁，而他母亲和家人则迁往洛阳。

就在他二十八岁那年，贞元十五年（799）的秋天，白居易在宣城参加并通过了乡试。第二年春天，他到长安参加进士考试，以第四名的成绩及第，是数千考生中脱颖而出的十七位同榜进士中最为年少的一位，可谓是风光无限。

4. 出仕（801—810）

进士登科是有了出身，但如要当官，还得在吏部经过一层层的考试。及第之后，白居易先是游江南，经洛阳，下宣城，居符离。终于在贞元十八年（802）冬入长安，可能是参加了吏部举办的“宏词拔萃”考试入等。第二年又和元稹一起参加了吏部举行的“书判拔萃科”，一起登第，以秘书省校书郎起家进入仕途。

元和元年（806）始，白居易开始了元和初年的黄金时代。是年，白居易罢校书郎，马上就和元稹一起参加了吏部的“才识兼茂明于体用”考试，白居易以第四等（乙等），授盩厔县（今西安周至县）县尉。元和二年，任进士考官、集贤校理，得授翰林学士。元和三年获任左拾遗，迎娶杨虞卿从妹。到元和五年，白居易的左拾遗任期已满，便改任京兆府户曹参军，仍充任翰林学士。

5. 丁忧被贬（811—815）

元和六年（811）四月，白居易母亲陈氏去世，他回到故里下邽（今陕西渭南）守丧三年。一直到元和八年丁忧期满，白居易复出，于元和九年任太子左赞善大夫。元和十年，宰相武元衡遇刺身亡，白居易上表主张严缉凶手，被认为是越职言事，被贬为江州（今江西九江）司马。那年白居易正四十四岁。

白居易的后半生或可以从被贬江州司马开始算起，可以分成四个阶段。

第一阶段是江州司马四年（815—818）和忠州（今重庆市忠县）刺史一年（819），这是白居易最为低谷的五年。

第二阶段是从元和十五年（820）夏，白居易被召回长安，任尚书司门员外郎。同年冬，转任主客郎中、知制诰。821年，加朝散大夫，始正式着五品绯色朝服（绯色即朱色，为五品以上官员所用的服色）。白居易终于官达五品，可以着绯。此年他刚好五十岁。转上柱国，又转中书舍人。

第三阶段是长庆二年（822）到七十一岁（842）退休，一共约二十年。白居易先是出任杭州刺史（822—824），再任苏州刺史（825—826）。他一直在出任郡守、回任朝官和分司东都（洛阳）三者之间轮换，但他的官级却是越来越高。827年，任秘书监，配紫金鱼袋，换穿紫色朝服（三品以上官员所用的服色）。841年，担任太子少傅分司东都，属正二品。

白居易人生的最后阶段是退休之后到846年去世的四年。享年七十五岁，在当时来说，也算是长寿之人了。唐宣宗李忱写诗悼念他说："缀玉联珠六十年，谁教冥路作诗仙？浮云不系名居易，造化无为字乐天。童子解吟《长恨》曲，胡儿能唱《琵琶》篇。文章已满行人耳，一度思卿一怆然。"（图00-2）

二、元和中兴的开明氛围

元和初年，特别是前五年，正是白居易人生最为辉煌的五年。蹇长春指出，"纵观白氏一生，他在政治和文学上最为辉煌的一

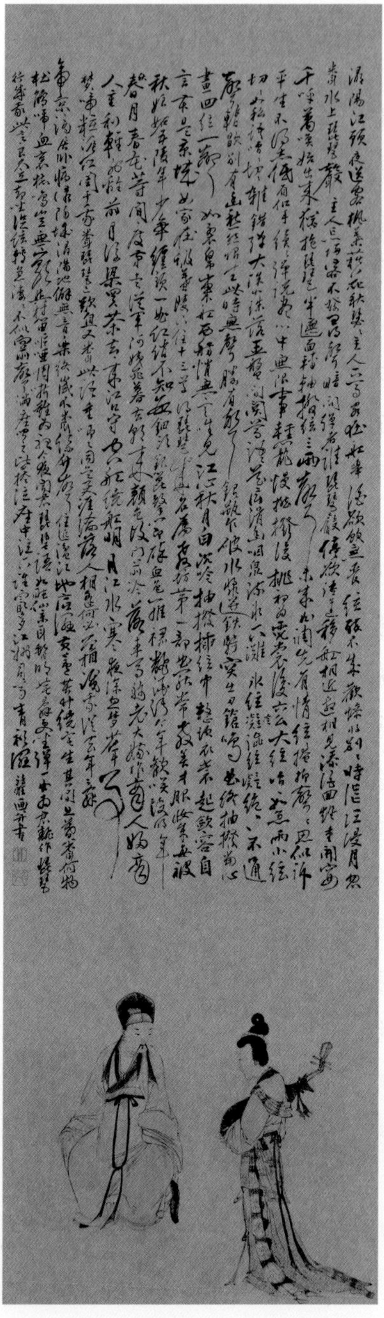

图00-2 《琵琶行图》

页，正是在担任学士和拾遗的这几年期间”[4]。这特别得益于元和初年较为宽松和开明的政治气氛。

元和之前的贞元后期，唐德宗李适在位，正直敢言之士如陆贽、赵憬、阳城等相继被贬黜，难以见容于朝廷；谏言权宦无良行迹者，亦转眼便会招致报复。直到贞元二十一年（805），李纯被封为皇太子，后得到顺宗李诵传位，史称唐宪宗。（图00-3、00-4）

宪宗即位后，“读列圣实录，见贞观、开元故事，竦慕不能释卷”，他把“太宗之创业”“玄宗之致理”，当作效法的榜样。他提高宰相权威，平定藩镇叛乱，史称“元和中兴”。

元和年间是唐代谏诤风气比较活跃的时期，许多文人和政治家都以谏臣的姿态出现在政坛上。拥有谏臣姿态的不仅是谏官，还有具备谏臣意识的士人。当时独特的政治环境是促使讽喻性诗歌创作繁盛的主要原因。[5]

元和元年（806），宪宗刚继位，元稹也刚任左拾遗，就呈《论谏职表》，反复陈说谏职的重要性，希望在处理朝廷事务时，宪宗“宜令群臣各随所见利害状以闻”，注重发挥群臣进谏的作用，鼓励臣子积极上谏。唐宪宗接受元稹的谏言，迅速恢复了被唐德宗中断的正牙奏事制度。唐德宗因为不喜欢在朝堂上听取臣子的意见，废除了这一行之百几十年的有效纠偏与集思广益的制度。正牙奏事制度废止，使得言官丧失了向皇帝进谏的最佳时间和场所，无形中阻塞了下情上达的言路，朝臣们也就无法在朝堂上与皇帝共同讨论政事，这就很难避免决策失误、行政失误。正牙奏事制度的恢复，让皇帝又经常可以听到言官的谏言；令政治

4　蹇长春：《白居易评传》，南京大学出版社，2002年，等102页。

5　杨艺蕾：《元和士人的讽喻性诗歌创作——以白居易、元稹与李绅为例》，《河北北方学院学报》（社会科学版）2020年第3期，第1—4页。

图00-3 《唐宪宗像》

图00-4 唐宪宗景陵

空气宽松，言论自由度又高了。[6]

白居易在《与元九书》中道明他屡次上谏和试图以诗歌补政治之缺的原因：“是时皇帝初即位，宰府有正人。屡降玺书，访人急病。”元和二年（807），担任左拾遗的元稹说：“昔三代之盛也，士议而庶人谤。又曰：世理则词直，世忌则词隐。予遭理世而君盛圣，故直其词以示后，使夫后之人谓今日为不忌之时焉。”[7]元和二年十二月，宪宗对宰臣说：“朕览国书，见文皇帝行事，少有过差，谏臣论诤，往复数四。况朕之寡昧，涉道未明，今后事或未当，卿等每事十论，不可一二而止。”[8]他以唐太宗为榜样，一事要多次论证，保证事少过差，这里表明了他的态度，重视谏官的职能。

---

6 肖木：《唐宪宗与“元和中兴”》，《文史杂志》2021年第3期，第36—40页。

7 〔唐〕元稹著，周相录校注：《和李校书新题乐府十二首并序》，《元稹集校注》（中），上海古籍出版社，2011年，第718页。

8 〔后晋〕刘昫等撰：《旧唐书・宪宗本纪》，中华书局，1975年，第423页。

任左拾遗时，白居易认为自己受到喜好文学的皇帝的赏识提拔，故希望以尽言官之职责报答知遇之恩，因此频繁上书言事，并写了大量反映社会现实的诗歌，希望以此补察时政，甚至当面指出皇帝的错误。白居易上书言事多获接纳，然而他言事的直接，曾令唐宪宗感到不快而向李绛抱怨："白居易小子，是朕拔擢致名位，而无礼于朕，朕实难奈。"李绛认为这是白居易的一片忠心，而劝谏宪宗广开言路。

三、白居易的黄金五年

白居易政治生命最重要的阶段是元和初期的五年。这五年中，他真是意气风发，每年都获提拔，都有新的施政。《旧唐书·白居易传》："居易自以逢好文之主，非次拔擢，欲以生平所贮，仰酬恩造。"这五年每年都有亮点：

1. 元和元年（806），三十五岁，成《策林》和《长恨歌》

在长安，罢校书郎，与元稹居华阳观，闭门累月，揣摩时事，成《策林》七十五篇。这《策林》一方面是白居易和元稹为了面对吏部考试而进行的准备，另一方面是对于时世和从政的整体思考和思路。《策林》的缘起还是来自元和前一年的《顺宗即位赦》：

诸色人中，有才识兼茂、明于体用者；经术精深可为师法者；达于吏理可使从政者；宜委常恭官各举所知。其在外者，长吏精加访择，具以名闻，仍优礼发遣，朕当询事考言，审其才实。如无人论荐者，即任自诣阙庭。内外官及诸色人任上封事，极言时政得失，才有可观，别当甄奖。[9]

9 〔宋〕宋敏求编：《唐大诏令集·帝王》，商务印书馆，1959年，第10页。

正因为白居易和元稹作了充分准备，当年四月，在吏部举办的“才识兼茂明于体用”科中，元稹考了第三等，被直接授予左拾遗，而白居易则因为“语直”（话语直率不够婉转）而入第四等（当时没有第一和第二等）。不过，即使是第四等，白居易还是被授予了盩厔县县尉一职。同年十二月，白居易完成了著名长诗《长恨歌》。

2. 元和二年（807），三十六岁，任翰林学士

秋，为京兆府试官，试官事毕而帖集贤校理。十一月四日，自集贤院召赴银台候进旨。五日召入翰林，奉敕试制诏等，为翰林学士。翰林学士之职，本以文学言语备顾问，出入侍从，因得参谋议、纳谏诤，其礼尤崇。能够接近皇帝，直接提供建议，所以号为“内相”，又称天子私人。

3. 元和三年（808），三十七岁，任左拾遗，仍任翰林学士，与杨氏完婚

在长安，四月，为制策考官，同时正式担任左拾遗，依前充翰林学士。白居易后来称自己当时“职为学士，官是拾遗”，或是说“擢在翰林，身是谏官”，是从这一年开始的。白居易对此十分重视，真正明白了他在当时政治事务中的重要地位，就是谏官。他的《初授拾遗》诗中写出了他的意气昂扬：

奉诏登左掖，束带参朝议。
何言初命卑，且脱风尘吏。

而他的《初授拾遗献书》则反映了他对拾遗工作的理解，以及他对这一工作的心理准备：

左右拾遗，掌供奉讽谏，凡发令举事，有不便于时、不合于道者，小则上封，大则庭诤。其选甚重，其秩甚卑。所以然者，抑有由也。……夫位未足惜，恩不忍负；然后能有阙必规，有违必谏。朝廷得失无不察，天下利病无不言，此国朝置拾遗之本意也。[10]

白居易的谏官实践也是非常认真，受命才旬月，谏纸已盈箱。当年策试“贤良方正能直言极谏科”上，牛僧孺等登第，引发李吉甫泣诉，杨於陵等坐贬，埋下牛李党争之根源，而白居易曾以《论制科人状》极言杨不当贬。九月，淮南节度使王锷多进奉、赂宦官，谋为宰相，白居易又上状力谏不可。

4. 元和四年（809），三十八岁，仍为左拾遗，依前充翰林学士

这一时期正是白居易大展身手的时候，他屡陈时政，请降系囚，蠲租税，放宫人，绝进奉，禁掠卖良人，皆从之。又论裴均违制进奉银器，于頔不应暗进爱妾，宦官吐突承璀不当为制将统领。特别是《论裴均进奉状》论裴均进奉银器等，其实与论缭绫的情况比较相似。

《奏所闻状·向外所闻事宜》：

伏见六七日来向外传说，皆云有进旨，令宣与诸道进奏院，自今已后，应有进奉，并不用申报御史台……伏惟德音：除四节外，非时进奉，一切并停；如有违越，仰御史台察访闻奏。今若不许报台，不许勘问，即是许进奉而废德音也。[11]

10　张春林编：《白居易全集》，中国文史出版社，1999年，第373页。
11　张春林编：《白居易全集》，第380—381页。

元和四年（809）也是新乐府运动开始的时候，白居易和元稹、李绅等一起以诗的形式进行谏官的工作，创作了新乐府组诗五十首，也被称为讽喻诗。白居易在《与元九书》中也提及：“仆当此日，擢在翰林，身是谏官，月请谏纸。启奏之外，有可以救济人病，裨补时阙，而难于指言者，辄咏歌之，欲稍稍递进闻于上。”可以说，新乐府的讽喻诗是谏官工作的一种延伸和补充。

5. 元和五年（810），三十九岁，转任京兆府户曹参军，仍充翰林学士

此年白居易左拾遗任期满，于五月转任京兆府户曹参军。同年，元稹被贬江陵府士曹参军，白居易多次上书论元稹不当贬，但未被采纳。同年，完成在贞元和元和之间创作的新乐府体《秦中吟》组诗十首。

四、新乐府五十首的结构

1. 新乐府和讽喻诗的来历

白居易身兼诗人和谏官双重身份，所以总是把两者较好地结合在一起。为此，白居易推出了一套理论，从遥远的《诗》算起。

白居易认为，《诗》为六经之首，诗者，根情、苗言、华声、实义，所以能感受并反映上自圣贤下至愚骙。“故闻‘元首明，股肱良’之歌，则知虞道昌矣；闻五子洛汭之歌，则知夏政荒矣。言者无罪，闻者足戒。言者闻者莫不两尽其心焉。洎周衰秦兴，采诗官废，上不以诗补察时政，下不以歌泄导人情，以至谄成之风动，救失之道缺。”六朝之诗，多则多矣，丽则丽矣，但只是嘲风雪、弄花草而已，诗的原意则已尽去。

唐兴到宪宗约两百年，其间诗人不可胜数。但能传承《诗》之义又反映世病时弊者，却是少之又少。所可举者，陈子昂有

《感遇》诗二十首；鲍防有《感兴》诗十五篇；杜甫有《新安吏》《石壕吏》《潼关吏》《塞芦子》《留花门》之章，“朱门酒肉臭，路有冻死骨”之句，亦不过三四十首。白居易将其归因于“诗道崩坏”，他“忽忽愤发，或食辍哺、夜辍寝，不量才力，欲扶起之”，所以发起了新乐府运动。

新乐府运动的核心人物是李绅、元稹和白居易，其中最为有名、最有成就的是白居易，但新乐府的最早作者应该是李绅。

李绅，字公垂，元和初擢进士第，补国子助教。他曾作有《乐府新题》二十首，可惜的是其诗今已亡佚。

但他的诗得到了元稹的唱和。元稹在《和李校书新题乐府十二首并序》诗序中写道：“予友李公垂贶予《乐府新题》二十首，雅有所谓，不虚为文。予取其病时之尤急者，列而和之，盖十二而已。”可知元稹采用李氏原题，但选择了其中最切中时弊的十二首和之，这十二首是《上阳白发人》《华原磬》《五弦弹》《西凉伎》《法曲》《驯犀》《立部伎》《骠国乐》《胡旋女》《蛮子朝》《缚戎人》《阴山道》。

白居易的《新乐府》五十章[12]创作，应该在李绅和元稹之后。白居易《与元九书》中曾提议元稹与自己“悉索还往中诗，取其尤长者，如张十八（籍）古乐府，李二十（绅）新歌行，卢（拱）、杨（巨源）二秘书律诗，窦七（巩）、元八（宗简）绝句，博搜精掇，编而次之，号《元白往还诗集》”。这里提到了“李二十

12 《新乐府》五十章因为在后世流传颇广，其版本非常复杂，谢思炜先生曾撰《〈新乐府〉版本及序文考证》一文专门进行了研究。根据谢先生的研究，《新乐府》可资校勘的文本多达64种，这些文本大致可以划分为以下几类：(1) 刊本《白氏文集》系统；(2) 日本古抄本系统；(3) 单行本《白氏讽谏》系统；(4) 敦煌唐人抄本；(5)《乐府诗集》《文苑英华》《唐文粹》等宋人编总集。上述版本系统中，《白氏讽谏》和“敦煌唐人抄本”的版本价值尤其值得注意。

（绅）新歌行”，应该就是指李绅所作的《乐府新题》二十首，很显然，元、白二人的新乐府之作皆本于李绅的《乐府新题》。

2. 讽喻诗的题材结构和来历

白居易《新乐府》五十章之序曰：“凡九千二百五十二言，断为五十篇。篇无定句，句无定字，系于意，不系于文。首句标其目，卒章显其志，《诗三百》之义也。其辞质而径，欲见之者易喻也。其言直而切，欲闻之者深诫也。其事核而实，使采之者传信也。其体顺而肆，可以播于乐章歌曲也。总而言之，为君、为臣、为民、为物、为事而作，不为文而作也。”

首先就是直接来自李绅的《乐府新题》。李绅在元和四年（809）前曾作《乐府新题》二十首，这些诗的内容虽已亡佚，但元稹《和李校书新题乐府十二首并序》留下了十二首诗的诗题。这十二首诗的诗名在白居易的五十首中也可以找到。

值得指出的是，白居易《新乐府》五十首中某些诗题不是直接来自李绅和元稹诗的标题，却是受到李绅或元稹诗句或诗注的启发而来的。如元稹《法曲》有“女为胡妇学胡妆”之语，而《新乐府》有《时世妆》之题，云“元和妆梳君记取，髻椎面赭非华风”；元稹《骠国乐》有“又遣遒人持木铎，遍采讴谣天下过”之语，而《新乐府》有《采诗官》之题；元稹《上阳白发人》“隋炀枝条袭封邑”，注云：“近古封前代子孙为二王、三恪”，《新乐府》有《二王后》的诗题。

其次是白居易自作诗文。大约为了自成系统，白居易并没有回避旧作题材，最明显的例子就是与《秦中吟》部分诗作题材或诗旨的重合。特别如《秦中吟》为写于“贞元、元和之际”的组诗，也是一吟悲一事，共有十首：《议婚》《重赋》《伤宅》《伤友》《不致仕》《立碑》《轻肥》《五弦》《歌舞》《买花》，创作在《新乐府》之前。但《新乐府》也出现了与《秦中吟》题材或诗旨相合或相关的内容：如《母别子》与《议婚》主题相近，讽喻的都是当时社会不良的婚姻现象；《杏为梁》与《伤宅》主题相近，都是讥刺权贵府第的奢僭而作；《青石》与《立碑》题旨相似，都有“讥刺时人之滥立石碣与文士之虚为谀词”之意；《五弦弹》与《五弦》同一题材，题旨亦近，只是诗歌体式一为五言、一为杂言而已；《牡丹芳》与《买花》一写赏花、一写买花，在题材上也相接近。

再次是白居易和元稹一起商量，在元和元年（806）完成的《策林》。关于《策林》的写作背景，白居易在《策林序》中写道：“元和初，予罢校书郎。与元微之将应制举，退居于上都华阳观。闭户累月，揣摩当代之事，构成策目七十五门。及微之首登科，予次焉。凡所应对者，百不用其一二，其余自以精力所致，不能弃捐，次而集之，分为四卷，命曰《策林》云耳。”

《策林》一篇专言一事，内容具有极强的社会针对性，篇篇皆有所指，无虚妄之辞，表现出强烈的现实针对性。以《新乐府》五十首和《秦中吟》为代表的讽喻诗，其创作手法亦是如此。除此之外，白居易有意将诗歌当作补察时政的工具，讽喻诗正是其以诗劝导人情、讽刺时政思想的实践。雷安静把《策林》和《新乐府》五十首诗进行了比对，按《策林》中的主题思想分类，将其中三十五首对应纳入八大主题，分别是：1. 法先王美德；2. 修身化下，泽及万民；3. 体念民生艰辛；4. 敬慎征伐；5. 人君德行；6. 执政之法；7. 看重民生；8. 有谏无讳。[13]

以下我们可以看到白居易的篇名和其他作品的关系，以及总体的结构。

13　雷安静：《白居易〈策林〉研究》，兰州大学硕士学位论文，2022年，第69—70页。

	白氏讽喻诗	李绅、元稹	秦中吟	策林	合计
1	七德舞：美拨乱陈王业也			1	√
2	法曲：美列圣正华声也	法曲		1	√
3	二王后：明祖宗之意也	上阳白发人		1	√
4	海漫漫：戒求仙也			1	√
5	立部伎：刺雅乐之替也	立部伎			√
6	华原磬：刺乐工非其人也	华原磬			√
7	上阳白发人：愍怨旷也	上阳白发人		7	√
8	胡旋女：戒近习也	胡旋女		5	√
9	新丰折臂翁：戒边功也			4	√
10	太行路：借夫妇以讽君臣之不终也				
11	司天台：引古以儆今也				
12	捕蝗：刺长吏也				
13	昆明春水满：思王泽之广被也			2	√
14	城盐州：美圣谟而诮边将也				
15	道州民：美臣遇明主也			2	√
16	驯犀：感为政之难终也	驯犀			√
17	五弦弹：恶郑之夺雅也	五弦弹	五弦	5	√
18	蛮子朝：刺将骄而相备位也	蛮子朝			√
19	骠国乐：欲王化之先迩后远也	骠国乐			√
20	缚戎人：达穷民之情也	缚戎人		7	√
21	骊宫高：美天子重惜人之财力也			5	√
22	百炼镜：辨皇王鉴也			3	√
23	青石：激忠烈也		立碑		√
24	两朱阁：刺佛寺浸多也				
25	西凉伎：刺封疆之臣也	西凉伎			√
26	八骏图：戒奇物惩佚游也			5	√
27	涧底松：念寒俊也			3	√
28	牡丹芳：美天子忧农也		买花	3	√
29	红线毯：忧蚕桑之费也			3	√
30	杜陵叟：伤农夫之困也			3	√
31	缭绫：念女工之劳也	阴山道		3	√

	白氏讽喻诗	李绅、元稹	秦中吟	策林	合计
32	卖炭翁：苦宫市也				
33	母别子：刺新间旧也		议婚		√
34	阴山道：疾贪虏也	阴山道			√
35	时世妆：儆戎也	法曲			√
36	李夫人：鉴嬖惑也			5	√
37	陵园妾：怜幽闭也			7	√
38	盐商妇：恶幸人也				
39	杏为梁：刺居处奢也		伤宅	5	√
40	井底引银瓶：止淫奔也			5	√
41	官牛：讽执政也			6	√
42	紫毫笔：讥失职也			6	√
43	隋堤柳：悯亡国也			6	√
44	草茫茫：惩厚葬也				
45	古冢狐：戒艳色也			5	√
46	黑潭龙：疾贪吏也				
47	天可度：恶诈人也				
48	秦吉了：哀冤民也			7	√
49	鸦九剑：思决壅也			7	√
50	采诗官：鉴前王乱亡之由也	骠国乐		7	√
统计		16	5	30	40

3. 讽喻诗的感人效果

白居易的人生理想和政治抱负，发言为诗是《新乐府》，行而成文是《策林》。讽喻诗将白居易在《策林》中的思想以鲜明的语言与艺术形象、浓烈的情感、强烈的态度表现出来，事实上两者是一脉相承的。特以两者内容上的关联言明其联系。

白居易自言作诗“为君、为臣、为民、为物、为事而作，不为文而作也”。所以每诗各言一事、各持一旨，题材多种多样，内容极为丰富，涉及当时社会、政治、生活等各个方面，但它的基本立意，还是从“诗”原意出发，是民间采风，是下情上达，是

“谏”的补充，总之让君主体察民情，更好地以民为本，而使国泰民安。而面对种种不同的情况，作者在副标题上用了带有明显不同情绪倾向的动词，表达了作者的基本看法。大约有以下四组情感分类：

（1）歌颂赞美、正面引导：美（6次）、明（1次）、欲（1次）、激（1次）。

（2）贬斥邪恶、必须惩停：戒（5次）、刺（8次）、恶（3次）、讽（2次）、讥（1次）、疾（2次）、儆（2次）、惩（1次）、止（1次）。

（3）叹惜可怜、感慨同情：怨（1次）、忧（1次）、伤（1次）、苦（1次）、怜（1次）、悯（1次）、哀（1次）、达（1次）。

（4）引起思考、需要辨察：思（1次）、感（1次）、辨（1次）、念（2次）、鉴（2次）、思（1次）。

应该说，白居易的新乐府在当时得到了极大的反响，传播效果是所有新乐府中最好的。《旧唐书·白居易传》：“居易文辞富艳，尤精于诗笔。自雠校至结绶畿甸，所著歌诗数十百篇，皆意存讽赋，箴时之病，补政之缺，而士君子多之，而往往流闻禁中。”[14]

元稹也回忆道：“二十年间，禁省、观寺、邮堠、墙壁之上无不书；王公妾妇、牛童马走之口无不道。至于缮写模勒，炫卖于市井，或持之以交酒茗者，处处皆是。其甚者，有至于盗窃名姓，苟求自售，杂乱间厕，无可奈何。”甚至被鸡林（新罗）贾人求市颇切，自云：“本国宰相，每以百金换一篇，其甚伪者，宰相辄能辨别之。”

白居易在《与元九诗》中也对讽喻诗的效果比较满意，特别是达到了刺痛权贵们的效果，让权贵们不悦，但在老百姓这里，却是传唱不止。

14 〔后晋〕刘昫等撰：《旧唐书·白居易传》，第4340页。

凡闻仆《贺雨》诗，而众口籍籍，已谓非宜矣；闻仆《哭孔戡》诗，众面脉脉，尽不悦矣；闻《秦中吟》，则权豪贵近者，相目而变色矣；闻《乐游园》寄足下诗，则执政柄者扼腕矣；闻《宿紫阁村》诗，则握军要者切齿矣！大率如此，不可遍举。不相与者，号为沽名，号为诋讦，号为讪谤。苟相与者，则如牛僧孺之戒焉。乃至骨肉妻孥，皆以我为非也。其不我非者，举不过三两人。有邓鲂者，见仆诗而喜，无何而鲂死。有唐衢者，见仆诗而泣，未几而衢死。其余则足下。足下又十年来困踬若此。呜呼！岂"六义""四始"之风，天将破坏，不可支持耶？抑又不知天之意不欲使下人之病苦闻于上耶？不然，何有志于诗者，不利若此之甚也！[15]

15 〔清〕董诰等编：《全唐文》卷六七五，第6890页。

解题

缭绫：念女工之劳也

——关于『缭绫』一词的考证

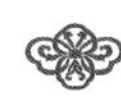

在白居易留下的诗篇中,《缭绫》可算是最引人关注的诗作之一。就在晚唐时候,《缭绫》一诗已经传抄到敦煌一带。宋人《太平广记》中记载,《缭绫》之诗已为织锦人传诵，亦为不中第人卢氏所熟记。如今出版的白居易诗集中几乎都有收入此诗，而以此诗为对象进行研究的也不在少数。不过，对《缭绫》一诗和“缭绫”一词的考证，其中最为重要的还是要推陈寅恪先生的《元白诗笺证稿》。

一、陈寅恪的考证

陈寅恪《元白诗笺证稿》(图0-1)的第一版线装本于1950年由岭南大学出版。但事实上，陈寅恪先生的相关研究和演讲早已开始。1932年，陈寅恪任清华大学中文、历史两系合聘教授，为中国文学系和历史语言研究所开设“唐诗校释”，内容主要是校释白居易和元稹诗。1940年春季，任昆明西南联大中文、历史两系合聘教授时，范围缩小为“白居易研究”。至于相关论著的发表，1942年，曾由北平国立清华大学刊印《白香山新乐府笺证》(图0-2)，后又收入《清华大学学报》(自然科学版)1948年第2期，其中包括关于《缭绫》一诗的考证[1]。1944年8月10日，陈寅恪致

1　《缭绫》一诗的考证见于《清华大学学报》(自然科学版)1948年第2期，第99—110页。

图0-1　陈寅恪《元白诗笺证稿》题字

陈槃信中即说道："弟近草成一书，名曰《元白诗笺证》，意在阐述唐代社会史事，非敢说诗也。弟前作两书，一论唐代制度，一论唐代政治，此书则言唐代社会风俗耳。"并云书已脱稿，向史语所要稿纸重誊清稿，可见此著当时业已成稿。[2]

陈寅恪在这里基本已列举了所有当时能在历史文献中找到的史料。他首先在当时最新发现的敦煌莫高窟藏经洞的材料中找到了"缭绫"一词："敦煌本（巴黎图书馆伯希和号5542）此篇题作'撩绫歌'。多一歌字，非是。盖新乐府之题目，例皆不用歌吟等字也。"（图0-3）然后开始与元稹乐府诗《阴山道》互证："越縠撩绫织一端，十匹素缣功未到。"并指出乐天此篇篇题"缭绫"及旨意"念女工之劳也"的目的，一方面是为了凑成五十首之数，另一方面还是与元稹唱和《阴山道》，但"又不欲于专斥回

2　陈才智：《陈寅恪先生的白居易研究》，《扬州大学学报》（人文社会科学版）2017年第4期，第107页。

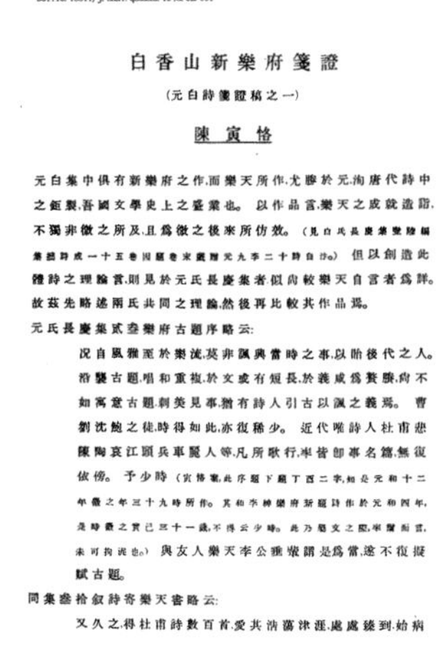
DOI:10.16511/j.cnki.qhdxxb.1948.02.001

白香山新樂府箋證

（元白詩箋證稿之一）

陳寅恪

元白集中俱有新樂府之作，而樂天所作，尤勝於元。洵唐代詩中之鉅製，吾國文學史上之盛業也。以作品言，樂天之成就造詣，不獨非微之所及，且為微之後來所仿效。（見白氏長慶集貳陸編集拙詩成一十五卷因題卷末戲贈元九李二十詩自注。）但以創造此體詩之理論言，則見於元氏長慶集者，似尚較樂天自言者為詳。故茲先略述兩氏共同之理論，然後再比較其作品焉。

元氏長慶集貳叁樂府古題序略云：

況自風雅至於樂流，莫非諷興當時之事，以貽後代之人。沿襲古題，唱和重複，於文或有短長，於義咸為贅賸。尚不如寓意古題，刺美見事，猶有詩人引古以諷之義焉。曹劉沈鮑之徒，時得如此，亦復稀少。近代唯詩人杜甫悲陳陶哀江頭兵車麗人等，凡所歌行，率皆即事名篇，無復依傍。予少時（寅恪案，此序題下題丁酉二字，知是元和十二年微之年三十九時所作。其和李紳樂府新題詩作於元和四年，是時微之實已三十一歲，不得云少時。此乃題文之誤，率爾而言，未可拘泥也。）與友人樂天李公垂輩謂是為當，遂不復擬賦古題。

同集叁拾叙詩寄樂天書略云：

又久之，得杜甫詩數百首，愛其浩蕩津涯，處處臻到，始病

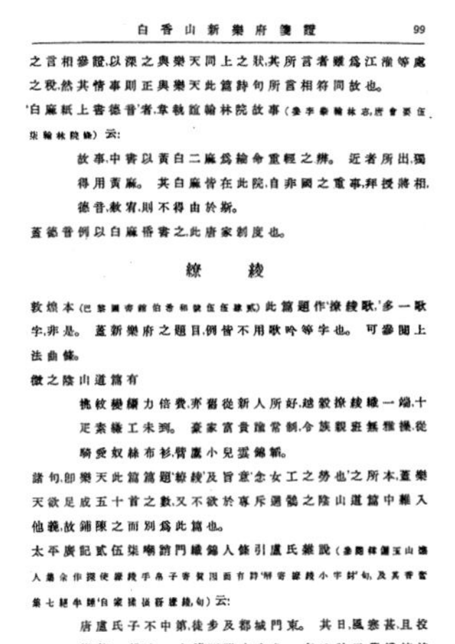
白香山新樂府箋證　99

之言相參證，以深之與樂天同上之狀，其所言者雖為江淮等處之稅，然其情事則正與樂天此篇詩句所言相符同故也。

'白麻紙上書德音'者，韋執誼翰林院故事（參李肇翰林志，唐會要伍柒翰林院條）云：

故事，中書以黃白二麻為綸命重輕之辨。近者所出，獨得用黃麻。其白麻皆在此院，自非國之重事，拜授將相，德音，赦宥，則不得由於斯。

蓋德音例以白麻帋書之，此唐家制度也。

繚綾

敦煌本（巴黎圖書館伯希和號伍伍肆貳）此篇題作'撩綾歌，'多一歌字，非是。蓋新樂府之題目，例皆不用歌吟等字也。可參閱上法曲條。

微之陰山道篇有

挑紋變纈力倍費，弃舊從新人所好。越縠撩綾織一端，十疋素縑工未到。豪家富賈踰常制，令族親班無雅操。從騎愛奴絲布衫，臂鷹小兒雲錦韝。

諸句，即樂天此篇篇題'繚綾'及旨意'念女工之勞也'之所本。蓋樂天欲足成五十首之數，又不欲於專斥迴鶻之陰山道篇中雜入他義，故鋪陳之而別為此篇也。

太平廣記貳伍柒嘲誚門織錦人條引盧氏雜說（參閱韓偓玉山樵人集余作探使以繚綾手帛子寄賀因而有詩'解寄繚綾小字封'句，及其香奩集七絕半睡'自家撩損砑繚綾'句）云：

唐盧氏子不中第，徒步及鄭城門東。其日，風寒甚，且投逆旅。俄有一人續至，附火良久。忽吟詩云，學織繚綾

图0-2　陈寅恪《白香山新乐府笺证》

鹘之《阴山道》篇中杂入他义”，所以又从《阴山道》的“撩绫”一词中分出一个主题而写成的。[3]

此后，陈寅恪先生又引了《太平广记》中的《卢氏杂说》，以及韩偓《余作探使以缭绫手帛子寄贺因而有诗》《半睡》两诗中提到的缭绫，特别是将《卢氏杂说》中的描述与元、白两诗相比较，“此足征缭绫之为珍贵丝织物，而可与元白二公之诗相印证也”。

同时，陈寅恪先生又引了李德裕《会昌一品集》别集五中的《奏缭绫状》来证明：“缭绫亦为外州精织进贡之物，据此可知。而文饶此状为敬宗即位之年即长庆四年观察浙西时所奏（据旧传），取与微之‘越縠缭绫’，乐天‘织者何人’‘越溪寒女’之言相参证，尤足征当时吴越之地盛产此种精美之丝织品也。”

由缭绫出发，陈寅恪又再引《元和郡县图志》二六“浙东观

3　陈寅恪：《元白诗笺证稿》，生活·读书·新知三联书店，2000年，第251—252页。

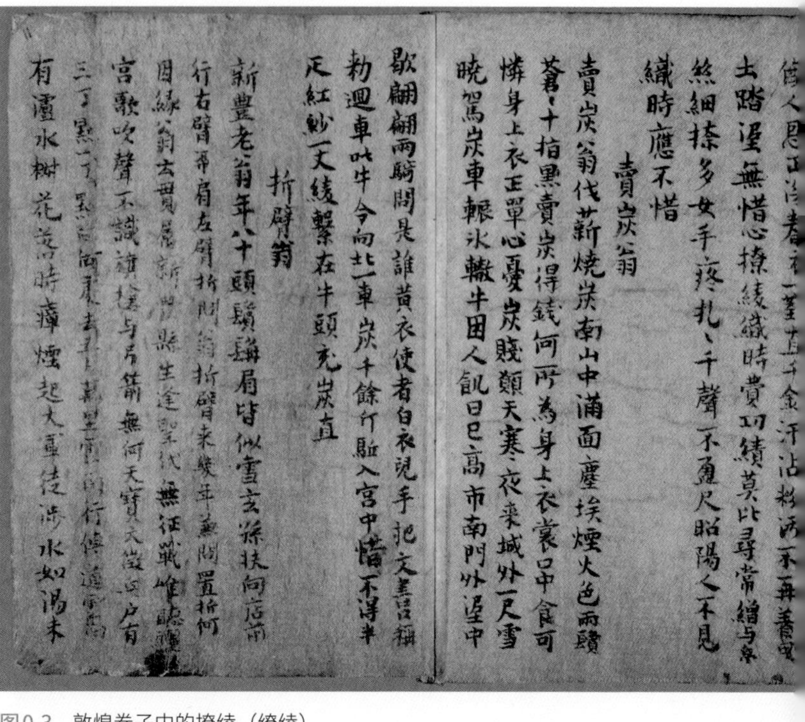
土踏地無惜心撩綾織時費功績莫比尋常繒與帛
絲細搽多女手疼扎扎千聲不盈尺昭陽人不見
織時應不惜
賣炭翁
賣炭翁伐薪燒炭南山中滿面塵埃煙火色兩鬢
蒼蒼十指黑賣炭得錢何所為身上衣裳口中食可
憐身上衣正單心憂炭賤願天寒夜來城外一尺雪
曉駕炭車輾冰轍牛困人飢日已高市南門外泥中
歇翩翩兩騎來是誰黃衣使者白衣兒手把文書口稱
勅迴車叱牛令向北一車炭千餘斤驅入宮中惜不得半
疋紅紗一丈綾繫在牛頭充炭直
折臂翁
新豐老翁年八十頭鬢眉皆似雪玄孫扶向店前
行右臂憑肩左臂折問翁臂折來幾年兼問致折何
因緣翁云貫屬新豐縣生逢聖代無征戰慣聽梨園
宮歌吹聲不識旗槍與弓箭無何天寶大徵兵戶有
三丁點一丁點得驅將何處去五月萬里雲南行聞道雲南
有瀘水椒花落時瘴煙起大軍徒涉水如湯未

图0-3　敦煌卷子中的撩绫（缭绫）

察使越州”条，《通典》六《食货典》所列玄宗时“天下诸郡每年常贡”条，再是《旧唐书 · 韦坚传》和《国史补》（下）等，说明越地丝绸生产，“以越州而论，当安史乱前，虽亦为蚕丝之产地，然丝织品并不特以工妙著称。迨安史乱后，经薛兼训之奖励改良，其工艺遂大为精进矣。其他东南各地，丝织工业之发展，其变化虽不若越州之显著，实亦可据以推见也。又考薛兼训于代宗时节制浙东，历时甚久。《国史补》所载其移风化俗之功，殊非虚语。以《元和郡县图志》所标明越州于贞元后别进纤丽之丝织物数十品证之可知矣”。[4]

4　陈寅恪：《元白诗笺证稿》，第253—254页。

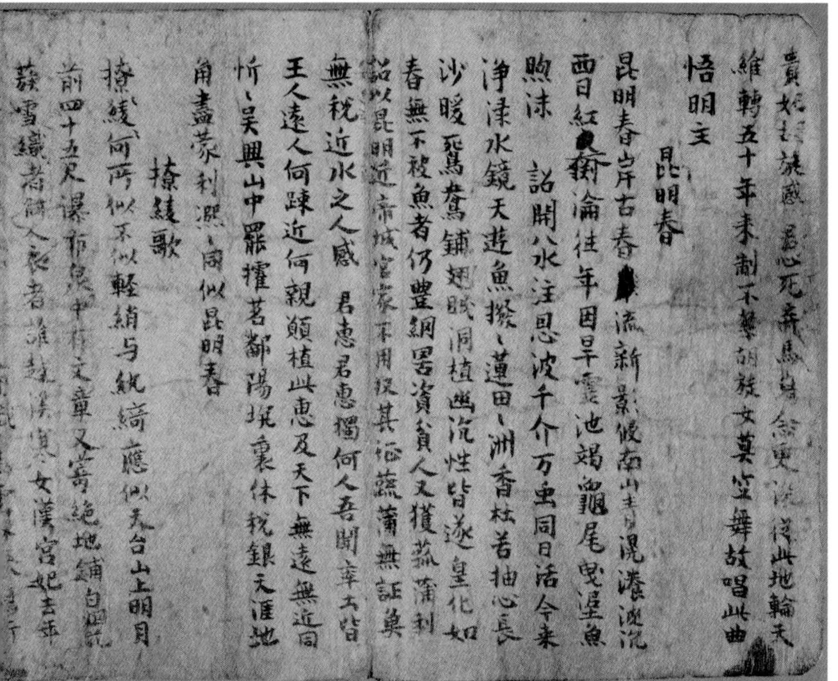

貴妃胡旋惑　君心死棄馬嵬念更深從此地輪天
維轉五十年來制不禁胡旋女莫空舞故唱此曲
悟明主
昆明春
昆明春岸古春流新影浸南山青滉瀁波沈
西日紅奫淪往年因旱靈池竭龜尾曳塗魚
喣沫　詔開八水注恩波千介万鱗同日活今來
淨淥水鏡天遊魚撥撥蓮田田洲香杜若抽心長
沙暖鴛鴦鋪翅眠動植幽沉性皆遂皇化如
春無不被魚者仍豐網罟資貧人又獲菰蒲利
詔以昆明近帝城官家不用收其征菰蒲無証魚
無稅近水之人感　君惠君惠獨何人吾聞率土皆
王人遠人何疎近何親願植此惠及天下無遠無近同
忻忻吳興山中罷攉茗鄱陽坑裏休稅銀天涯地
角盡蒙利熙熙同似昆明春
繚綾歌
繚綾何所似不似輕綃与紈綺應似天台山上明月
前四十五尺瀑布泉中有文章又奇絕地鋪白烟花
簇雪織者何人衣者誰越溪寒女漢宮姬去年

二、缭绫出现的时间表

以陈寅恪先生所列各史料为主要依据，再结合若干新出土的资料，我们可以梳理出“缭绫”一词在历史上出现的时序。

1. 809年，元和四年，白居易以“缭绫”作为诗名

《缭绫》诗属于白居易新乐府五十首中的第三十一首，他在自己写的新乐府序中标明“元和四年为左拾遗时作”。

与此几乎同时的是元稹的《阴山道》。此诗是元稹的新乐府，也是作于元和四年，时任监察御史或监察御史分司东台。诗中道：

年年买马阴山道，马死阴山帛空耗。

元和天子念女工，内出金银代酬犒。
臣有一言昧死进，死生甘分答恩焘。
费财为马不独生，耗帛伤工有他盗。
臣闻平时七十万匹马，关中不省闻嘶噪。
四十八监选龙媒，时贡天庭付良造。
如今坰野十无一，尽在飞龙相践暴。
万束刍茭供旦暮，千钟菽粟长牵漕。
屯军郡国百余镇，缣缃岁奉春冬劳。
税户逋逃例摊配，官司折纳仍贪冒。
挑纹变缀力倍费，弃旧从新人所好。
越縠撩绫织一端，十匹素缣功未到。
豪家富贾逾常制，令族清班无雅操。
从骑爱奴丝布衫，臂鹰小儿云锦韬。
群臣利己要差僭，天子深衷空悯悼。
绰立花砖鹓凤行，雨露恩波几时报。

元稹的新乐府共十二首，自题为“和李校书新题乐府十二首并序”，序言写道：“予友李公垂贶予《乐府新题》二十首，雅有所谓，不虚为文。予取其病时之尤急者，列而和之，盖十二而已。昔三代之盛也，士议而庶人谤。又曰：世理则词直，世忌则词隐，予遭理世而君盛圣，故直其词以示后，使夫后之人谓今日为不忌之时焉。”[5]在《阴山道》一诗边，又标注：“李传云：元和二年（807），有诏悉以金银酬回纥马价。”

这里的李校书，就是李绅，元和四年（809）正任秘书省校书郎。新乐府是元和年间开始的一个文化运动，一个诗歌革新运

5　〔唐〕元稹著，周相录校注：《元稹集校注》（中），第717—718页。

动，由诗人白居易、元稹和李绅等共同倡导，主张恢复古代的采诗制度，发扬《诗经》和汉魏乐府讽喻时事的传统，使诗歌起到“补察时政”“泄导人情”的作用。但它不同于古乐府，所以自称为新乐府。

可惜的是，李绅的《乐府新题》二十首今已不传，但从元稹的序和白居易的诗来看，这些新乐府都是在元和四年写成的。其中李绅的二十首写得最早，他出了二十首的题，也写了二十首的诗。元稹的十二首是和李绅的，但用了相同的题，没有写到二十首。而白居易的五十首，应该是最后写的，而且在数量上增加到五十首，其中的《缭绫》是从元稹的《阴山道》中拆分出来的。可见，“缭绫”作为诗名，白居易为最早，而“缭绫”作为一个词，元稹早于白居易使用。但元稹在《阴山道》诗名边注“李传云：元和二年，有诏悉以金银酬回纥马价”，说明《阴山道》的诗名应该来自李绅的二十首新乐府中。李绅也应该写过这一内容，其中也很有可能提到了“缭绫”一词，但已无法考证。

2. 824年，长庆四年，李德裕上《缭绫状》

李德裕是晚唐著名的政治家，也是牛李党争中李党之首。长庆二年（822），李德裕外放为浙西观察使，出镇润州（治今江苏镇江）。前任观察使窦易直竭尽府库，供给军用，致使府库财用拮据。李德裕躬身俭约，尽量减少开支，使得当地的经济渐有起色。

长庆四年，唐敬宗继位。敬宗年少，奢侈无度，虽曾敕令各地不准贡献，但不久便派使者往各地征收贡品。七月，唐敬宗命浙西银盝子妆具二十事进内，计用银一万三千两，金一百三十两。李德裕考虑到当时财政困难，就上疏朝廷，请朝廷罢造妆具，敬宗好像是同意了。但也许是因为李德裕留了一句话，“绫纱等物，

犹是本州所出，易于方圆。金银不出当州，皆须外处回市”[6]。所以不久，朝廷又诏令织定罗纱袍缎及可幅盘绦缭绫一千匹，李德裕只能再次上疏，以太宗朝李大亮献名鹰和玄宗于江南采鸡鹕诸鸟、于益州织半臂背子、琵琶扞拨、镂牙合子等事，劝说敬宗。此外，李德裕又从纹饰的角度再进行提问："况玄鹅天马，椈豹盘绦，文彩珍奇，只合圣躬自服。今所织千匹，费用至多，在臣愚诚，亦所未谕。昔汉文帝衣弋绨之衣，元帝罢轻纤之服，仁德慈俭，至今称之。伏乞陛下，近览太宗、玄宗之容纳，远思汉文、孝元之恭己，以臣前表宣示群臣，酌臣当道物力所宜，更赐节减，则海隅苍生，无不受赐。"[7]最后终于得到了罢进缭绫的结果。

3. 829年，大和三年，禁贡缭绫

唐文宗李昂为人恭俭儒雅，博通群书。宝历二年（826）即帝位。在位初年，励精求治，放出宫女三千余人，释放五坊鹰犬，并省冗员。大和三年（829）十一月诏令禁止奇贡："四方不得以新样织成非常之物为献，机杼纤丽若花丝布、缭绫之类，并宜禁断。敕到一月，机杼一切焚弃。刺史分忧，得以专达。事有违法，观察使然后奏闻。"[8]

4. 874年，咸通十五年，缭绫进入法门寺地官

陕西扶风法门寺地宫出土了大量的丝织品，同出的还有唐懿宗咸通十五年正月四日《应从重真寺随真身供养道具及恩赐金银器物宝函等并新恩赐到金银宝器衣物帐》（以下简称《衣物

---

6 〔后晋〕刘昫等撰：《旧唐书·李德裕传》，第4512页。

7 〔后晋〕刘昫等撰：《旧唐书·李德裕传》，第4513—4514页。

8 〔后晋〕刘昫等撰：《旧唐书·文宗本纪》，第533页。

帐》)[9]，其中三次提到缭绫之名。

《衣物帐》记载："新恩赐到金银宝器、衣物、席褥、幞头、巾子、靴鞋等，共计七百五十四副。"其中包括：

缭绫浴袍五副，各二事。
缭绫影皂二条。
缭绫食帛十条。

5. 900年前后，韩偓诗中提及缭绫手帛子

韩偓（约842—923）于唐昭宗龙纪元年（889）进士及第，出佐河中节度使幕府。入为左拾遗，转谏议大夫，迁度支副使。光化三年（900），从平左军中尉刘季述政变，迎接唐昭宗复位，授中书舍人，深得器重。他在《余作探使以缭绫手帛子寄贺因而有诗》和《半睡》两诗中提到了缭绫。

解寄缭绫小字封，探花筵上映春丛。
黛眉印在微微绿，檀口消来薄薄红。
缠处直应心共紧，砑时兼恐汗先融。
帝台春尽还东去，却系裙腰伴雪胸。[10]

眉山暗澹向残灯，一半云鬟坠枕棱。
四体著人娇欲泣，自家揉损砑缭绫。[11]

9　陕西省考古研究院等：《法门寺考古发掘报告》（上），文物出版社，2007年，第227—229页。

10　〔唐〕韩偓：《余作探使以缭绫手帛子寄贺因而有诗》，〔清〕彭定求等编：《全唐诗》，中华书局，1979年，第7825页。

11　〔唐〕韩偓：《半睡》，〔清〕彭定求等编：《全唐诗》，第7828页。

6. 宋《太平广记》引文中的缭绫

宋《太平广记》卷二五七“织锦人”条引《卢氏杂说》云：“唐卢氏子不中第，徒步及都城门东。其日，风寒甚，且投逆旅。俄有一人续至，附火良久。忽吟诗云：‘学织缭绫功未多，乱投机杼错抛梭。莫教宫锦行家见，把此文章笑杀他。’又云：‘如今不重文章事，莫把文章夸向人。’卢愕然，忆是白居易诗，因问姓名。曰：‘姓李，世织缭锦。离乱前属东都官锦坊，织宫锦巧儿。以薄艺投本行，皆云，如今花样与前不同，不谓伎俩儿，以文彩求售者，不重于世，且东归去。’”

从这一段文字看，缭绫有可能曾经是在两京织造的宫内产品，后因北方战乱，才转至南方浙西一带生产。但《卢氏杂说》里的离乱是指什么，并不很清楚。

三、缭绫的词义

缭绫，一作撩绫。《旧唐书》卷一七四、《新唐书》卷一八〇《李德裕传》，韩偓《余作探使以缭绫手帛子寄贺因而有诗》《半睡》两诗，《太平广记》卷二五七“织锦人”条以及近年陕西扶风法门寺所出《衣物帐》（图0-4）中均作“缭绫”，而在元稹《阴山道》诗中和敦煌本（P.5542）同一诗中作“撩绫”。很有可能，“缭”与“撩”通。

至于缭绫的含义，谁也没有真正解释清楚过。考《说文》：“缭，缠也。”王逸曰：“缭，束缚也。”顾野王《玉篇》云：“缭，犹绕也。”可见缭有缭绕、束缚的含义。

关于缭绫丝织物的得名，学者们颇有争议。唐代丝织物的命名比较复杂，一般以地名、纹样图案、外观特征、织造结构等来命名。从白居易诗中可看出，缭绫是越州生产，素地上提显奇文异彩，似乎前三者都不是缭绫得名的依据。笔者认为缭绫得名于组

图0-4 《衣物帐》

织结构。这种精美绝伦的绫织物，其织造工艺、组织结构肯定不同于其他绫类，起码应该说是遵循绫的组织特征而有独特创造。“缭”字本意有二：一是围绕、缠绕之意，二是一束、一段、一节之意。由此推测，缭绫可能是后世所谓斜纹地缎组织显花的“缎花绫”，或在斜纹地上用纬浮长显花的“浮花绫”之前身也不无可能。所以，白居易诗中用“地铺白烟花簇雪”来形容外观特征，现实中白烟铺地、雪中簇花给人的感觉就是白色中隐约可见一簇簇、一束束的花纹，这些感受到的花纹只有用“缭”字来表示。[12]

再看元稹作于元和十二年（817），《乐府古题》十九首之一的《织妇词》：

12 张晓娟：《从白居易诗浅谈唐代缭绫》，《文博》2006年第5期，第96页。

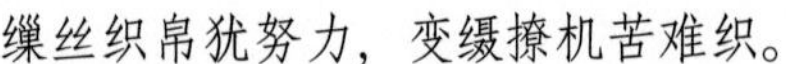
缫丝织帛犹努力，变缀撩机苦难织。

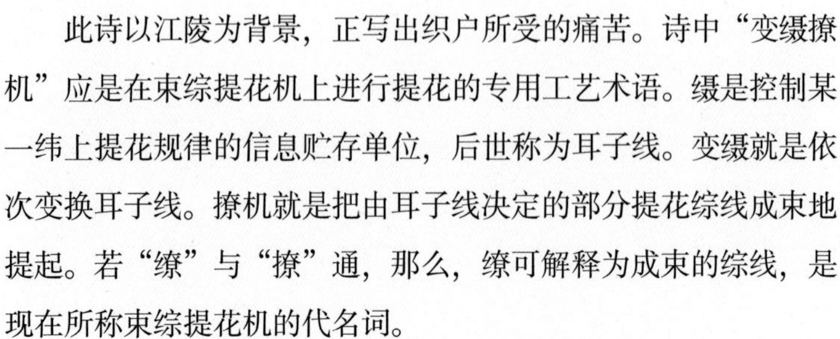
此诗以江陵为背景，正写出织户所受的痛苦。诗中“变缀撩机”应是在束综提花机上进行提花的专用工艺术语。缀是控制某一纬上提花规律的信息贮存单位，后世称为耳子线。变缀就是依次变换耳子线。撩机就是把由耳子线决定的部分提花综线成束地提起。若“缭”与“撩”通，那么，缭可解释为成束的综线，是现在所称束综提花机的代名词。

另从《新唐书·李德裕传》和陕西扶风法门寺出土《衣物帐》中所载缭绫名物来看，该织物主要的特点是图案精美，花纹较大，当用束综提花机才能织出。

1

缭绫缭绫何所似　不似罗绡与纨绮

——唐代丝织品的分类

缭绫缭绫何所似？不似罗绡与纨绮。

这是《缭绫》的第一句，是一句极为平淡的提问，也是极为直观的比较，但通过比较，白居易就把缭绫所属的绫的大类从一般丝织品中准确地分离出来了。

罗、绡、纨、绮是白居易对众多丝织品的列举，这样的列举在唐以前的文学作品中也很常见。如战国时期的宋玉在《神女赋》中写道："其盛饰也，则罗、纨、绮、缋盛文章。"三国时期曹丕在《诏群臣》中说："夫珍玩必中国，夏则缣、緫、绡、繐，其白如雪，冬则罗、纨、绮、縠，衣叠鲜文。未闻衣布服葛也。"但白居易列举这些丝织品名称的主要目的是：丝织品的种类虽多，但绫还是可以和它们区别开来的。

一般来说，丝织品可以根据直观的视觉分成多彩和单色两大类。多彩织物中以锦为主，无论是技艺上还是图案上锦均高于绫，风格也和绫相差很大，白居易不需要去做特别的比较。但单色织物本身可根据显花与否分成提花织物和素织物，白居易提到的罗、绡、纨、绮总体属于单色素织物或暗花织物，就不那么容易分辨了，所以需要特别说明绫与它们之间的差别。

一、织染署里的分类体系

我们先来看看唐人眼中的丝织品的分类体系，这可以从唐代官营织染署下属机构的设置中看出。

织染署是唐代官方专门从事丝绸纺织的生产机构，它的上级管理部门是少府监，与国子监、将作监、军器监、都水监合称五监。除国子监外，其余四监都是直接为皇帝服务的基建和制造部门。

少府监的任务是“掌百工伎巧之政令，总中尚、左尚、右尚、织染、掌冶五署之官属，庀其工徒，谨其缮作……凡天子之服御，百官之仪制，展采备物，率其属以供焉”[1]。其最高长官为监一人，副长官为少监二人，下面还有较为具体的管理人员，有监丞四人、主簿二人、录事二人、府二十七人、史十七人、计史三人、亭长八人、掌固六人。

在这些人中，有分管织染署相应工作的人员，但织染署日常的生产和制造的工作就由织染署本身负责，掌供天子、皇太子及群臣之冠冕，辨其制度，而供其职务，进行冠冕、组绶及织纴、色染方面的生产和制作。配置的人员有：令一人，正八品上，为织染署的长官；丞二人，正九品上，协助织染署令工作的副手；监作六人，从九品下，掌监工、杂作。其余还有府六人，为管理财货或文书的官吏；史十四人，为下级佐史；典事十一人，职掌庶务，即跑腿打杂的；掌固五人，看管仓库及陈设之事。

织染署下设具体的作坊，分为冠冕、组绶、织纴、紬线、练染五个大类。

冠冕之作其实是一个服饰类的作坊，通常需要裁缝匠人。制作冠冕需要按照制度的规定而为不同的人员量身定制。

冠冕之外织染署还有二十五个作坊，分为四类，主要进行编织或纺织生产：

---

1 〔唐〕李林甫等撰，陈仲夫点校：《唐六典·少府监》，中华书局，1992年，第571—572页；〔宋〕欧阳修、宋祁：《新唐书·百官志》，中华书局，1975年，第1268页。

组绶之作是直接按使用的要求编成带状的实物，有组、绶、绦、绳、缨五类。但这些多是正式服制中要用到的一些标识性的配饰。如绶，用于系官印或是赐物。

真正的织纴之作有十：布、绢、絁、纱、绫、罗、锦、绮、䌷、褐。但这其中有一部分是以材料而定的，如布是麻布，由大麻纤维纺织而成；褐为毛褐，由羊毛纤维纺织而成。只有绢、絁、纱、绫、罗、锦、绮、䌷八个大类才算是真正的当时官营作坊里对丝织品的分类，其中绢、絁、纱属于素织物，绫、罗属于暗花织物，锦是多彩的重织物，䌷可能属于多彩和染织结合生产的织物，绮在这里所指的织物类别还不是十分肯定，但很可能是一种色织物。[2]

䌷线之作有四：䌷、线、弦、网，䌷线之作是作线或弦，也不是织物。

练染之作有六：青、绛、黄、白、皂、紫。它们主要是精练，即将丝线脱胶练白，染是染色，不涉及织物的种类。“凡染大抵以草木而成，有以花、叶，有以茎、实，有以根、皮，出有方土，采以时月，皆率其属而修其职焉。”

二、基于技术的分类体系

在普通人眼里，丝织品的分类可以从六方面要素出发：色彩、纹样、工艺、用途、组织、产地，而其中组织与工艺特别重要，是我们进行丝织品分类的主要依据。

1. 组织分类

对于在织机上织造而成的梭织物来说，中国古人所用的基础

2　赵丰：《唐代丝绸与丝绸之路》，三秦出版社，1992年，第46页。

组织，跳不出五个大类及其变化组织。这五个大类就是平纹、斜纹、缎纹、绞经（纱罗）、起绒五种组织。但在唐代以前，缎纹和起绒组织其实还没有出现，所以只有平纹、斜纹和绞经三种比较重要的基础组织。

平纹是最简单的组织，经纬丝线的规律都是一上一下。其变化组织有经重平、纬重平、方平等。

斜纹较平纹复杂一些，其一个组织单元的循环大于或等于三，组织点就会呈现出明显的斜向，所以称为斜纹。斜纹又可分成经面斜纹和纬面斜纹，斜向有右斜和左斜之分，唐代常见的斜纹组织有三枚、四枚、六枚等斜纹组织，其变化组织有山形斜纹、锯齿形斜纹等，这一点我们在介绍绫的组织结构时还会细说。

绞经组织的经线之间不平行，呈绞转状，一般均可称为罗。早期多为无固定绞组罗，后来流行有固定绞组罗，其中1:1绞且一纬一绞的组织因有牢固的方孔而被称为方孔纱，其余均称罗，其组织变化相当丰富。

组织结构还可以分成单层组织与重组织之分，亦即平面组织与立体组织之分。单层组织只是基础组织或其平面组合，重组织则可视作基础组织的立体组合，通常有表、里两种组织，相互换转而显示图案。

素织与提花也可以看成是组织角度的分类。素织即以基本组织织成，也有可能产生一些简单的条格图案。提花是将各种组织按图案设计的需要组合起来，这种组合的变化十分丰富也十分复杂，能够形成各种图案。

2. 工艺分类

如果从工艺出发，丝织品首先应该有生织和熟织之分。生织采用生丝，先织造，后练染，故而得到的是单色织物。熟织是用练染之后得到的熟丝进行织造，得到的是多彩织物，但有时一些暗花织物也采用先织后染的技术进行织造。

还有一种工艺的分类是投梭的技法。在织造中，通贯全幅的投梭称为全通梭，简称通梭；限于图案之内局部的通经断纬织法称为挖梭。

3.唐代丝织品分类表

我们可以将唐代丝织品的组织和工艺各因素列成一张表，从中可看出工艺和组织的组合。

<table>
<tr><th colspan="5">工艺</th><th>平纹</th><th>斜纹</th><th>绞经</th></tr>
<tr><td rowspan="2">可生织</td><td rowspan="2">单层</td><td colspan="2">非提花</td><td></td><td>绢类</td><td>素绫</td><td>纱罗</td></tr>
<tr><td colspan="2">提花</td><td></td><td>绮（绫）</td><td>暗花绫</td><td>暗花纱罗</td></tr>
<tr><td rowspan="11">需熟织</td><td rowspan="3">单层</td><td rowspan="2">通梭</td><td>非提花</td><td></td><td>条格图案，晕绸、絣等</td><td></td><td></td></tr>
<tr><td>提花</td><td></td><td>色织绮</td><td>色织绫</td><td>色织纱罗</td></tr>
<tr><td colspan="2">非通梭</td><td></td><td>缂丝</td><td></td><td></td></tr>
<tr><td rowspan="8">多层</td><td rowspan="4">地结类</td><td rowspan="2">通梭</td><td>彩色纹纬</td><td>花绢</td><td>花绫</td><td></td></tr>
<tr><td>金线</td><td>织金绢</td><td>织金绫</td><td></td></tr>
<tr><td rowspan="2">非通梭</td><td>彩色纹纬</td><td>妆花绢</td><td>妆花绫</td><td></td></tr>
<tr><td>金线</td><td>妆金绢</td><td>妆金绫</td><td></td></tr>
<tr><td rowspan="4">重组织</td><td>暗夹型经显花</td><td></td><td>平纹经锦</td><td>斜纹经锦</td><td></td></tr>
<tr><td rowspan="2">暗夹型纬显花</td><td>彩色纹纬</td><td>平纹纬绵</td><td>斜纹纬锦</td><td></td></tr>
<tr><td>金线</td><td></td><td>妆金纬锦</td><td></td></tr>
<tr><td>双层型</td><td></td><td>双层锦</td><td></td><td></td></tr>
</table>

三、暗花织物

白居易在《缭绫》诗首句提到的罗、绡、纨、绮都是单色织物，但又有区别，其中罗、绮显花，绡、纨则素。罗和绮代表了当时除绫之外的所有暗花织物，绡和纨则代表了当时的平素织物。

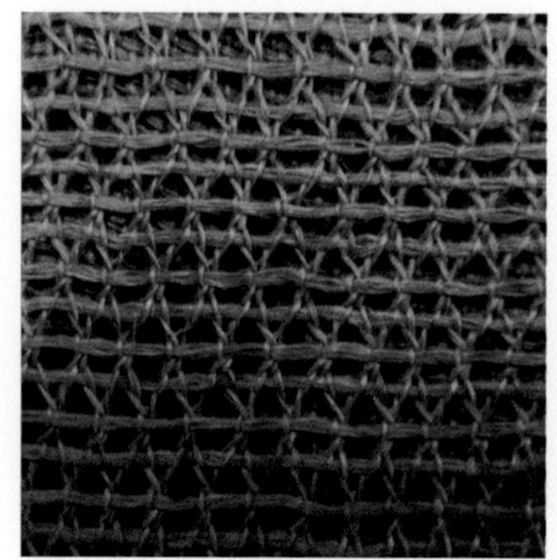

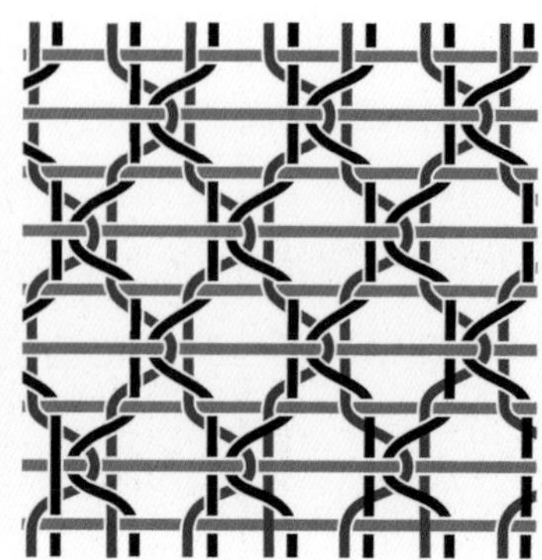

图1-1　四经绞素罗（实物局部、结构图）

从唐代出土的织物来看，罗与绮基本都是小几何图案，它们不似也不如绫。白居易拿绫和罗、绡、纨、绮相比，不只是把绫从它们中区别出来，还把它们给比下去了。

我们现在来看看唐代的暗花类丝织品。

1. 罗：疏松多孔的绞经织物

罗的经丝相互纠结而不平行，我们称其为绞经织物。罗的最初释义是网罟，后来就把所有具有类似网罟之孔的织物都称为罗。自战国到唐代的罗基本上都与这一性质相符合，从组织上可以称为四经绞罗，从形貌上可以称为链式罗。链式罗又称无固定绞组罗，其特点在于丝线之间没有固定的绞组，使其织造显得复杂，无法用一般的有筘织机织造，需要用特殊的绞综来起绞织制。

链式罗又根据是否有图案而分成素罗和纹罗两种，素罗就是单一的四经绞罗，而纹罗则是四经绞作地和二经绞起花。唐代的文献中以越地所产的罗最为著名，但从组织上看也都是链式罗。（图1-1、1-2）

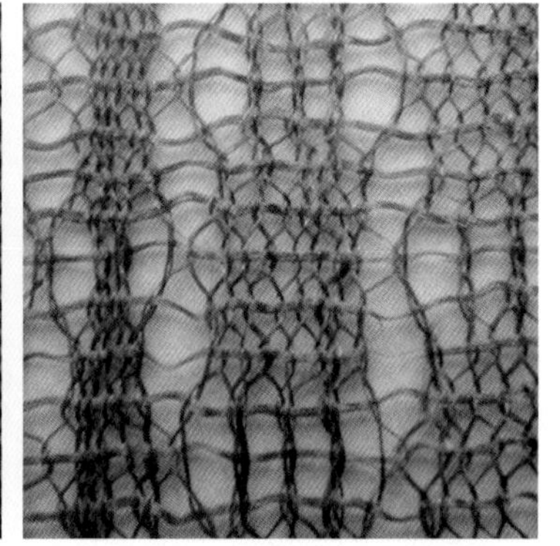

图1-2　四经绞纹罗（实物局部，两例）

细葛含风软，香罗叠雪轻。

——杜甫《端午日赐衣》[3]

新帖绣罗襦，双双金鹧鸪。

——温庭筠《菩萨蛮》

酒法众传吴米好，舞衣偏尚越罗轻。

——刘禹锡《酬乐天衫酒见寄》

钿头云篦击节碎，血色罗裙翻酒污。

——白居易《琵琶行》

嫌罗不著索轻容。

——王建《宫词》

2. 纱：纱线纤细、密度疏稀的平纹织物

纱的原意是疏稀可以漏沙，其实就是具有透孔性好、轻雾薄云等特点。部分稀疏的平纹组织可称为平纹纱。但在绞经织物中，有一种1:1绞纱，即两根经丝相互绞转并每一纬绞转一次的组织，

3　本书所引唐诗均出自彭定求等编：《全唐诗》，中华书局，1979年版。

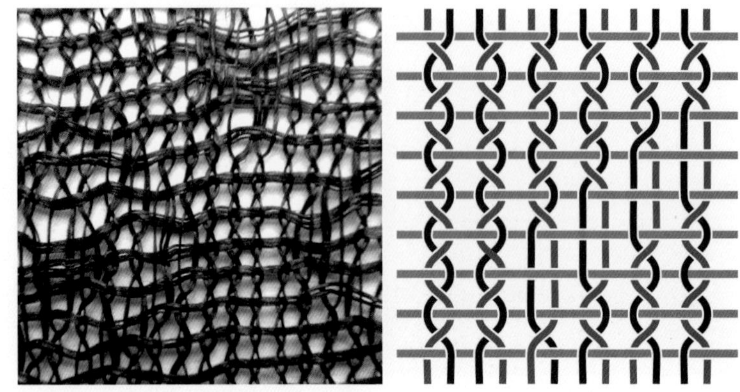

图1-3　二经绞纹纱（实物局部、结构图）

这种纱具有特别明显的方孔，而且结构更加稳定，不易发生滑移，所以也被称为纱。这类纱极为轻薄，可名轻容，或名方孔。[4]（图1-3）

这种方孔纱在唐代又称单丝罗，可以在有筘织机上织制，约在唐代后期出现。敦煌藏经洞中就发现了这种纱[5]，以1:1绞纱组织作地，纬浮显花，其实就是一种纹纱。

火树风来翻绛焰，琼枝日出晒红纱。

——白居易《山枇杷》

3. 绢：平素丝织品的通称

绢是魏唐间对于普通丝织品的通称，从敦煌和吐鲁番文书来看，在平时的称呼中，绢分为生、熟两种。（图1-4）

生绢是指未经精练脱胶的平纹织物，其中又有大生绢、白丝

4　陈娟娟：《明代提花纱、罗、缎织物研究》，《故宫博物院院刊》1986年第4期，1987年第2期，第80—94页。

5　该织物现藏英国维多利亚与阿尔伯特博物馆。

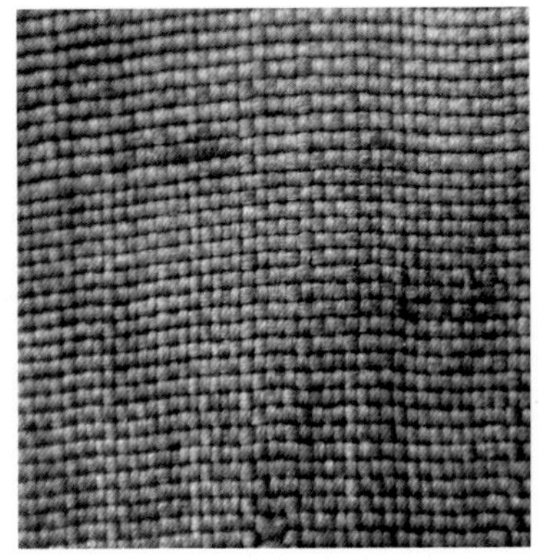

图1-4 绢（实物局部）

生绢或白生绢、黄丝生绢之分。熟绢是生绢脱胶之后的称呼，一般又可称为练。

彩绢由熟绢再经染色而成。它的名称在早期十分复杂，几乎一种色彩一个专用词。但到后来则十分简单，在绢之前加一个色名即可。唐代文书中有五色绢、红绢、绯绢、绿绢、黄绢、赤黄绢、草绿绢、青绢、碧绢、紫绢、古紫绢等记载。又可称为缦，缦原先是指没有图案的丝织物，到唐代似乎成了彩绢的称呼。但是缦的色彩标注在缦字后面，如缦绯、缦绿等都是史料中常见的用法。

笺麻素绢排数厢，宣州石砚墨色光。

——李白《草书歌行》

双丝绢上为新样。

——皮日休《鸳鸯》

4. 纨：特别光亮的生丝织品

丝织物在精练之前称生货或生织物，精练之后便称熟货或熟

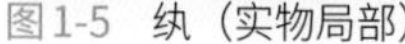

图1-5　纨（实物局部）

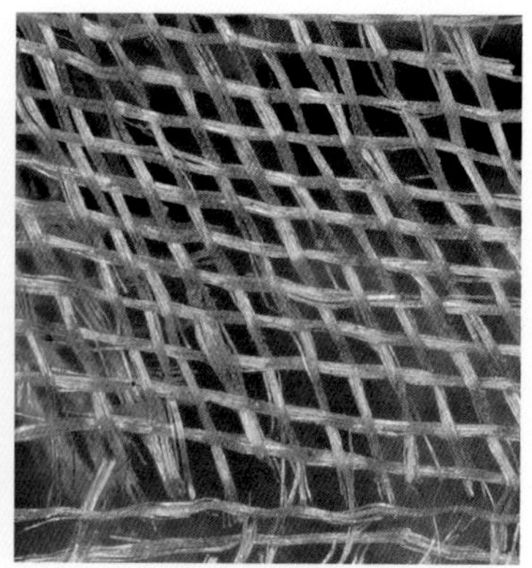

图1-6　绡（实物局部）

绢，再经染色就成为彩绢。唐代时已出现生绢与熟绢的名称，但在绢字作为平纹织物通称之前，这几种织物几乎都有自己的专有名词。（图1-5）

纨，《说文》："纨，素也。"《释名》则云："纨，焕也，细泽有光，焕焕然也。"可知纨亦为生货，但较缟有光而致密。古代齐纨和鲁缟齐名。

5. 绡：特别轻薄的生丝织品

绡的本义为生丝，但《广韵》里说"绡，生丝缯也"，可知绡由生丝而逐渐转为生丝缯。后来多指轻薄的平纹类生织物。（图1-6）

> 数匙粱饭冷，一领绡衫香。
>
> ——白居易《旱热》

6. 练：经过精练的绢，又称熟绢

练是对于练熟后却未经染色的熟绢的别称。《说文》："练，缯

也。”《释名》云：“练，烂也，煮使委烂也。”可见练是由动词同音转化来的名词。在敦煌和吐鲁番出土文书中，有一批反映当地用练作价买卖奴婢、牲口等情况的契约，正可以看到练在唐代西北地区常用作货币，也可以体会张籍“无数铃声遥过碛，应驮白练到安西”诗句中描绘情景的真实性。

文书名称	年代	购物品名	品名	数量	资料来源
死官马皮肉价练抄	649	死马皮肉	练	3匹	TAM302：35/2
左憧熹买奴契	661	奴一人，中得	水练	6匹	外加银5文，TAM4：44
杜队正买驼契	673	黄敦驼一头	练	14匹	TAM35：21
和满牒为被问买马事	707	骝敦马一匹	大练	13匹	TAM188：71
米禄山卖婢契	731	婢一人，失满儿	练	40匹	《文物》1975（7）
石染典买马契	733	马一匹	大练	18匹	《文物》1975（7）
西州用练买牛簿	开元间	乌伯犍	练	9匹	《中国古代籍账研究》
真容寺买牛契	741	乌伯特牛	大练	8匹	藏于日本书道博物馆
牲口物价表	743	马一匹，次上	大练	9匹	大谷文书3087
牲口物价表	743	马一匹，次	大练	8匹	大谷文书3087
牲口物价表	743	马一匹，下	大练	7匹	大谷文书3087
牲口物价表	743	波斯敦父驼一头，次上	大练	33匹	大谷文书3087
牲口物价表	743	波斯敦父驼一头，次	大练	30匹	大谷文书3087
牲口物价表	743	波斯敦父驼一头，下	大练	27匹	大谷文书3087
牲口物价表	743	草驼一头，次上	大练	30匹	大谷文书3087
奴婢买卖文书	744—758	胡奴一人，多宝	大生绢	21匹	《文物》1972（12）
唐清奴买牛契	丁巳	耕牛一头	生绢	1匹	P.4083

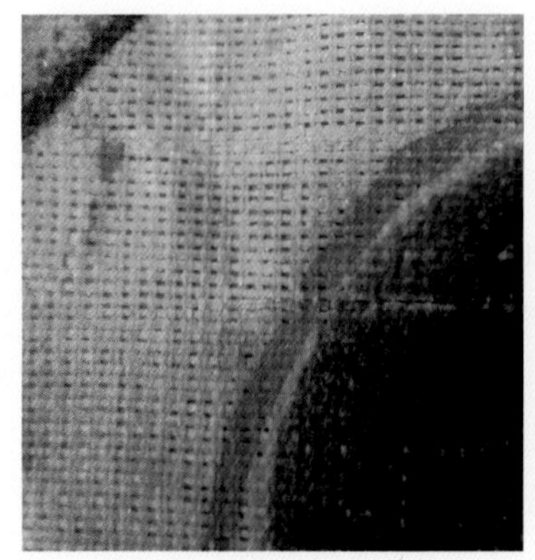

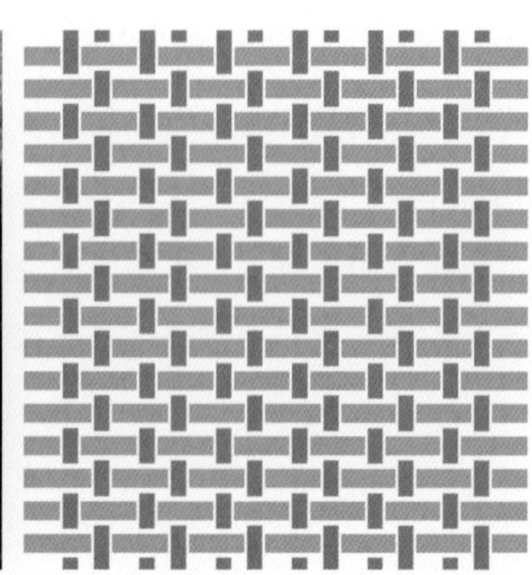

图1-7 缣（实物局部、结构图）

客子入门月皎皎，谁家捣练风凄凄。

——杜甫《暮归》

边城暮雨雁飞低，芦笋初生渐欲齐。

无数铃声遥过碛，应驮白练到安西。

——张籍《凉州词》

7. 缣：平纹织物，或指一种双丝而织的重平组织

重平结构是指经重平、纬重平或方平组织。河南安阳殷墟妇好墓的青铜器印痕上发现了多处这类组织的织物遗痕，有纬重平、经重平和方平。后来，在河南信阳黄君孟夫妇墓中亦有同类实物发现，河北满城汉墓发现的更多。（图1-7）

人们一般把这类织物定名为缣。[6]《说文》：“缣，并丝缯也。”段玉裁注云：“谓骈丝为之，双丝缯也。”颜师古注《急就篇》时云：“缣之言兼也，并丝而织，甚致密也。”各家说的较为明白。

6　戴亮：《我国古代的缣织物》，《丝绸史研究》1987年第1—2期，第37—38页。

宋徐照诗云："拆破唐人绢，经经是双丝。"一纬双经，应是经重平织物。在法门寺出土物中有一些被称之为畦纹绢或交梭绢的织物，多引双丝、三丝，甚至五丝为一梭，亦属并丝而织的范畴，或与缣有着某种内在的相似之处。

不过，缣并不完全是重平织物。新疆尼雅遗址曾出土一件汉代的缣织物，其上有墨书："河内修若东乡杨平缣一匹。"但其组织是明显的平纹组织，与一般较为平整、致密的绢也没有什么特别的不同。

五十匹缣易一匹，缣去马来无了日。

——白居易《阴山道》

8. 绝：纬丝一粗一细的重平织物

在平纹织物中投几梭单丝纬线后再转投几梭并丝（二或三根相并不等），形成经重平组织，又称交梭，它具有横条效应。这在西北地区发现的唐代织物中极为常见，可称为绝。绝之名在唐代开始较多地出现，唐代织染署下有绝作，租庸调中也征绝，说明绝的生产在当时已十分盛行。宋本《玉篇》云"绝，经纬粗细经纬不同者"，可见它是用粗细不同的经纬线织成的平纹织物。敦煌藏经洞中有红色绝片发现，纬线表观效果粗细不一，它用两把梭子织造，一把梭子每纬织入，另一把梭子每隔两纬后织入一梭，分别与上下梭共口，形成变化纬重平组织，呈现纬线粗细交替的畦纹效果。[7]（图1-8）

7　赵丰：《辽庆州白塔所出丝绸的织染绣技艺》，《文物》2000年第4期，第70—81页。

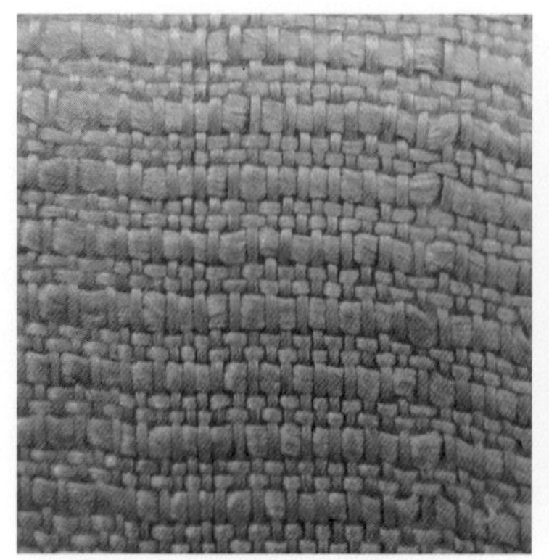

图1-8　绝（实物局部、结构图）

畏天之命复行行，芙蓉为衣胜纯绢。

——贯休《送张拾遗赴施州司户》

9. 縠：轻薄且起绉的平纹织物

用加捻的丝线织成平纹织物，并经精练即可使其起绉。这种质地较为轻薄、经缕纤细并表面起绉的平纹丝织物，古代称为縠，后世称为绉。《释名》云："縠，粟也，其形戚戚，视之如粟也。"这里所谓的粟是指颗粒状，为起绉后的表观效果。故《增韵》云："绉纱曰縠"；《周礼》注曰："轻者为纱，绉者为縠。"（图1-9）

绉纱的出现亦很早。湖南长沙左家塘战国墓中曾出土一块浅棕色绉纱手帕，长沙马王堆一号汉墓出土的素纱禅衣使用的素纱其实就是縠，经线为两根S捻、两根Z捻相间排列。唐代法门寺地宫《衣物帐》里就提到有纹縠披衫五领，出土实物中也有縠的织物残片（T14-2）。[8]

8　陕西省考古研究院编著：《金缕瑞衣：法门寺地宫出土唐代丝绸考古及科技研究报告》，第312页。

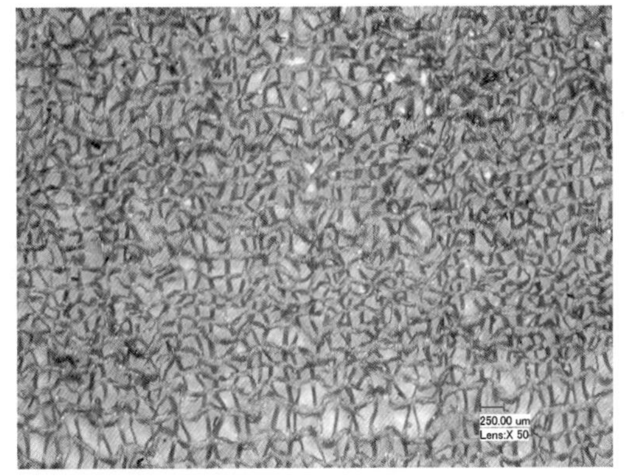

图1-9　縠（实物局部）

越縠撩绫织一端，十匹素缣功未到。

——元稹《阴山道》

浅色縠衫轻似雾，纺花纱裤薄于云。

——白居易《寄生衣与微之，因题封上》

袖软异文绫，裾轻单丝縠。

——白居易《和梦游春诗一百韵并序》

四、多彩丝织品

与罗、绡、纨、绮不同的是多彩织物。多彩织物采用的大都是重组织，但有时也可以用单层组织织成。如最为丰富的织锦和妆花等通常都是重组织，而单层的色织物可以通过经纬丝线的色彩变化并辅助一定的工艺，而织出具有一定规律的图案，这里包括缂丝、绁、间道等。

1. 絧：带有晕色效果的织物

絧原是一种染缬效果，故《续日本记》云："染作晕絧色，而其色各种相间，皆横终幅。假令白次之以红、次之以赤、次之以

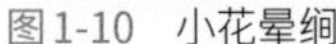

图1-10　小花晕裥

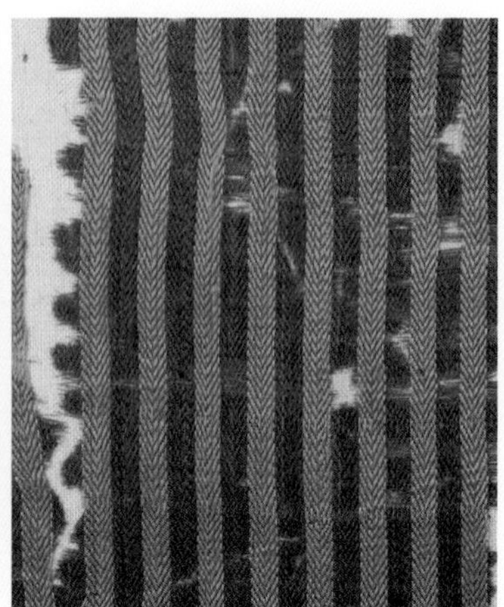

图1-11　褐绿间道

红、次之以白、次之以缥、次之以青、次之以缥、次之以白之类，渐次浓淡，如日月晕气染色相间之状，故谓之晕裥。以后名锦。”这里很准确地把裥的来历和特征都表达清楚了，它需要独特的牵经工艺来排列晕色的经丝，故唐代织纴十作中锦与裥分属两类。（图1-10、1-11）

晕裥所采用的基本组织有斜纹经二重、山形斜纹和斜纹小提花三种，前者属于锦的组织，后两者属于绫的组织，在具体的研究中则可称为晕裥锦或晕裥绫。吐鲁番唐代墓葬中有不少这类织物发现，尤其是有晕裥再加提花的，即在3/1斜纹地上起四枚纬浮花的组织，被誉为锦上添花锦，极为华丽。

2. 缂丝：通经断纬的单层显花织物

缂丝是用所谓“通经断纬”方法织制的。织制时，以本色丝作经，彩色丝作纬，用小梭将各色纬线依画稿以平纹组织缂织。其特点是纬丝不同于一般织物那样贯穿整个幅面，而只织入需要

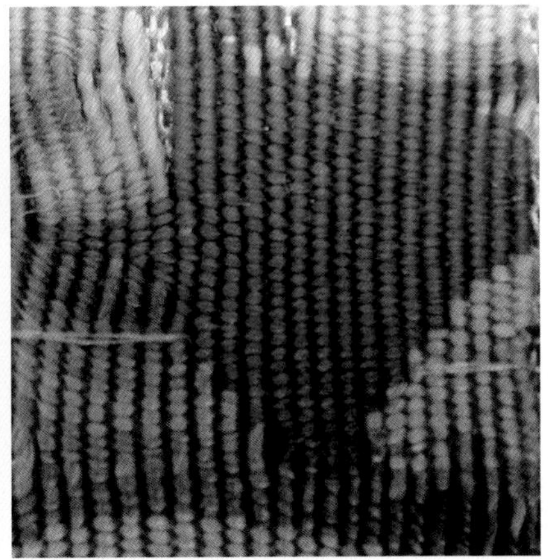

图1-12　小花缂丝（实物、局部）

这一颜色的一段。缂丝的织法和特色在宋代庄绰《鸡肋篇》中有着简明而清晰的描述："定州织刻丝，不用大机，以熟色丝经于木棦上，随所欲作花草禽兽状，以小梭织纬时，先留其处，方以杂色线缀于经纬之上，合以成文，若不相连。承空视之，如雕镂之象，故名'刻丝'。如妇人一衣，终岁可就。虽作百花，使不相类亦可，盖纬线非通梭所织也。"这里的刻丝就是缂丝，有时也被写作"克丝"。用于缂丝织造的小机，其实就是只有两片踏杆的素机，织制时可以充分发挥技工的想象任意地缂织。（图1-12）

缂丝，主要受到古代西域缂毛织法的影响，传入中原后则有了较大的改进和发展。唐代时已经应用于丝织品上，新疆吐鲁番、甘肃敦煌、青海都兰等地都曾出土过唐代缂丝。日本奈良东大寺正仓院中也藏有传世的唐代缂丝。

3. 妆花：在单层地组织上插入纹纬显花

中国古代地结组织中以经地结为主，它与三种不同的投梭方

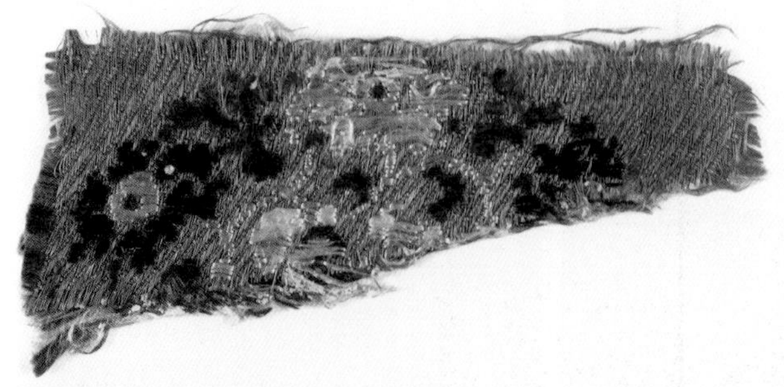

图1-13　团花妆花绫

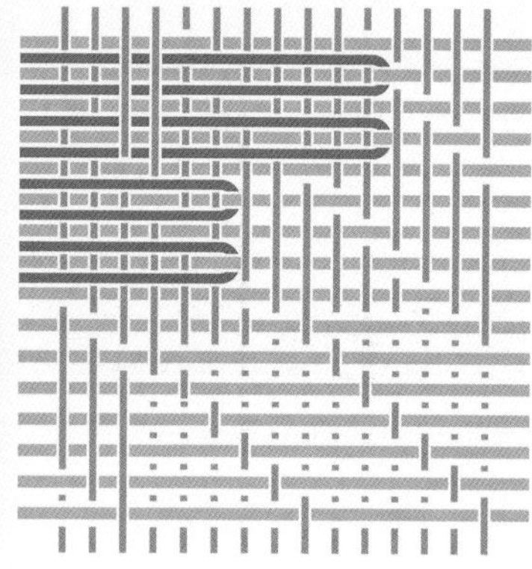

图1-14　团花妆花绫（实物局部、结构图）

法结合成三种结接法。如用花纬为全通梭可称为全梭地结，即地结在整个幅内进行，显花处地结，显地处花纬则作背浮；如用区通梭则为区梭地结，此时，地结在某一图案的范围内进行，往往是在织袍料的某个区域中进行；如用挖梭则为挖梭地结，此时，地结在某一图案的局部进行。这些手法又被称为妆花。这类妆花织物在敦煌藏经洞中已有不少发现，可定其年代为晚唐五代之间。[9]（图1-13、1-14）

9　赵丰主编：《敦煌丝绸艺术全集》（英藏卷），东华大学出版社，2007年，第145页。

图1-15 龟背纹织金带（实物、局部）

全梭地结只用于织匹料，区梭地结只用于织袍料，挖梭地结则两者都用。其地组织往往是一种普通单层的素织物或暗花组织，或平纹、或斜纹，也可以是纱罗。如果用全通梭织入彩纬，则可称织花绢或织花绫；如用挖梭织入彩纬，则可称妆花绢或妆花绫；如用全通梭织入金线纬，则可称织金绢或织金绫。青海出土唐代织金带，是在1/1地上以1隔2平纹织入金片[10]，可以称为织金带，但其组织实际上是织金绢的结构。（图1-15）

4. 锦：织彩为文的重组织

锦字由金与帛两字组合而成，表明了最初人们对锦的理解和解释："锦，金也，作之用功重，其价如金，故唯尊者得服之。"而锦之所以"作之用功重"，实是由于其工艺的复杂和织技的高超。

锦是一种熟织物、多彩织物，能通过组织的变化，显示多种色彩的不同纹样，当时，就把这类织物称为锦。后来又慢慢地形

10　许新国、赵丰：《都兰出土丝织品初探》，《中国历史博物馆馆刊》1991年第15—16期，第63—81页。

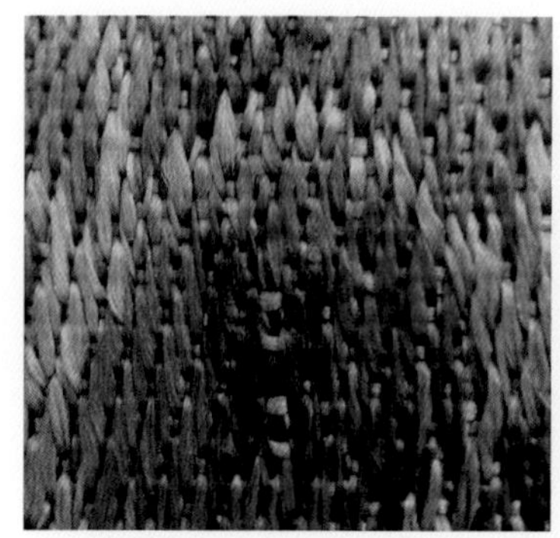
图1-16　斜纹经锦（实物局部）

图1-17　斜纹纬锦（实物局部）

图1-18　中亚斜纹纬锦（实物局部，两例）

成了一个规律：织彩为文（纹）曰锦。分析汉唐之间的织物可知，织彩为文大多都是重组织的织物。（图1-16、1-17、1-18）

经锦是最早出现的锦种类，以经线显花。早期的经锦都采用平纹经二重组织，辽宁朝阳魏营子西周早期墓中已出现了平纹经二重组织的实例，可惜色彩已失；春秋战国楚墓中能见到大量的平纹经锦实物，而且色彩鲜艳，说明经锦的兴盛期在战国之时已经来到，一直持续到唐初。在晋到北朝时期，西北地区出现了平纹纬锦。到隋前后，斜纹经锦出现。斜纹经锦与平纹经锦在技术上的区别仅在于增加一片地综，但它成为从经锦向纬锦过渡的一

图1-19　联雁飞凤妆金锦

块跳板。

约在北朝到初唐时期，斜纹纬锦开始出现并随即流行起来，这从新疆吐鲁番、青海都兰的发现及敦煌和日本正仓院的珍藏来看都是如此。这种斜纹纬锦的组织正好是斜纹经锦的90°转向，采用纬二重组织以纬线显花。

唐代纬锦还可根据暗夹经的捻向不同分成两类。一类为S捻，其图案以宝花或花鸟题材为主，主要产于中原；另一类为Z捻，其图案多具有明显西域风格，其产地可能在中亚粟特地区。前一类中原生产的织锦从晚唐起有了很大的变化，最后演化成我们所称的辽式纬锦。还有大量的辽式纬锦已用了妆金工艺，在法门寺晚唐时期丝织品中可以看到不少这类案例。[11]（图1-19、1-20）

浅色晕成宫里锦，浓香染著洞中霞。

——韩偓《甲子岁夏五月自长沙抵醴陵，贵就深僻，以便疏慵，由道林之南步步胜绝，去绿口分东入南，小江山水益秀，村篱之次忽见紫薇花，因思玉堂及西掖厅前皆植是花，遂赋诗四韵，聊寄知心》

11　杨军昌、张静：《法门寺唐代丝绸捻金（银）线工艺研究》，《中国科技成果》2012年第13期，第67—69页。

图1-20　红地团窠宝花对鸟纹锦

锦

布素豪家定不看，若无文彩入时难。
红迷天子帆边日，紫夺星郎帐外兰。
春水濯来云雁活，夜机挑处雨灯寒。
舞衣转转求新样，不问流离桑柘残。

文君手里曙霞生，美号仍闻借蜀城。
夺得始知袍更贵，著归方觉昼偏荣。
宫花颜色开时丽，池雁毛衣浴后明。
礼部郎官人所重，省中别占好窠名。

——郑谷《锦》二首

濯锦江边两岸花，春风吹浪正淘沙。
女郎剪下鸳鸯锦，将向中流匹晚霞。

——刘禹锡《浪淘沙》

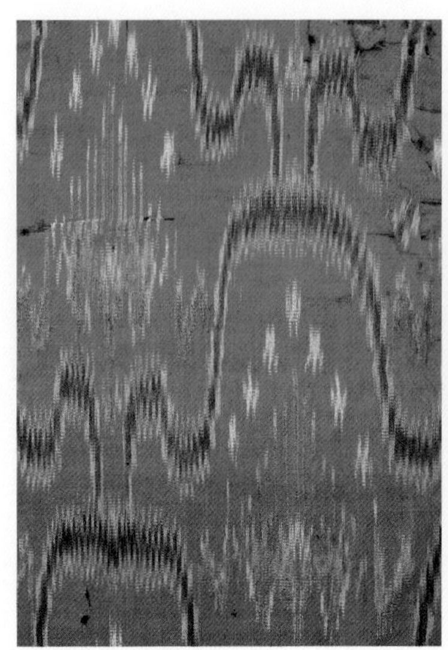
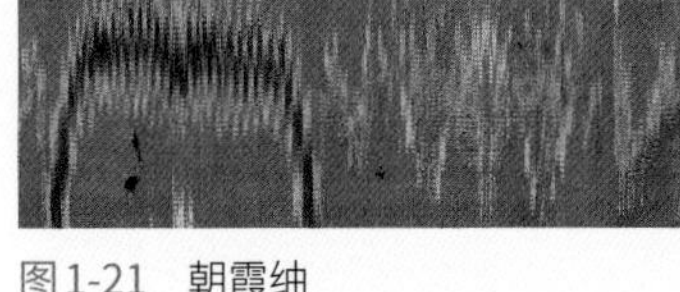

图1-21　朝霞紬

图1-22　絣

5. 絣：扎经染色的织物

产生色丝轴向色变的方法之一就是采用扎经染色，即先根据纹样设计将经丝分段扎染，染成多种色彩，经拆结、对花后再进行织造。织造时由于不能完全准确地对花，故纹样轮廓朦胧，产生一种“和云伴雾分不开”的效果，颇具特色。据实物来看，唐代已经出现了这种工艺，在日本正仓院和青海都兰唐墓中有着保留和发现。而絣发展到今天就是中亚地区还在生产并十分流行的艾得来斯绸。

絣在唐代应该也叫“朝霞紬”或“朝霞锦”。敦煌文书《癸酉年二月沙州莲台寺诸家散施历状》(P.2567背）中提到了“朝霞锦缠头一、紫锦七尺”。从朝鲜《三国史记》的“朝霞锦”和“朝霞紬”以及新罗时期的朝霞房[12]来看，朝霞锦和朝霞紬的风格介

12　《三国史记》卷八《新罗本纪》。

于织锦和织䌷之间，因此我们推测这种朝霞锦很有可能就是一种扎经染色织物，其色彩多用红色，犹如云霞绚烂。[13]（图1-21、1-22）

五、染缬

中国的丝绸印染有着自己独特的发展方式，虽然也有矿物颜料的直接印花，但更为重要的是以防染印花为特色的技术体系，可以称为染缬。我们用一张图表进行唐以前的技法分类，分得细而烦琐，事实上品种分类不可能如此零杂，往往看最后效果及主要工艺的共同点即可，如手绘蜡缬与型版蜡缬及点蜡缬属于一个种类，而无论是凸版印金，还是镂空版印金甚至是手描印金，亦都被称作印金。

<table>
<tr><th>分类</th><th>名称</th><th>材料工具</th><th>工艺方法</th></tr>
<tr><td rowspan="8">直接印花</td><td rowspan="2">手绘</td><td>彩绘</td><td></td></tr>
<tr><td>泥金</td><td></td></tr>
<tr><td rowspan="2">凸版拓印</td><td>唐式拓印</td><td></td></tr>
<tr><td>印黏合剂</td><td>印糊销金，贴金</td></tr>
<tr><td rowspan="2">镂版漏印</td><td rowspan="2">镂版印金</td><td>印糊销金</td></tr>
<tr><td>印糊贴金</td></tr>
<tr><td rowspan="4">绞缬</td><td>绞缝染花</td><td></td></tr>
<tr><td>绑扎染花</td><td></td></tr>
<tr><td rowspan="9">防染印花</td><td>打结染花</td><td></td></tr>
<tr><td>绞经染花，絣</td><td></td></tr>
<tr><td rowspan="3">蜡缬</td><td rowspan="2">型版蜡缬</td><td>一次防染</td></tr>
<tr><td>二次防染</td></tr>
<tr><td>手绘蜡缬</td><td></td></tr>
<tr><td rowspan="3">夹缬</td><td>凸版夹缬</td><td></td></tr>
<tr><td rowspan="2">镂版夹缬</td><td>一次夹印</td></tr>
<tr><td>多次套印</td></tr>
<tr><td>灰缬</td><td>唐式浆印</td><td></td></tr>
</table>

13　赵丰主编，王乐副主编：《敦煌丝绸与丝绸之路》，中华书局，2009年，第236页。

1-23　缝绞缬（实物局部）

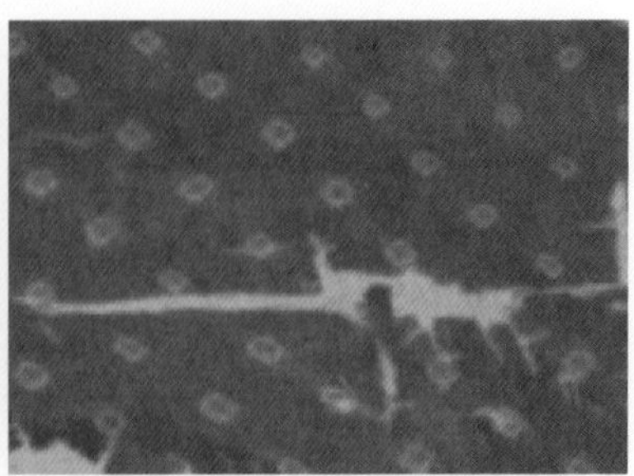

1-24　绑绞缬（实物局部）

1. 绞缬：扎染工艺的本义

就“缬”字的本义来看，实际上就是指绞缬一种，即今日所谓之扎染。《韵会》：“缬，系也，谓系缯染为文也。”《一切经音义》：“以丝缚缯染之，解丝成文曰缬。”这些文献都很清楚地解释了缬的本义是绞缬。

用于服饰的绞缬实物到魏晋时期才开始有较多的发现，在敦煌盛唐时期的石窟和藏经洞中有很多发现，图案亦有一些变化。但多为小点状，也有少量网目状和朵花状的图案。此外，日本正仓院也珍藏着一些自唐朝传去的绞缬织物。从工艺研究来看，当时采用了缝绞、绑扎和打结等多种方法。

关于绞缬的文献记载多见于唐诗之中，有撮晕缬、鱼子缬、醉眼缬、方胜缬、团宫缬等，大多以纹样图案为名，出现较多的是鱼子缬和醉眼缬，这些也就是出土实物中最常见的小点状的绞缬。不过，它们在正史作者的笔下，就没有那么丰富的词汇，只称其为紫缬、青缬等等。团宫缬应呈朵花状，方胜缬为方胜形，而撮晕缬或许是一种晕裥状的绞缬。[14]（图1-23、1-24）

14　沈从文：《谈染缬》，《中国文物常识》，天地出版社，2019年，第254页。

图1-25　团窠对雁夹缬绢（实物、图案复原）

溪山好画图，洞壑深闺闼。

竹冈森羽林，花坞团宫缬。

——杜牧《池州送孟迟先辈》

弄珠惊汉燕，烧蜜引胡蜂。

醉缬抛红网，单罗挂绿蒙。

——李贺《恼公》

别起青楼作几层，斜阳幔卷鹿卢绳。

厌裁鱼子深红缬，泥觅蜻蜓浅碧绫。

——段成式《戏高侍御》

2. 夹缬：用对称的雕花板夹持防染

关于夹缬的出现，唐人所著《因话录》载："玄宗柳婕妤，有才学，上甚重之。婕妤妹适赵氏，性巧慧，因使工镂版为杂花象之，而为夹缬。因婕妤生日，献王皇后一匹，上见而赏之，因赐宫中依样制之。当时甚秘，后渐出，遍于天下，乃为至贱所服。"此话说得有姓有名，时隔亦短，不由人不信。从出土的夹缬实物来看，亦没有发现盛唐以前的实例。（图1-25、1-26）

唐代夹缬作品发现较多。如新疆吐鲁番TAM38出土的白地葡

图1-26　团窠对马夹缬绢

染缬

杨花扑帐春云热，龟甲屏风醉眼缬。
东家胡蝶西家飞，白骑少年今日归。

——李贺《胡蝶飞》

醉袂几侵鱼子缬，飘缨长罥凤凰钗。
知君欲作闲情赋，应愿将身作锦鞋。

——段成式《嘲飞卿》

紫蜡黏为蒂，红苏点作蕤。
成都新夹缬，梁汉碎胭脂。

——白居易《玩半开花赠皇甫郎中》

黄夹缬林寒有叶，碧琉璃水净无风。
避旗飞鹭翩翻白，惊鼓跳鱼拨刺红。

——白居易《泛太湖书事寄微之》

萄纹印花罗（为751年后产物）、青海都兰热水大墓中出土的极少量夹缬实物，但更多的是在敦煌藏经洞中发现的夹缬实物，目前收藏在英国、法国、俄罗斯等国家的博物馆中。而北高加索地区发现的唐朝传过去的夹缬，以及日本正仓院中保存完好的大量的唐朝夹缬及一些日本的仿制品，更说明了当时夹缬传播之广和影响之远。[15]

从文献来看，新疆吐鲁番唐天宝八载（749）文书中有“夹缬”被子之名（TAM193）；敦煌卷子亦多次提及“续缬”（S.5680）和“甲缬”（P.4975），亦是指夹缬；连当时日本的《倭名类聚抄》中也收入了“夹缬”一词，可见夹缬应用之盛。

3. 泥金：金粉调和黏合剂绘上织物

文献记载中最丰富的大概是泥金。泥金就是将极细的金粉与黏合剂拌匀，然后一起绘上或印上织物。这个“泥”字当与印泥之“泥”同解，可以想象，泥金（唐诗中亦称金泥）的状态与印泥相似。

泥金的实物在法门寺晚唐地宫里已有不少发现，许多以罗为地，以泥金或泥银在罗质的衣服或裙面上进行手绘。图1-27的图案是晚唐时期十分流行的花鸟纹样，描画的是鸟儿在花丛中栖息或穿插的场面。（图1-27）

4. 印金：金箔贴于织物的装饰

印金工艺有很多名称，但经过具体分析，真正用于纺织品印金的工艺主要就是两类：一类是贴金，另一类是销金。（图1-28）

15 王业宏、刘剑、姜丽：《苍南夹缬遗存印染工艺研究》，《东华大学学报》（社会科学版）2009年第2期，第85—87页。

图1-28　罗地贴金花蝶

我们现在所知最早的印金织物是新疆营盘出土的贴金。此类贴金在当地应用甚广，当时男女服装的领口、裙摆、胸前、袜背等，均可以看到金箔被剪成三角形、圆点形、方形等，在丝织物上贴有各种剪好的纹样。[16]在法门寺地宫也可以找到这一类工艺的织物。

销金是宋元史料上一个常见的词汇。我们推测，销金也是一种印金工艺。这种印金工艺与贴金从外观上来看是非常类似的，

16　潘行荣：《元集宁路故城出土的窖藏丝织物及其他》，《文物》1979年第8期，第32—38页。

图1-27　罗地银泥飞雁

泥金

洛阳女儿在青阁，二月罗衣轻更薄，
金泥文彩未足珍，画作鸳鸯始堪著。
——李德裕《鸳鸯篇》

罗衣隐约金泥画，玳筵一曲当秋夜。
声颤觑人娇，云鬟袅翠翘。
——魏承班《菩萨蛮》

柳枝谩蹋试双袖，桑落初香尝一杯。
金屑醅浓吴米酿，银泥衫稳越娃裁。
——白居易《刘苏州寄酿酒糯米李浙东寄杨柳枝舞衫偶因尝酒试衫辄成长句寄谢之》

莫惜新衣舞柘枝，也从尘污汗沾垂。
料君即却归朝去，不见银泥衫故时。
——白居易《看常州柘枝，赠贾使君》

但其工艺却有较大的区别。从韩国民间保存下来的印金工艺及郑巨欣的研究来看[17]，宋元印金中大部分都采用这一工艺。即先在织物上用凸纹版印上黏合剂，然后贴上金箔，经过烘干或熨压，剔除多余的金箔。这种工艺的产品最早出现在唐代。陕西扶风法门寺地宫出土的铁函表面仍然包裹着一种蝴蝶折枝花纹的印金罗，应该就是销金。

> 新帖绣罗襦，双双金鹧鸪。
>
> ——温庭筠《菩萨蛮》
>
> 绣段装檐额，金花帖鼓腰。
>
> ——杜甫《陪柏中丞观宴将士二首》

六、刺绣

刺绣是用针引线在织物上穿绕形成图案的一种装饰方法。在织物上用针引线将刺绣与织物、编织物以及印染等区别开来。

中国古代刺绣的种类极多，技法的变化也相当丰富，因此，刺绣的技法称呼和分类均十分复杂。但在唐代之前，刺绣技法还相对比较简单，决定刺绣品种的主要因素就是材料和针法：材料以彩色丝线和金银线为主，前者的针法就是劈针和平针，后者的针法就是钉针。

1. 彩绣：用针引线装饰丝织品

中国最为传统的针法就是锁针，锁针是锁绣针法的简称，又称辫子股绣，主要是取其形状而名。锁针的特点是前针勾后针从而形成曲线的针迹，但整个效果是以线形成的面。

17　郑巨欣：《中国传统纺织印花研究》，东华大学博士学位论文，2005年。

图1-29　劈针绣卷草纹马鞯

但到唐代开始，则大量流行劈针，如青海都兰热水出土的劈针绣卷草纹马鞯。（图1-29）劈针的表观效果类似锁针，但其实是一种接针。接针是依靠连续的直针绣形成线状的艺术。当两次直针纵向相接时，一般都要退回一些才能相交，不可能在原针眼上接头，这种表面针迹为进，反面略退的针法称为劈针。绣针在前一绣线的中间刺入，如同将前面的绣线从中间劈开，故称劈针。后来在粤绣中称为续针，蜀绣中又称为藏针，由于其后一针接在前一针的丝线中间，接完之后看不出接头，故劈针一般是指后退不多或起码小于1/2的进针。

直针又可以称齐针，是平绣中的主要种类。这是一种根据花纹轮廓刺成针迹基本平行、边缘齐整的针法，一般用来绣大面积的色块。当然，平针中还可以根据针法与图案的关系再分成一些不同的子类型。日本正仓院和敦煌藏经洞发现的丝织物中有着众多的实例。（图1-30）

图1-30　花树对鸟纹刺绣

何处春深好，春深御史家。
絮萦骢马尾，蝶绕绣衣花。
破柱行持斧，埋轮立驻车。
入班遥认得，鱼贯一行斜。
——白居易《和春深》

2. 蹙金绣和钉金绣

在唐代，金线也被大量用于刺绣，一般就称钉金绣。这种钉金绣所用的金线多以捻金线为主，即以丝线为核，再绕以金箔片形成圆形线[18]，但也有单纯的金箔作绣者，称为片金线。捻金线在

18　杨军昌、张静：《法门寺唐代丝绸捻金（银）线工艺研究》，第67—69页。

图1-31　蹙金绣小袈裟

唐代诗文中多称为金缕，所谓的金缕衣、金缕曲，指的都是用捻金线钉在衣上的工艺。[19]与此同时，银线亦被用作钉的材料。钉银绣的实例在法门寺唐代地宫中也有发现，但其应用较金为少。

钉金绣的最早实例出自陕西扶风法门寺的唐代地宫中，当时可能称为蹙金绣或盘金绣。事实上，要明确区分蹙金、盘金、钉金等名非常困难。我们只能人为地规定，以金线为主作图案的刺绣称为钉金绣，以盘金块面为主呈现图案的可称为蹙金绣。蹙金和盘金，在唐代诗文中经常可以看到。（图1-31）

钉绣的效果使所钉之线不需在织物上穿来穿去，减少了损伤，同时也使钉线最大可能地展示在人们眼中，因此特别适宜于金、银等珍贵易碎材料制成的线。

19　胡可先、武晓红：《“蹙金”考：一个唐五代诗词名物的文化史解读》，《浙江大学学报》（人文社会科学版）2011年第4期，第46—55页。

图1-32　白绫地彩绣缠枝花鸟纹

蹙金绣

绣罗衣裳照暮春，蹙金孔雀银麒麟。

——杜甫《丽人行》

红泥椒殿缀珠珰，帐蹙金龙窣地长。

——和凝《宫词》

玉京初侍紫皇君，金缕鸳鸯满绛裙。

——杨衡《仙女词》

柳色披衫金缕凤，纤手轻捻红豆弄。

——和凝《天仙子》

看著中元斋日到，自盘金线绣真容。

——王建《宫词》

双飞鹧鸪春影斜，美人盘金衣上花。

——鲍溶《东邻女》

凤凰相对盘金缕，牡丹一夜经微雨。

——温庭筠《菩萨蛮》

3. 压金彩绣

在纹样的轮廓上用钉金绣，而轮廓内又用平针，称为压金彩绣。其名见于辽代史料，契丹贺宋朝生日礼物清单中就有“红罗匣金线绣方鞯二具”一条，这里的“匣”应是“压”的另一种写法。到金代，这种绣法也为金人所用，当时史料中有“金线压”和“金条压绣”等说法，指的都是这类绣法。

在唐末辽初时，这种刺绣方法非常受欢迎。陕西扶风法门寺地宫中就发现了许多彩绣外加钉金线的绣品，捻金线和捻银线或单或双地都被用于这些平绣的轮廓。敦煌藏经洞发现的白绫地彩绣缠枝花鸟纹也是一个极好的实例。（图1-32）

偶然楼上卷珠帘，往往长条拂枕函。
恰值小娥初学舞，拟偷金缕押春衫。
——司空图《杨柳枝寿杯词》

敢将十指夸纤巧，不把双眉斗画长。
苦恨年年压金线，为他人作嫁衣裳。
——秦韬玉《贫女》

2

應似天台山上月明前 四十五尺瀑布泉

——唐代的织物规格

应似天台山上月明前，四十五尺瀑布泉。

这一句写的是对整匹缭绫的印象。陈寅恪先生在这里提示：缭绫为越之名产，天台亦越之名山，故取以相比。以瀑布泉比丝织品，亦唐人诗中所惯用，如徐凝《庐山瀑布》诗云："虚空落泉千仞直，雷奔入江不暂息。今古长如白练飞，一条界破青山色。"即是其例也。

但事实上，这里更为重要的是为什么是"四十五尺瀑布泉"？凡去过天台山看过石梁瀑布的都知道，那个瀑布高三十米，远远高于白居易诗中所写的四十五尺（约为13.5米）瀑布泉。（图2-1）

这应该从唐代一匹丝织品的规格以及当时上贡丝织品的真实尺寸说起。

一、丝织品的规格

中国的丝织品自古以来一直是有规格的。

周代的丝绸生产在产量上已经达到一定的规模，为了便于管理与交换，据说齐太公立了九府圜法：其中关于布帛的规格尺寸规定是"布帛广二尺二寸为幅，长四丈为匹"[1]。如果有"布帛精粗不中数，幅广狭不中量，不鬻于市"[2]，即不能上市交易。

1 〔汉〕班固撰，〔唐〕颜师古注：《汉书·食货志》，中华书局，1964年，第1149页。

2 王文锦译解：《礼记译解·王制》，中华书局，2001年，第184页。

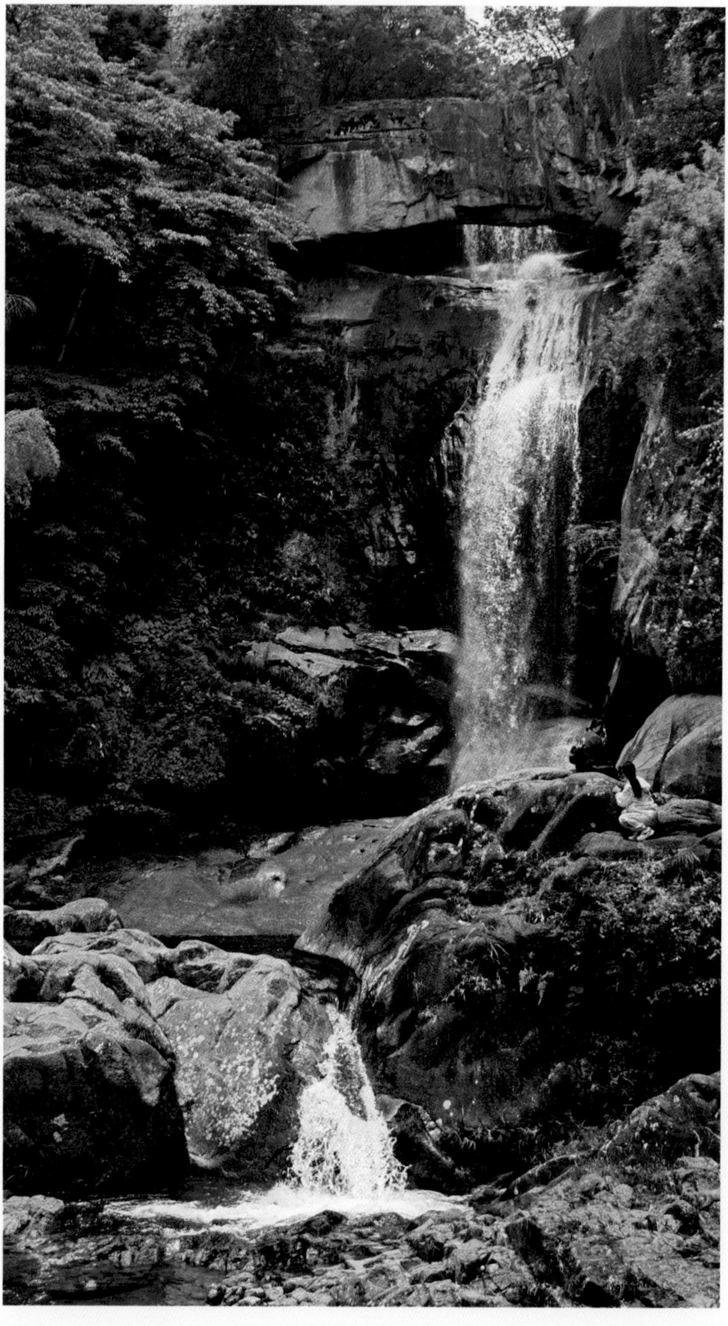

图2-1 天台山瀑布

图2-2 亢父缣

这一规格一直沿用到汉代。1907年，斯坦因在敦煌玉门关附近发现一件帛书："任城国亢父缣一匹，幅广二尺二寸，长四丈，重二十五两，直钱六百十八。"[3]这应该是一匹缣上的标签，注明了产地、品种、数量、规格、重量、价钱等等。任城国是东汉章帝元和元年（84）所设置，此时亢父属任城国（今山东济宁）统辖，因而敦煌出土此帛书应该是东汉中期之物。（图2-2）

唐代对丝织品的规格也有着统一的规定："凡缣帛之类，必定其长短广狭之制，端、匹、屯、綟之差焉。"[4]更具体的是："锦、罗、纱、縠、绫、䌷、绝、绢、布，皆广尺有八寸，四丈为匹，布五丈为端，绵六两为屯，丝五两为绚，麻三斤为綟。"[5]

可见丝织品的常用单位是匹，每匹长四丈，幅宽一尺八寸。这里用的是唐尺，每唐尺约30厘米，所以当时一匹的长度就相当

3　《流沙坠简考释·器物类》第42页，转引自陈直：《两汉经济史料论丛》，陕西人民出版社，1958年，第81—82页。
4　〔唐〕李林甫等撰，陈仲夫点校：《唐六典·户部》，第82页。
5　〔宋〕欧阳修、宋祁：《新唐书·百官志》，第1271页。

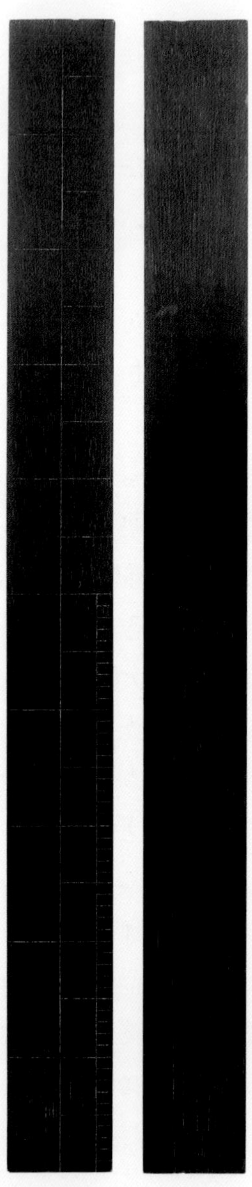

2-3 唐尺（红牙拨镂尺、斑犀尺）

于1200厘米，而幅宽就在54厘米。敦煌遗书有不少契约中都记载了当时丝织品的尺寸，虽有些出入，但大体上还是相符的。从唐代出土丝织品的实测来看亦是如此。说明这一尺度规格的管理是得到实现的。（图2-3）

二、从庸调到进奉

唐朝初期，唐高祖为了适应当时经济形势的需要，颁布了新的赋税制度，人称租庸调法，租纳谷物，调纳布帛，庸是力役，不过庸常以布帛形式代纳。这一制度一直沿用至安史之乱后，直到杨炎实施两税法。因此，从丝绸赋税的角度来看，唐代前期可称为庸调时代。

高祖武德二年（619）二月，天下未平，高祖就在关西“初定租庸调法，每丁租二石，绢二匹，绵三两，自兹以外，不得横有调敛”。到武德七年（624），天下大安，唐朝又重新颁布了租庸调的细法：“每丁岁入租粟二石。调则随乡土所产，绫绢绝各二丈，布加五分之一。输绫绢绝者，兼调绵三两；输布者，麻三斤。凡丁，岁役二旬。若不役，则收其佣，每日三尺。”[6]

在此有几点说明：

其一，上文中“各二丈”的“各”字是或用绫，或用绢，或用绝，各只需二丈。

其二，帛和布的等值换算是布加五分之一，即如是纳布，就得交二丈五尺。[7]

其三，虽然每丁均有法定的服役期，但事实上在通常情况下服役均由有匠籍的匠人们承担，而普通丁男只需以值代庸。唐代

6　〔后晋〕刘昫等撰：《旧唐书·食货志》，第2088页。

7　赵丰：《唐代丝绸与丝绸之路》，第63页。

法定的庸值是日绢三尺，据说日绢三尺乃是当时一个丁男的必要劳动时间的价值。这样，岁役二旬，其值绢六丈，计一匹半。加上调二丈就共是二匹了。因此，在大多数地方均是以一丁二匹庸调合计。

庸调的纺织品种类原则上是根据土产所定的，蚕土宜绢，麻土出布，而在兼有桑麻的土地上则悉听自便。当然，官府更希望得到的或许是丝织品。吐鲁番曾经出土一份文书，上载《仪凤三年中书门下支配诸州庸调及折造杂练色数处分事条启》："诸州庸调先是布乡兼丝绵者，有□□情愿输绵绢絁者听，不得官人、州县公廨典及富强之家僦句代输。"[8]明显带有鼓励输送丝绸的倾向。而一般的农户也许更喜欢保留尺度上较大的麻布而输纳较为高贵豪华的丝织品，"田家衣食无厚薄，不见县门身即乐"。（图2-4）

在具体的汇集征收过程中，先根据户籍由县尉"收率课调"，庸调绢必须经过检验，然后书写标记或盖印为证。现藏新疆维吾尔自治区博物馆的折调细绫（72TAM226∶16）上有墨书题记：（图2-5）

景云元年折调细绫一匹
双流县　以同官主　火愉

另有一绢（72TAM227∶4）上钤"益州都督府之印"[9]，分别可作为县、州经手并检收的实例。

8　国家文物局古文献研究室等编：《吐鲁番出土文书（八）》，文物出版社，1987年，第136—138页。

9　王炳华：《吐鲁番出土唐代庸调布研究》，见中国历史研究会编：《唐史研究会论文集》，陕西人民出版社，1983年，第12页。

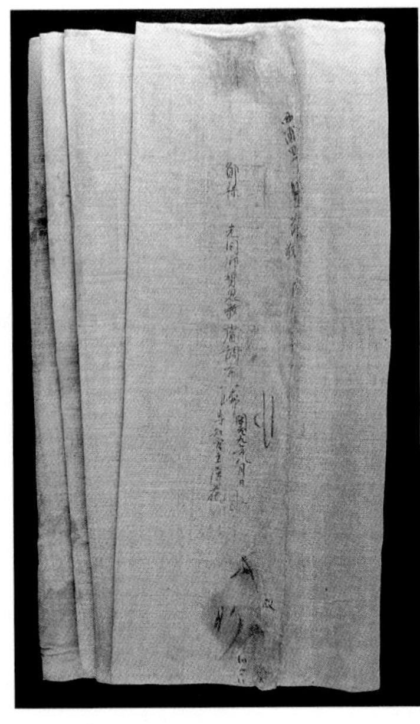

图2-4　吐鲁番庸调布

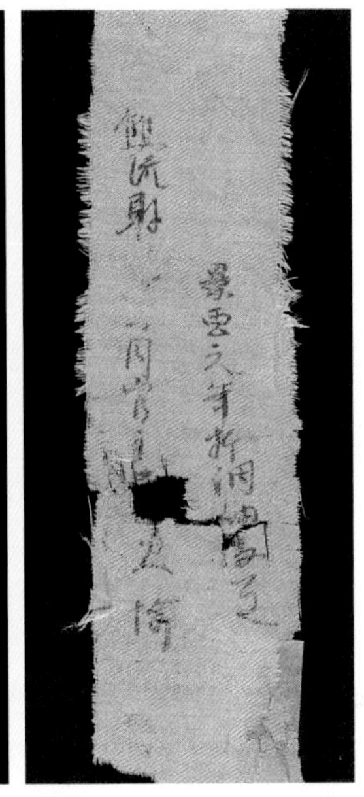

图2-5　折调细绫

各州县将庸调集中，然后按户部度支郎中的调度，分成两组输送，“凡物之精者，与地之近者，以供御；物之固者与地之远者，以供军”。

京师设有输场，凡发至京师的庸调，“先于输场简其合尺度斤两者，卿及御史监阅，然后纳于库藏，皆题以州县、年月，所以别粗良，辨新旧也”[10]。庸调绢经过尺度、重量等质量检验后藏于左藏库。当时的左藏库主要收藏庸调等纳物，而右藏库则收藏宝货，凡四方所献金玉、珠贝、玩好之物皆藏之。

另一条途径是把部分庸调绢帛藏于其他地方的库房，或是直接交给边军，这部分的数量亦不少。如相传为天下北库的清河（今河北清河）贮藏着江东布三百余万匹，河北租调绢七十余万

10　〔唐〕李林甫等撰，陈仲夫点校：《唐六典·太府寺》，第545页。

匹，当郡彩绫十余万匹，主要用于供北军费用。[11]

唐代前期官府主要依靠庸调收入丝绸产品，土贡初进奉只占很少的比例。进奉的记载不多，而土贡又是制度所明文规定的各州府"岁市土所出为贡，其价视绢之上下，无过五十匹"。《通典》所载天宝年间年贡丝织品仅三千一百六十匹，其余还有绵和锦袍等若干，其品种虽然丰富，数量却是有限。因此在布帛岁收总额中不占重要地位。

但是到了建中元年（780），杨炎在唐德宗的支持下正式开始推行两税法。两税法的得名来源于其纳税的时间分为夏、秋两次，然其原则却是"户无主客，以居者为簿；人无丁中，以贫富为差"，即按财产多少而定税收。由于两税法中明文规定不用布帛而用钱、粮交税，因此，官方颇觉丝绸来源不足，而百姓更觉卖绢换钱之苦。于是在朝野上下引起了一场货物重轻的大辩论，这场辩论旷日费时，涉及面广，直到长庆元年（821）正月，唐穆宗才下诏："应征科两税、榷酒钱内旧额，须纳见钱者，并任百姓随所有匹段及斛斗，依当处时价送纳，不得邀索见钱。"[12]至此，两税法中以钱为额，亦得输纳纺织品。虽然仍需按时价折算，总比被奸商们任意克剥要好得多了。

然而，此时政府的丝绸直接来源却是远远不如唐前期了。这种客观情况助长了中央政府向地方上索取丝绸，而地方官吏亦通过进奉以取媚。这种情形在唐后期愈演愈烈，其基本途径有二：一曰勒索上贡；二曰纵恿进奉羡余。

以丝织业发展迅速的两浙地区为例。浙东观察使坐镇的越州在唐前期仅上贡少量丝织品，但自贞元元年（785）以后，在常

11 〔唐〕殷亮：《颜鲁公行状》，〔清〕董诰等编：《全唐文》卷五一四，第5223—5232页。

12 〔宋〕宋敏求编：《唐大诏令集・典礼》，第392页。

贡之外又另加“异文吴绫，及花鼓歇单丝吴绫、吴朱纱等纤丽之物，凡数十品”[13]，种类大增。不久，贞元十年（794），越州刺史皇甫政运送了贡物计绫、縠一千七百匹，当货物到达汴州时，适值兵变，这些贡物全部散失，但即使遇到如此意外，也没能使统治者们开恩免贡。出于无奈，只得“请新来客户，续补前数”[14]。结果苦的是那些织造户们，若仅以绫与縠计，贞元十年起码织三千四百匹，是原先土贡定额的六十八倍。若再考虑到“越縠撩绫织一端，十匹素缣功未到”的质量差别，那它与原先土贡的价值比就是数百倍了。

对土贡的严令要求及采取的一系列措施，都明显地带有鼓励精而多的倾向。上既有意聚敛，下也就会出现一批奉承之徒。土贡开始后不久，已见越轨之举。到中唐以后，这种逾意外求就远非土贡的额度所能满足，变成进奉名义下的大量勒索。

进奉和土贡原则上应有主动和被动的区别，但君王甚至连进奉也开口索要，因此这种区别也就很难说明问题了。区别的标志反而在于量的多少，土贡多则多矣，但每次还是千匹左右，再多的话就不好意思称作土贡了，便以个人进奉羡余的名义纳入内库。（图2-6）

德宗兴元元年（784）时，“帝属意聚敛，常赋之外，进奉不息”。贞元时，韩弘入京，一次就献绢五十万匹，其他锦纨绮缬又三万匹，合计五十三万匹；王播更是创下了连续进奉的记录：宝历元年（825），“进羡余绢一百万匹，仍请日进二万，计五十日方毕”；次年七月，又进羡余绢五十万匹；到大和元年（827），

13 《元和郡县图志》二六“浙东观察使越州”条，见陈寅恪：《元白诗笺证稿》，第253页。

14 〔唐〕皇甫政：《请补进绫縠奏》，〔清〕董诰等编：《全唐文》，《唐文拾遗》卷二四，第10642页。

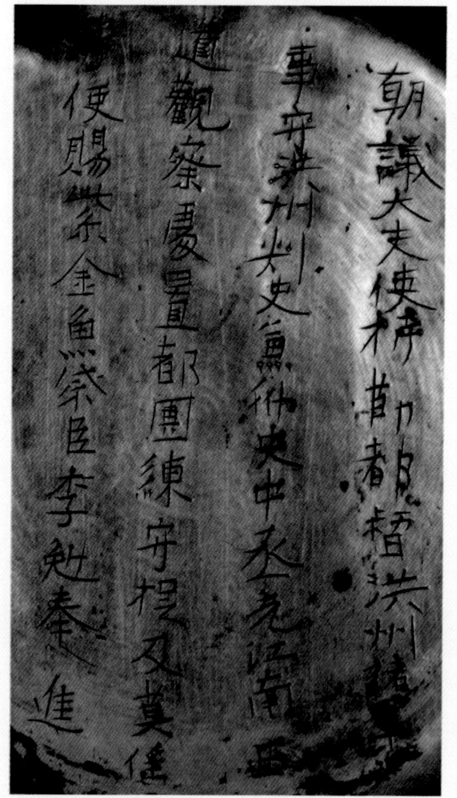

图2-6　唐进奉银器

又进绫、绢各二十三万匹，共计四十六万匹。这样，王播以连续三年巨额进奉，总数达一百九十六万匹，而创下了唐代进奉的最高纪录，并以此摘取了宰相的职务。若以他最多的一年一百万匹计，比天宝年间年庸调绢总额的13.5%还多，难怪当朝天子要刮目相待了。[15]

三、质量检查的对策

针对白居易诗中所说的"四十五尺"，陈寅恪先生说："依唐代规制，丝织品一匹长四丈。今言四十五尺者，岂当日官司贪虐，多取于民，以致逾越定限耶?"

一般认为，四十五尺是指一匹缭绫的长度。唐制规定，丝织品皆"四丈为匹"，四丈即四十尺，与四十五尺相去不远。但这五尺的误差是如何产生的呢？是由于诗人的艺术需要，还是如陈寅恪先生所说："岂当日官司贪虐，多取于民，以致逾越定限耶?"我们看《旧唐书·食货志》中确实记载了当时织物超过四丈的事实：

> 开元八年正月敕：顷者以庸调无凭，好恶须准。故遣作样，以颁诸州。令其好不得过精，恶不得至滥。任土作贡，防源斯在，而诸州送物，作巧生端。苟欲副于斤两，遂则加其丈尺，至有五丈为匹者，理甚不然。[16]

这说明当时确有加长者，但其目的却是为了"求两而加尺"，因为当时检验丝织品质量的重要标志是检验匹重，重量到了，就

15　赵丰：《唐代丝绸与丝绸之路》，第74页。

16　《旧唐书·食货志》，见陈寅恪：《元白诗笺证稿》，第266页。

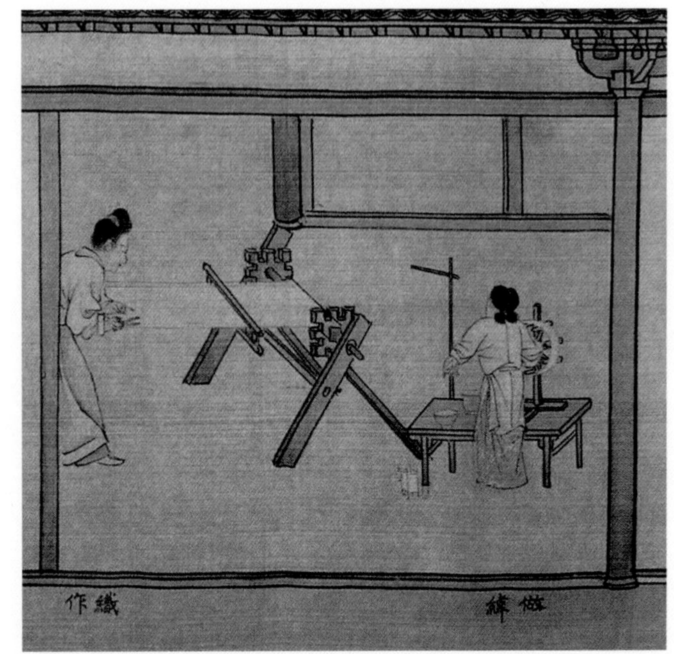

图2-7 《蚕织图》之做纬、织作

不会认为是偷工减料了。而在丝细绫薄的江南地区，就更需要这样做了。

根据织物结构Pierce模型理论，在同样纤度和不变形的情况下，一定长度的经丝能织出斜纹织物的长度是平纹织物的1.1倍，唐代的绢是平纹织物，而绫是完全斜纹织物或不完全斜纹织物，因此，绫与绢的比例大约可以维持在此不变。若考虑到江南的丝纤维较细，此比值将会更大一些。这样，如果用北方织制四十尺绢相同重量的丝线来织江南的绫，则能织出四十多尺。如此看来，白居易所描写的“四十五尺瀑布泉”在现实中也是十分合理的。(图2-7)

3

中有文章又奇絶 地鋪白烟花簇雪

——唐绫种类详分

中有文章又奇绝，地铺白烟花簇雪。

诗人到这里开始正面描述缭绫，描述缭绫何以为绫的特点。

首先，绫是一种提花织物，所以，绫中有文章。文章就是纹样，但这文章长什么样？——“地铺白烟花簇雪”。

有人将这一句理解成是对缭绫图案的描写，更有人将其英译成It’s woven with marvelous patterns of clouds, snow and flowers。意即织出烟云、雪、花等精美的图案。其实，诗人在这里并没有说这文章是什么，而只是说了这文章像什么。这其实是他对缭绫素织工艺的描写。而更为奇妙的是白居易用“烟”和“雪”两字之恰当。综观唐代绫织物组织结构，一般有平纹地斜纹花、平纹地嵌合组织花、斜纹地同单位异向绫、斜纹地异单位同向绫等类型。而浙东一带的绫以平纹地上显花为主，而这种组织结构的表观效果正是：地部稍暗，如铺白烟；花部较亮，似堆白雪。

一、绫盛于唐

与罗、绡、纨、绮等名相比，绫的名称出现比较迟，一直到魏晋时期才渐渐多起来。

成书于西晋的《西京杂记》记：“霍光妻遗淳于衍蒲桃锦二十四匹，散花绫二十五匹。绫出钜鹿陈宝光家，宝光妻传其法，霍显，召入其第，使作之，机用一百二十镊，六十日成一匹，匹直（值）万钱。”这可能是关于绫较早的文献之一。从这里可见，

当时陈宝光妻用的绫机是相当复杂的，而散花绫也俨然为一时的名产，费工难织且价格昂贵。

到三国时，又有陕西扶风人马钧改革绫机，《三国志·魏志》裴松之注："旧绫机五十综者五十蹑，六十综者六十蹑，先生患其丧功费日，乃皆易以十二蹑，其奇文异变。"经过改进的绫机，可以用十二片踏脚板控制五十或六十片综，使生产效率得以提高。从此之后，绫的名目见于文献资料的逐渐增多，如白绫、青绫、绛绫、大文绫、鹤绫、仙人纹绫等等。

然而，绫织物真正进入全盛时期是在唐代。绫很为当时人所重，是仅次于锦或与锦齐名的一种高档丝织品。据《新唐书·车服志》载：唐代百官公服都要用绫制作，其中"亲王及三品、二王后，服大科绫、罗，色用紫，饰以玉。五品以上服小科绫、罗，色用朱，饰以金。六品以上服丝布、交梭、双紃绫，色用黄"。

《唐六典》记载官府织染署中设有专门的绫作，择各地技巧精良的工匠织造。如武后时期，仅绫锦坊中就有"巧儿"三百六十五人，内作使下绫匠八十三人，掖庭绫匠一百五十人。除官营外，唐代民间作坊织绫也颇盛，如定州何明远"家有绫机五百张"，像这样规模的大作坊，是前代所没有的，到今天也是罕见的。

唐代绫的生产遍布全国各产丝区，各地的上贡丝织品中绫占了很大比重，名类之多也是令人惊叹。河北的定州、河南的蔡州以及中唐后的江浙一带，都是绫的重点产区。当时绫的生产量非常巨大，其贡物目录、诗文辞赋及吐鲁番敦煌文书中有着极多各种绫的品名记载，略列举之：

以产地命名者有吴绫、范阳绫、京口绫；

以生产者姓氏命名者有司马绫、杨绫、宋绫（亦可能是地名）；

以纹样图案命名者有方纹绫、仙文绫、云花绫、龟甲绫、鸂鶒绫、镜花绫、重莲绫，柿蒂绫、孔雀绫、犀牛绫、樗蒲绫、鱼口绫、马眼绫、独窠绫、两窠绫、四窠绫等；

以工艺特点命名者有双丝绫、双紃绫、交梭绫、八梭绫、白编绫、熟线绫、楼机绫；

以表观色泽命名者有二色绫、耀光绫及各种色名的绫，不可尽数。

到宋元明清，绫的品名的出现仍然是有增无减，品种变化也相当丰富，但论地位之显赫，再也不能超过唐代。[1]

如前所述，唐代之绫中有很大一部分是平纹地暗花织物，这部分，有人认为应称绮；另一部分是斜纹地暗花织物，这部分大家的观点比较一致，非绫莫属。绫的名目虽然五花八门，但其工艺是先织后染的素织，因此在染之前的外观效果统一，都是“地铺白烟花簇雪”。烟是白的，雪也是白的，如此如何分辨花与地？但这正是绫的特点，它不依赖于色彩的改变，而是靠花地组织的不同造成对光反射的效果不同而显现花纹的。换言之，绫的基本特征也就是我们称之为暗花组织的效果。

因此，唐代的绫可以根据地部组织的不同而分成两大类：一类是平纹地上起花，另一类是斜纹地上起花。

二、平纹地的绫

平纹地上显花的单层织物在考古学界一般称为绮。绮是一个出现较早的名称。《楚辞 · 招魂》中有“纂组绮绣”之句，《战国策》中亦有“曳绮縠”之句，其注皆与《说文》相同：“绮，文缯也。”文缯也就是有花纹的平素类织物，与战国秦汉的出土实物

1　袁宣萍：《唐绫略说》，《浙江丝绸工学院学报》1986年第3期，第44—49页。

相比较，可知这是指当时的平纹地暗花织物，这在汉代被称为绮。（图3-1、3-2）

根据夏鼐先生的研究，最为经典的汉绮是一种平纹地上起四枚斜纹花的组织，出现在汉代，延续却十分长久。这种组织最初出现在长沙马王堆汉墓之中，是一件平纹地上显3/1斜纹的杯文绮[2]；后来，则大量出现在西北地区自东汉至隋唐的墓葬之中，如鸟兽纹绮、套环贵字纹绮、对波葡萄纹绫等。

另有一种汉绮被称为汉式组织，其特点是在显示花纹的纬线之间夹入一梭地组织的平纹纬线，这种组织的花纬浮长往往长于平纹纬线浮长，故会使邻近的丝线产生滑移。但这种组织的优点是纬浮较短，固结点多，表面平整，并增加循环长度，遂被后世广泛利用。

大量发现此类组织是在丝绸之路沿途汉晋时期的墓葬中。从新疆的尼雅、楼兰、营盘，直到叙利亚的帕尔米拉，各地均出土了此类织物。其图案多为几何纹骨架中的对兽、对鸟、兽面及菱形纹等。不过，这类织物中大量使用的是平纹坐地类型，这一类型在汉魏之间极为流行，是当时最为典型的绮组织。

但是，到了魏晋南北朝时期，绮的名称除了在诗文中偶尔见到之外，在现实生活中却极少出现。与此同时，平纹地暗花织物的品种种类与数量却与日俱增，唯一的解释就是这类织物到此时已不再称为绮了。

绮的名称最终为绫所取代，应该是在唐代，一般的平纹地暗花织物均被称为绫。我们仅举两个实例作证：一是吐鲁番所出的一件团窠联珠对龙纹绫的平纹地暗花织物，背面写有唐代“景云

2　上海市纺织科学院等：《长沙马王堆一号汉墓出土纺织品的研究》，文物出版社，1980年，第23—28页。

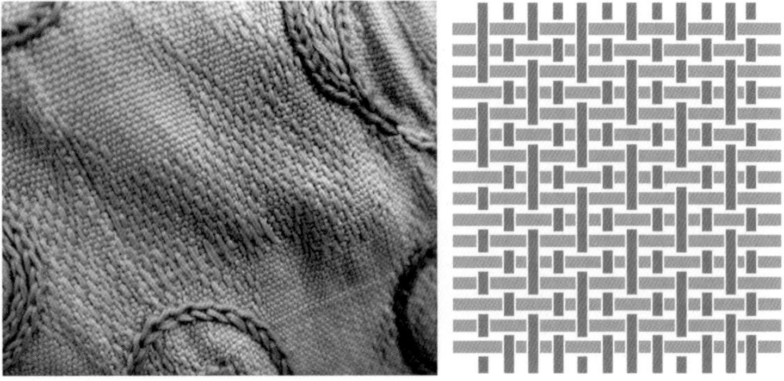

图3-1 汉绮（实物局部、结构图）

图3-2 汉绮（实物局部）

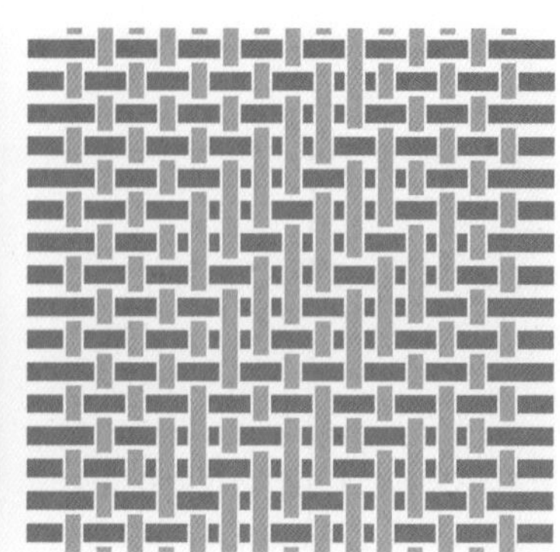

图3-3 平地斜纹（实物局部、结构图）

元年折调细绫一匹　双流县　以同官主　火愉”的题记；二是日本正仓院藏有一件时代与唐代相当的、题有“近江国调小宝花绫壹匹”的织物，采用的便是平纹地显斜纹花的组织。[3]很显然，这种结构的织物在唐代被称为绫。（图3-3、3-4、3-5、3-6）

对于这种异时异名的织物，可以按唐代名称通称为绫，也可按汉代名称通称为绮，但也不反对仍按时代的名称加以称呼，即对汉及以前者称为绮，对魏唐及以后者称为绫。为了与斜纹绫相区别，又可以具体地称为平纹绫。

到了晚唐时期，平纹绫的组织结构又有很大变化，除了平纹地上四枚斜纹花之外，还出现了六枚斜纹显花、变化斜纹显花、并丝组织的浮纹显花等不同组织结构的绫。（图3-7、3-8）

三、斜纹地的绫

对于标准的斜纹地上显花的绫织物来说，一般的变化有单位（枚数）、斜向、浮面（经面或纬面）的区别。因此，在选择不同花地的斜纹组织时，主要是考虑这三个方面的不同，有了这些不

3　松本包夫：《正仓院裂和飞鸟天平的染织》，紫红社，1984年，第178页。

图3-4 平地并丝绫（实物局部、结构图）

图3-5 平地并丝绫

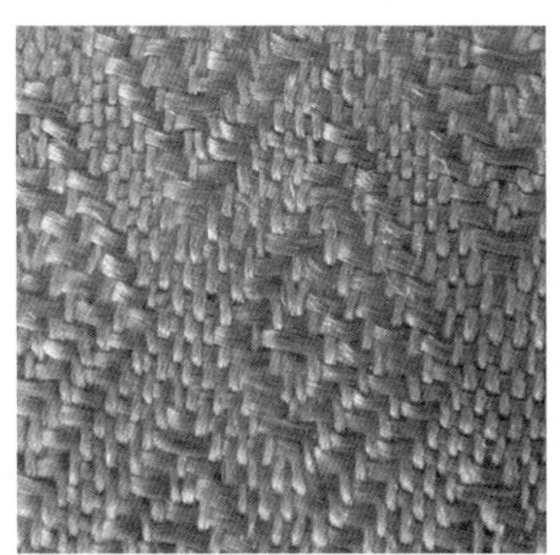

图3-6 平地浮纹绫

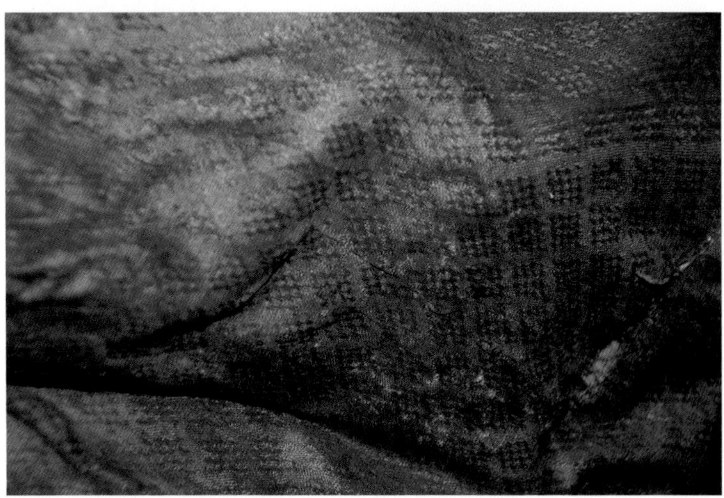

图3-7 方点平地六枚绫

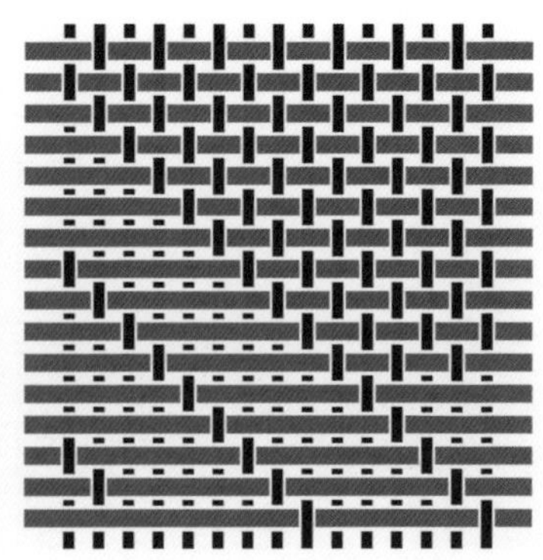

图3-8 平地六枚绫（实物局部、结构图）

同，就能区分出花与地来。不同的因素越多，花地之间的差别也就越大，最后得到的效果也就越明显。我们可以用表来表示斜纹地可能生成的绫组织。（图3-9）

斜向	枚数	浮面	应称名	实例
异	异	异	异单位异面异向绫	3/1右和1/7左（辽）
		同	异单位同面异向绫	无
	同	同	同单位同面异向绫	2/1左和2/1右（元）
		异	同单位异面异向绫	1/3左和3/1右（唐）、1/5左和5/1右（唐）、2/1左和1/2右（元）
同	异	异	异单位异面同向绫	2/1和1/5（唐）、3/1和1/7（辽）
		同	异单位同面同向绫	
	同	异	同单位异面同向绫	1/3和3/1（辽）、1/5左右和5/1左右(辽)1/2和2/1(元)、4/1和1/4(清)
		同	素绫	2/2（唐）、$\frac{31}{11}$(元)

异向绫的大多数情况均为同单位异面异向绫，其中有四枚异向绫、六枚异向绫和三枚异向绫等多种。

四枚异向绫最早在汉晋时期的墓葬中已有出现，是最早的一种以斜纹为地的暗花织物。新疆楼兰和营盘都出土过一些方格

图3-9 斜地同向绫 卷草纹白绫（实物局部）

纹的四枚异向绫。[4]但大量的四枚异向绫出现于唐代，青海都兰吐蕃墓中就有1/3左斜为地、3/1右斜显花的绫[5]，甘肃敦煌莫高窟也曾出土过一块1/3左斜为地、3/1右斜为花的青绿色几何纹绫。[6]（图3-10）

同向绫一般包括异单位异面同向绫和同单位异面同向绫两类，尚未发现异单位同面同向绫的实例。

同向绫最初出现在唐代，为异单位异面同向绫，通常是2/1作地、1/5显花。如敦煌藏经洞就出土一件酒糟色几何花卉绫，2/1左斜作地，1/5左斜起花；[7]青海唐墓中的黄色大花卉绫的组织为2/1右斜地上起1/5右斜花，稍有区别。[8]（图3-11）

在斜纹地上用浮长（通常是纬浮长）显花的织物称为浮花绫。浮花显花是一种十分简单的组织，与斜纹地结合出现在唐代，唐初已有四枚锯齿形斜纹地上用纬浮显示小花的先例，在正仓院藏品中则有2/1右斜斜纹地上用纬浮显示树下双凤和树下双羊的复杂纹样的织物。[9]（图3-12）

4　赵丰：《纺织品考古新发现》，艺纱堂/服饰出版（香港），2002年，第47页。

5　许新国、赵丰：《都兰出土丝织品初探》，第65页。

6　Krishnā Riboud and Gabriel Vial, *Tissus de Touen-Houang*, Mission Paul Pelliot XIII, Paris, 1970.

7　包铭新：《中国古代暗花丝织物》，《华东纺织工学院学报》1985年第1期，第93页。

8　许新国、赵丰：《都兰出土丝织品初探》，第65页。

9　松本包夫：《正仓院裂和飞鸟天平的染织》，第68—69页。

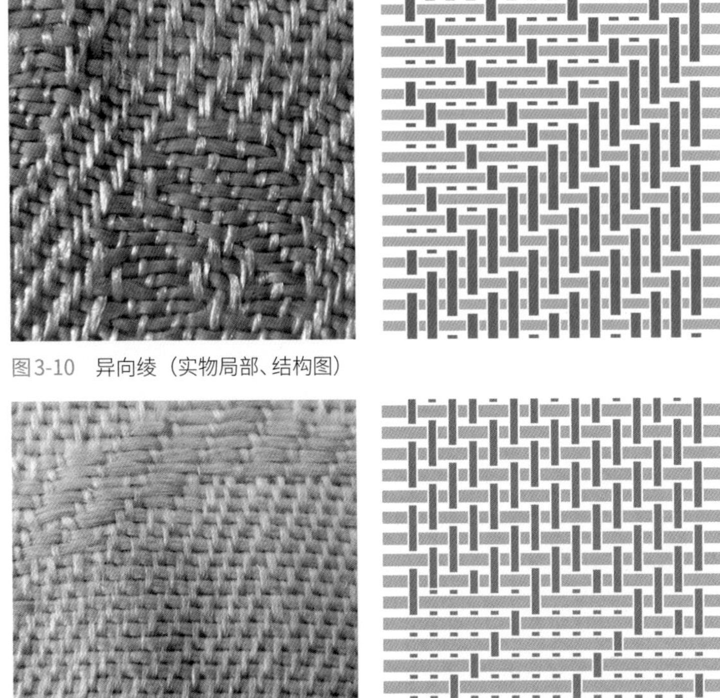

图3-10 异向绫（实物局部、结构图）

图3-11 六枚同向绫（实物局部、结构图）

图3-12 斜地浮纹绫（实物局部，两例）

4

織者何人衣者誰　越溪寒女漢宮姬

——浙江丝绸的起源与发展

织者何人衣者谁？越溪寒女汉宫姬。

此句点明缭绫的产地及缭绫作为贡品的生产性质。陈寅恪说：微之“越縠撩绫”，乐天“织者何人”“越溪寒女”相参证，尤足证当时吴越之地盛产此种精美之丝织品也。

我们知道，狭义的越地是指当时越州（今浙江绍兴）一地，而广义的越地可指当时浙东观察使下属各州，相当于今浙江之大部分地区，前述“天台山上月明前”所指与此正同。这里的织者为越溪寒女，意即越州织女，衣者为汉宫姬，暗指唐代宫廷，显然是以越地土特产之名义，将缭绫上贡于朝廷。

据《新唐书》《元和郡县图志》等史料载，越州在唐代早期只有白编绫、吴绫、白纱、文纱等类丝织品上贡，但到唐代后期，尤其是“贞元之后，凡贡之外，别进异文吴绫，及花鼓歇单丝吴绫、吴朱纱等纤丽之物，凡数十品”。这里的吴绫，顾名思义应是原产于吴郡（今江苏苏州）一带的织物，后传入越地，在越州也能生产。而所谓的异文吴绫，是指图案特别奇异的吴绫，应是吴绫的发展，也有可能就是缭绫。唐代浙西属于吴地的镇江也能生产缭绫，图案奇丽，或许也是一种异文吴绫。

在此，我们就来简单地回顾一下越地浙江的丝绸生产历史吧。

图4-1　河姆渡蚕纹牙雕杖首

一、浙江丝绸的源头

浙江丝绸史是中国丝绸史的重要组成部分，丝绸在浙江的出现，可以追溯到新石器时代晚期。在距今7000年前的河姆渡文化、5000年前的良渚文化和4000年前的钱山漾文化遗址里都有相关的发现。

河姆渡遗址位于浙江省宁绍平原上的余姚市，靠近宁波。遗址中出土了大量生产工具，其中与纺织有关的有打纬骨机刀、骨梭、梭形器、木制绞纱棒、打纬刀、经轴（残片）和陶制纺轮。但更有意思的是有一个牙雕杖首（图4-1），上面栩栩如生地雕刻着四对小虫的纹样。[1]这四对小虫非常像蚕，看起来好像正在向前蜿蜒蠕动，头部和身上的横节纹非常明显。是什么小虫能让河姆渡的先民把它们雕刻在代表权力的杖首上？这种昆虫与他们的生活有着什么样的特殊联系呢？除了蚕，几乎不可能是任何其他小虫。

从河姆渡、田螺山以及跨湖桥遗址出土的相关文物来看，浙

1　吕洪年：《河姆渡文化的艺术珍品——释蝶形牙雕“双鸟舁日”》，《文史知识》1996年第10期，第108—110页。

江先民早在7000—8000年前已生活在桑树茂密的水边，开始用陶制的纺轮进行纺纱，制作麻绳，编织竹器，并用原始腰机织造织物。可以推测，生活在原始桑林中的野蚕，已被这里的先民所认识，或许蚕一生特别是从蛹破茧化蝶的转变过于神奇，让他们对蚕产生了好奇，产生了敬畏，甚至产生了崇拜，于是便将蚕的形象雕刻在器具上，作为一种符号。或许他们还没有完成野蚕到家蚕的驯化，但离这一步或许已不遥远了。

良渚文化的发现始于20世纪20年代，出土文物中最令人瞩目的是大量精美、高等级的玉器和精细、带有大量刻画装饰纹样的黑陶。到20世纪80年代前后，杭州余杭良渚一带已被确认为良渚文化的核心区，其中反山、瑶山发现的高等级墓葬中都出土了大量精美的玉器，特别是由玉捻杆和玉纺轮组成的一件完整的纺专，还有一套完整的原始腰机的玉饰件。（图4-2-1）通过这套玉饰件，我们可以完整地复原出当时的织机。[2]（图4-2-2）这是我们所知最早的完整原始腰机的发现，体现了良渚文化时期纺织技术的水平，以及人们对纺织文化的重视。

在距今5000年前的良渚文化中，我们虽然没有直接发现蚕桑和丝绸，但专家们可以肯定，良渚文化已经具有相当发达的农业和手工业，有一套十分完整的礼制和社会组织形态，等级社会已经出现，人与人之间已有了贵贱与贫富之分，也就是说良渚先民已经告别了荒蛮，跨入了文明社会的行列。

此后最为重要的发现就是距今4000多年前的钱山漾遗址中出土的绢片（图4-3-1、4-3-2）、丝带、麻布等丝麻织品，引起了考古界的广泛关注。原来考古学家们把它也划入了良渚文化，但最近的考古和研究对此做了修正，重新命名了钱山漾文化，而这其中

2　赵丰：《良渚织机的复原》，《东南文化》1992年第2期，第108—111页。

图4-2-1　良渚织机

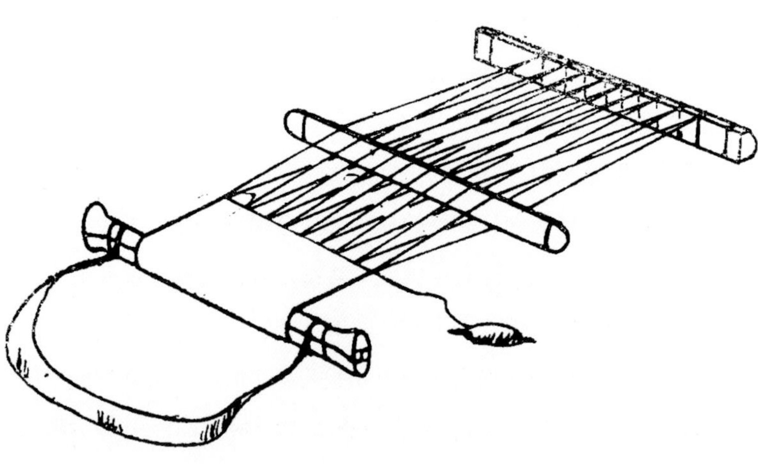

图4-2-2　良渚织机（复原图）

图4-3-1　钱山漾出土绢片

图4-3-2　钱山漾出土绢片丝线截面

发现的丝绸则是钱山漾文化中最为出彩的篇章。因为这是到目前为止所发现的世界上最早的丝织品之一。

这批丝织品于1958年出土于湖州钱山漾新石器时代遗址。在探坑二十二号第四层，发现了丝线、丝绳、麻布及盛有绢片、丝线、丝带、麻布等物的竹筐。当时的浙江省纺织科学研究所和浙江丝绸工学院于1960年和1979年先后两次对出土丝织品作了实验鉴定。这就是浙江史前丝绸最为可靠和明确的实证。[3]

二、从越国到南朝

浙江以越为名最初始于春秋战国时的越国。当时的浙江，其实分属于吴、越两国，其中浙西部分属吴，其余属越国。史载吴王僚时期（公元前526—前515），吴国与楚国边界上就发生了一场因争桑引发的战争。公元前494年，吴王夫差为报父仇而大举伐越，越王勾践败退到会稽山，向吴求和。此后，越王勾践“卧薪尝胆”，亲自耕作，夫人荆钗布裙，亲自蚕织，同时“省赋敛，劝农桑”，积极发展农业和蚕桑丝绸业。传说西施在去吴国之前，常在家乡诸暨苎萝山清澈的溪水中“浣纱”，这里的纱应该就是

3　周颖：《丝之源——湖州钱山漾》，《丝绸》2006年第6期，第49—50页。

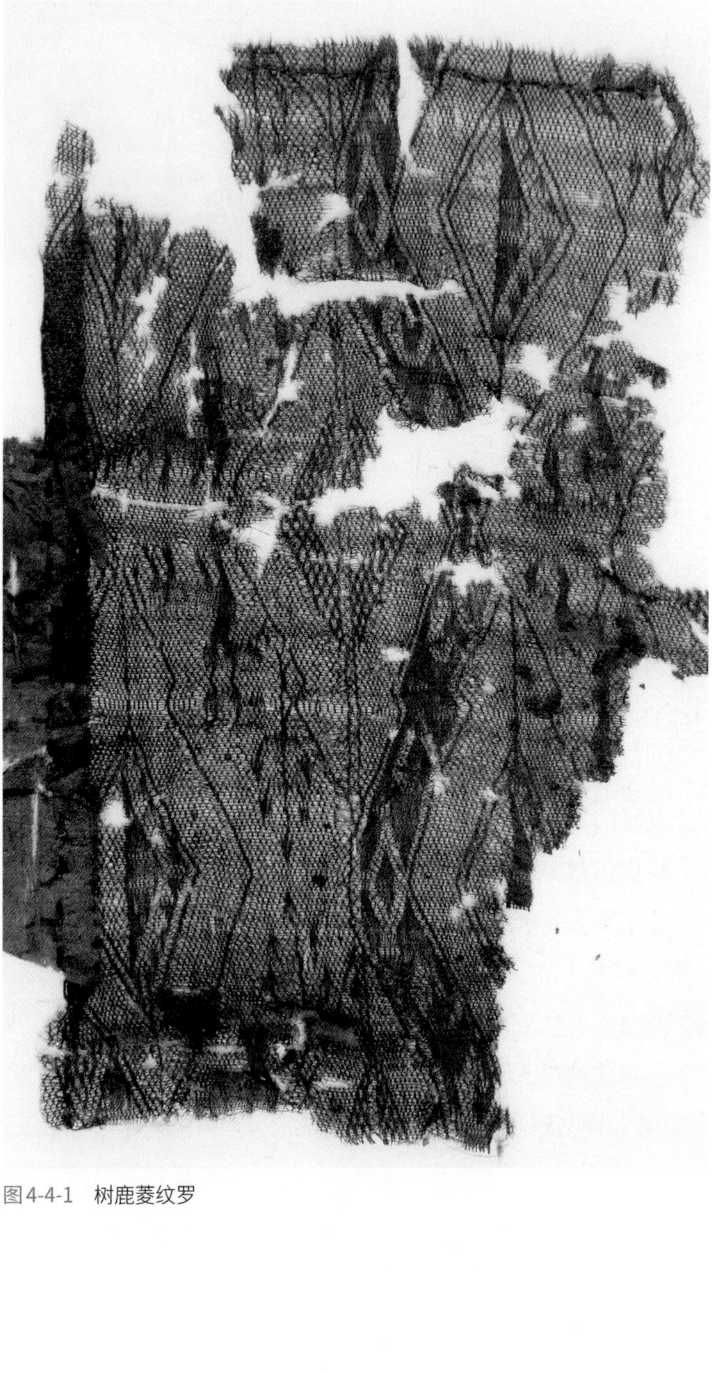

图4-4-1　树鹿菱纹罗

图4-4-2　树鹿菱纹罗纹样图

一种轻薄的丝织品。

属于春秋战国时期的浙江丝绸还真能看到。一件是1995年浙江省博物馆出资购回的者旨於赐剑上的丝带。者旨於赐就是越王勾践的儿子，他于公元前464年—前459年在位，就是在他的剑上，还有丝带和绢片缠在剑柄上。丝带已呈黑色，带宽约2毫米，松散地卷绕在整个剑柄之上，丝带保存良好，且尚有弹性，长度190厘米左右。在靠近剑柄顶端约2.5厘米宽处，用高倍放大镜可发现在丝带之下还裹着数层平纹丝织品。这把越王古剑上包缠的丝带和丝织品之所以重要，是因为两者相伴共出尚为首例，因此它成了目前所知唯一的越国生产的丝织品。另一件是出土于浙江安吉战国墓里的树鹿菱纹罗（图4-4-1、4-4-2），这件织物是国内目前所知最早的提花罗织物。后世越罗之所以名满天下，从战国时期就已有实物的证明了。

浙江丝绸起源虽早，但其真正的发展却要到六朝时期。自魏蜀吴三分天下起，中国北方就一直处于连年混战的局面，而形成对比的江南地区却相对平静得多。特别是当西晋灭亡时，晋室南

渡，带来了我国历史上第一次大规模南迁的潮流。据记载，南迁人口到达长江流域的，总数在七十万之众。其中一部分越过长江后继续南进，到达浙江和闽南一带。在这近200年中，南渡人口补充了南方劳动力的不足，带来了北方先进的生产工具和技术，促进了南方农业和手工业生产的发展。他们也与浙江本地人民一起，共同推进了蚕桑丝绸业的进步。

东晋立国之初，统治者一再下诏，以劝课农桑为第一要务。而且将劝课农桑的效果作为考察官吏能力大小的依据，迫使地方官重视农桑，发展经济。以后宋、齐、梁、陈各代，统治者也都将发展农桑作为国家的首要大事。史载南朝皇帝的宫中一般都设有桑林蚕室，每年春天在祭祀蚕神后，皇后要率嫔妃举行“亲桑”“亲蚕”之礼。同时，东晋南朝在占田制的基础上实行户调制度，这种制度是以征收绢布实物为特征的。晋户调制规定：“丁男之户，岁输绢三匹，绵三斤。”南朝赋税皆承晋制，虽然在调的数量上各代均有增减，或从以户计算变成以口计算，但征收绢帛的基本内容没有变。农民们必须竭力蚕织，发展丝绸生产。此外，东晋南朝正值我国南方佛教大发展之时，寺院与僧尼数量很多，且广有田地与资财，因此寺院经济是当时社会经济的重要组成部分。很多寺院都从事丝绸生产，役使一般僧尼及“白徒”“养女”等从事蚕织劳动，以积敛财富。所以，寺院所产丝织品的数量也是相当大的。

在相对安定的环境及户调绢布制度的实施下，人民竭力蚕织，丝绸生产得到很大发展。从当时诗文的描绘中可以看到，太湖沿岸及钱江流域，已普遍种植桑树，如建德、东阳、新安、金华、乌程、吴郡、吴兴等地，到处是桑林茂密的景象。“蚕生春三月，春桑正含绿。女儿采春桑，歌吹当春曲。”采桑女唱出的正是江南丝绸业的新兴气象。至刘宋时，据《宋书》称：“近孝武之末，天下无事，时和年丰，百姓乐业，便自谷帛殷阜，几乎家给人足。”这种说法可能有夸耀的成分，但江南丝绸生产获得较大发展却是事实。史称：“扬部有全吴之沃，鱼盐杞梓之利，充仞八方，丝绵布帛之饶，覆衣天下。”

三、东南的崛起

论及东南地区丝绸业何时崭露头角，人们常常引用李肇的一段话：

> 初，越人不工机杼。薛兼训为江东节制，乃募军中未有室者，厚给货币，密令北地娶织妇以归，岁得数百人。由是越俗大化，竞添花样，绫纱妙称江左矣。[4]

这一记载想必是较为可靠的，但同时也必须指出几点：

首先，宝应二年（763）之后，薛兼训自殿中监授越州刺史、浙东节度使[5]，任至大历五年（770）止[6]。李肇所说江东并非指长江以南的广大地区，而是指钱塘江东南的地区，即浙东节度使属下的越州（今浙江绍兴）、婺州、衢州、处州、温州、台州、明州，所说的越人也应该是以东南第一州的越州为主了。

其次，在薛兼训任职之前，越人并非不会而仅是不工机杼而已，因此，薛兼训想要引进技术力量。而这一技术引进是通过军中未婚者娶织妇而完成的。

4　〔唐〕李肇：《国史补》卷上，见陈寅恪：《元白诗笺证稿》，第253页。

5　赵振华：《唐薛兼训残志考索》，见荣新江主编：《唐研究》第九卷，2003年，第477—490页。

6　〔清〕吴廷燮：《唐方镇年表》，中华书局，1980年，第771—773页；郁贤皓：《唐刺史考》，安徽大学出版社，2000年，第1763页。

第三，这些织妇来自“北地”，不少人以为此乃织纴组紃大优于江东的中原地区，但我认为这应是指位于钱塘江之北的几个州，如润、苏、常、杭、湖等州。这不仅是因为华北和华东风俗大异，婚姻结合颇不容易，而且也因为丝绸技术的传播或丝绸重心的南移是需要一个过程的。

因此，薛兼训的行动和后果只是这个过程中的一段，而东南丝绸业崛起的整个过程开始得更早，延续得更久，其中的程序也更复杂。我们可从高档丝织品和普通丝织品两个方面进行考察。

早在唐初，东南地区的一些高档丝织品已享有盛名。天宝初年，水陆运使韦坚在广运潭中安置了小斛舟三百艘，每舟署某郡并以所产暴陈其上，其中广陵郡（今江苏扬州）则锦、官端（瑞）绫绣；会稽郡（今浙江绍兴）则罗、吴绫、绛纱；吴郡（今江苏苏州）则方文绫，还有丹阳郡（今江苏南京）的京口绫和晋陵郡（今江苏常州）的绫绣。这些东南的名牌产品在京城引起了轰动，得到了玄宗的赞赏。[7]特别是吴绫和越罗，至此已名扬天下，杜甫的“越罗蜀锦金粟尺”一句就将越罗与当时最负盛名的蜀锦相提并论，可作一证。但就其总体水平来说，丝绸业还是不如黄河流域和巴蜀地区。

安史乱起，中原混战，东南偏安。北方人口再一次大规模南迁，形成了我国历史上第二次经济文化的南下潮流，促进了南方的发展。丝绸产品的花色、品种、质量亦同样得到提高，在全国的知名度也越来越大。唐代后期有不少诗人都对东南地区的丝织特产交口称赞：“口脂易印吴绫薄”[8]，“舞衣偏尚越罗轻”[9]，“谩裹常

7 〔后晋〕刘昫等撰：《旧唐书・韦坚传》，第3222—3225页。

8 〔唐〕韩偓：《意绪》，〔清〕彭定求等编：《全唐诗》，第7837页。

9 〔唐〕刘禹锡：《酬乐天衫酒见寄》，〔清〕彭定求等编：《全唐诗》，第4070页。

州透额罗”[10]，“红袖织绫夸柿蒂”[11]，如此等等，均反映了东南丝绸在人们心目中的地位较唐前期有明显提高。这一变化还能从东南地区在安史之乱前后的上贡丝织品种比较中看出。我们在此整理了一张唐代前后期东南地区上贡高档丝织品种比较表，唐代前期资料主要来自《唐六典》和《元和郡县图志》所载开元贡及《通典》所载天宝贡，唐代后期的资料则是《元和郡县图志》所载元和贡和《新唐书·地理志》所载长庆贡的综合。

州名	今名	唐前期贡品	唐后期贡品
扬州	江苏扬州	蕃客锦袍、锦被、半臂锦、独窠细绫	锦、蕃客袍锦、锦被、独窠绫、半臂锦
润州	江苏丹阳	方棋绫、水纹绫	衫罗、方纹、水纹、鱼口、绣叶、花纹绫
苏州	江苏苏州	红纶巾	绯绫
常州	江苏常州	紫纶巾	红紫绵巾、紧纱
杭州	浙江杭州	白编绫、绯绫、纹纱	白编绫、绯绫
湖州	浙江湖州		御服乌眼绫
睦州	浙江梅城	交梭绫	交梭绫
越州	浙江绍兴	白编绫、吴绫、白纱、文纱	异文吴绫、花鼓歇单纱吴绫、吴朱纱、白纱、宝花花纹等罗、白编绫、交梭绫、十样花纹等绫、轻容、生縠、吴绢、花纱（文纱）、缭绫
明州	浙江宁波		吴绫、交梭绫
处（括）州	浙江丽水		小绫
宣州	安徽宣城		绫绮、红头丝毯

注：凡绵、丝、绢、䌷、丝布、丝葛等贡品皆不属高档品之列。

10　〔唐〕元稹：《赠刘采春》，〔清〕彭定求等编：《全唐诗》，第4651页。
11　〔唐〕白居易：《杭州春望》，〔清〕彭定求等编：《全唐诗》，第4959页。

此表已十分清楚地反映了这一地区高档丝织品种在前后两期的变化和发展，特别是江南东道的越州，唐前期仅上贡较为一般的绫纱四种，而在贞元之后除常贡外又引进数十种新型的绫、纱、縠、罗、绢等品种，成为当时进贡丝绸品种最多的地区。这可能与薛兼训的技术引进有关吧，但越州地区本身的创新亦相当重要，许多未见于其他地区的新图案新品种在此时此地出现了，难怪当时人们经常称赞："越地缯纱纹样新"[12]，"异彩奇文相隐映"[13]。

除高档丝织品外，普通丝织品在产区和产量上的发展亦能说明东南崛起的一个侧面。

安史之乱后，唐王朝对于东南地区的依赖越来越重。天下经赋，首于东南，浙东"机杼耕稼，提封七州，其间茧税鱼盐，衣食半天下"[14]。由于社会经济的需要，丝绸产地扩展，产量增加，朝廷命官也常常劝民耕桑，这类例子极多。安史乱后，湖州地区安置流民，鼓励耕桑，"流庸复者六百余室，废田垦者二百顷，浮客臻凑，迨乎二千，种桑畜养，盈于数万"[15]；韩愈在袁州（今江西宜春）任刺史时，唯"劝以耕桑，使无怠惰而已"[16]；元锡任宣州刺史时也注意蚕织，"使蚕不失时，农无愆候"[17]；庐州（今安徽合肥）原来"艺桑鲜而布帛疏滥"，但罗珦上任刺史后"劝之艺桑，以行赏罚。数年之后，环庐映陌，如云翳日。易其机杼，教令缜

12 〔唐〕张籍：《酬浙东元尚书见寄绫素》，〔清〕董诰等编：《全唐文》卷七四八，第7753页。

13 〔唐〕白居易：《缭绫》，〔清〕彭定求等编：《全唐诗》，第4704页。

14 〔唐〕杜牧：《李讷除浙东观察使兼御史大夫制》，〔清〕董诰等编：《全唐文》卷七四八，第7753页。

15 〔唐〕颜真卿：《梁吴兴太守柳恽西亭记》，〔清〕董诰等编：《全唐文》卷三三八，第3429页。

16 〔唐〕韩愈：《袁州刺史谢上表》，〔清〕董诰等编：《全唐文》卷五四八，第5555页。

17 〔唐〕元锡：《宣州刺史谢上表》，〔清〕董诰等编：《全唐文》卷六九三，第7111页。

密，精粗中数，广狭中量。鬻之阛阓而得善价，人以不困”[18]。甚至连“地险而瘠，人贫而劳”的括州，到后期亦是“茧丝之税，重倍他郡”[19]。可见东南地区丝绸业的迅速发展还与唐政府强迫交纳丝税或缗帛等政策有关。

尚无丝织产品上贡的主要是靠近黔中道的邵州（今湖南邵阳）、永州（今湖南零陵）、道州（今湖南道县）、连州（今广东连县）等，这些地区已不属于东南地区，而真正的东南地区则已成为丝绸生产的密集区了。

18 〔唐〕杨凭：《唐庐州刺史本州团练使罗珦德政碑》，〔清〕董诰等编：《全唐文》卷四七八，第4885页。

19 〔唐〕韦纾：《括郡厅壁记》，〔清〕董诰等编：《全唐文》卷六一三，第6194页。

5

去年中使宣口勑　天上取様人間織

——唐代的贡织户

去年中使宣口敕，天上取样人间织。

织者何人？越溪寒女。但这些越溪寒女在哪里织造？是男耕妇织的家家户户，还是官府衙门的染署织室？她们为谁而织？“天上取样人间织”，“越溪寒女汉宫姬”。这是一群有着特殊身份的织女，为有着特殊身份的舞女织造，她们之间的间隔，是天上和人间的间隔，她们之间的联系，则是通过中使下达的口敕和宫中的来样。

一、织造户

唐代有一种介于官营和民营手工业者之间的生产形式，从性质上来说，织造户受到官府控制，根据官方指令进行生产；在形式上，他们则使用自己的工具以较分散的状态从事生产。而事实上，这种形式在唐代亦有着多种称呼，以织物品种而论有“织锦户”“织绫户”，以织造任务而言有“贡绫户”“供应户”等，我们简称其为“织造户”，针对缭绫而言可以称“贡绫户”。它是前代北魏时绫罗户、绮縠户的沿袭和发展，又是后来宋代官机民织的前导。在北朝时，绫罗户等均“是不属于州县而由特置机构及其官长管理的机织工匠，长官称为杂户或营户帅，可知工匠是用军事编制的”[1]。

1　唐长孺：《魏晋南北朝史论丛续编》，生活·读书·新知三联书店，1959年，第43页。

织造户的形式和名称在北朝时已有出现。“魏初禁网疏阔，民户隐匿漏脱者多。东州既平，绫罗户民乐葵因是请采漏户，供为纶锦。自后逃户占为细茧、罗縠者非一。于是杂、营户帅遍于天下，不属守宰，发赋轻易，民多私附，户口错乱，不可检括。洛齐奏议罢之，一属郡县。”[2]据唐长孺先生考证，绫罗、细茧、罗縠都是户名，他们是不属于州县而由特置机构及其官长管理的机织工匠。被迁到平城（今山西大同）之后，分配居住于固定地区，并使之为官府服役，规定其专业，例如织绫罗的便唤作“绫罗户”。[3]由此我们可以明白，所有的专业户在战争期间由军事编制进行组织，但经仇洛齐奏议后便归郡县管辖了，这是时局由战争转入建设后的必然。

唐代的织造户应该与上述专业户有着密切的渊源关系，但从其分布区域看，织造户这种形式推行得比专业户形式更广。薛兼训推广的形式其实也属于织造户类型。薛兼训为江东节度使时，为了提高江东境内的丝织生产水平，“乃募军中未有室者，厚给货币，密令北地娶织妇以归，岁得数百人”。这里的军中未有室者娶来的织妇，肯定也是跟着军队一起管理，生产出来的产品也由薛兼训统一支配，可作上贡，可作军费，这其实就是织造户。或从其生产的织物看，后来“绫纱妙称江左”，可能以织绫纱为主，就可以称其为“绫纱户”。

几乎所有进贡丝绸产品的地方，都会有织造户这种生产形式：洛阳、益州、荆州、越州、恒州等均有史料作证。颇有意思的是，这些史料的主要来源是当时的诗歌，王建的《织锦曲》是描写益州的织锦户的：

2　〔北齐〕魏收：《魏书·仇洛齐传》，中华书局，1974年，第2013—2014页。
3　唐长孺：《唐长孺文集》（二），中华书局，2011年，第50页。

大女身为织锦户，名在县家供进簿。
长头起样呈作官，闻道官家中苦难。
回花侧叶与人别，唯恐秋天丝线干。
红缕葳蕤紫茸软，蝶飞参差花宛转。
一梭声尽重一梭，玉腕不停罗袖卷。
窗中夜久睡髻偏，横钗欲堕垂著肩。
合衣卧时参没后，停灯起在鸡鸣前。
一匹千金亦不卖，限日未成宫里怪。
锦江水涸贡转多，宫中尽著单丝罗。
莫言山积无尽日，百尺高楼一曲歌。[4]

还有元稹的《织妇词》，据他自注："余掾荆（今湖北江陵）时，目击贡绫户有终老不嫁之女。"故而此诗乃是描写荆州贡绫户的：

缫丝织帛犹努力，变缉撩机苦难织。
东家头白双女儿，为解挑纹嫁不得。[5]

章孝标（791—873）元和十四年（819）进士及第，授校书郎。他有一首《织绫词》是这样写的：

去年蚕恶绫帛贵，官急无丝织红泪。
残经脆纬不通梭，鹊凤阑珊失头尾。
今年蚕好缲白丝，鸟鲜花活人不知。

4 〔清〕彭定求等编：《全唐诗》，第3388—3389页。
5 〔清〕彭定求等编：《全唐诗》，第4607页。

瑶台雪里鹤张翅，禁苑风前梅折枝。
不学邻家妇慵懒，蜡揩粉拭谩官眼。[6]

章孝标是睦州桐庐（今浙江桐庐）人。诗中所写织绫显然是为官所织，否则不会“官急”；又是在自己家中进行，否则没有“邻家”。因此，此诗所写的可能就是睦州一带的织绫户。

现在我们就可以把以上几首诗作为基本史料，并结合有关材料来讨论唐代织造户的一些特点了。

1. 主要由州县管理

元和二年（807）六月，“东都庄宅使织造户，并委府县收管”[7]。从这一史料来看，东都洛阳的织造户曾由庄宅使管辖，这可能是因为东都洛阳的织造户原先属于东都的官营织造，占用了皇家的房子，所以由东都庄宅使管理，但到元和二年之后，便委托河南府洛阳县管理了。王建说织锦户的生产者长女“名在县家供进簿”，亦表明由县级官府管理。管理时设有类似匠籍的供进簿，其中想必既有织造户名，亦有织造品名和数量。

当然，织造户也可能还会遗存一些军事编制的痕迹。我们在第二章曾经提到过薛兼训择军中未有室者去北地娶织妇以归。薛氏兼任越州刺史，自然这些织妇亦可说是归州县管辖，但又由于夫在军中按军事编制，就难保她们能有居住的自由了。

2. 官方负责配给原料

唐代后期庸调废而两税兴，但两税中有税生丝的情况，其中

6 〔清〕彭定求等编：《全唐诗》，第5754页。
7 〔后晋〕刘昫等撰：《旧唐书·宪宗本纪》，第421页。

部分就提供给织造户：

官家二月收新丝。[8]

蚕丝尽输税，机杼空倚壁。[9]

还有前述章孝标《织绫词》开篇两句“去年蚕恶绫帛贵，官急无丝织红泪”说的正是蚕桑歉收之年，生丝奇缺且质量低劣，官府为收不到足够的生丝原料供应给织造户而着急。

此外，在益州蜀锦产地，采用的也是这样的方法。据北宋吕大防回忆说：“故时贡篚，以丝布散于市民，至期而敛之。”[10]

3. 纹样由官方决定

织造户的任务多是来样加工，就是《缭绫》诗中所写的“天上取样人间织”。唐敬宗曾诏李德裕在浙西织造一千匹缭绫，纹样是御用的玄鹅天马，椈豹盘绦，正是“天上取样人间织”的一个案例，这点我们后面会再谈。王建《织锦曲》云“长头起样呈作官”，长头是织锦户中的头目，自有出众技艺和超人心计，但其试样也必须呈官审核、批准后方能织作。（图5-1、5-2）

4. 织造产品多作贡品

织造户原是主要为上贡而设置的，因此其产品多作贡品不足为奇。但巧的是几乎所有有关织造户生产产品的诗文记载，均与史料所载各地贡品种类相同。

---

8 〔唐〕唐彦谦：《采桑女》，〔清〕彭定求等编：《全唐诗》，第7680页。

9 〔唐〕柳宗元：《田家》，〔清〕彭定求等编：《全唐诗》，第3954页。

10 〔宋〕吕大防：《锦官楼记》，见〔明〕杨慎编，刘琳、王晓波点校：《全蜀艺文志》（中），线装书局，2003年，第931页。

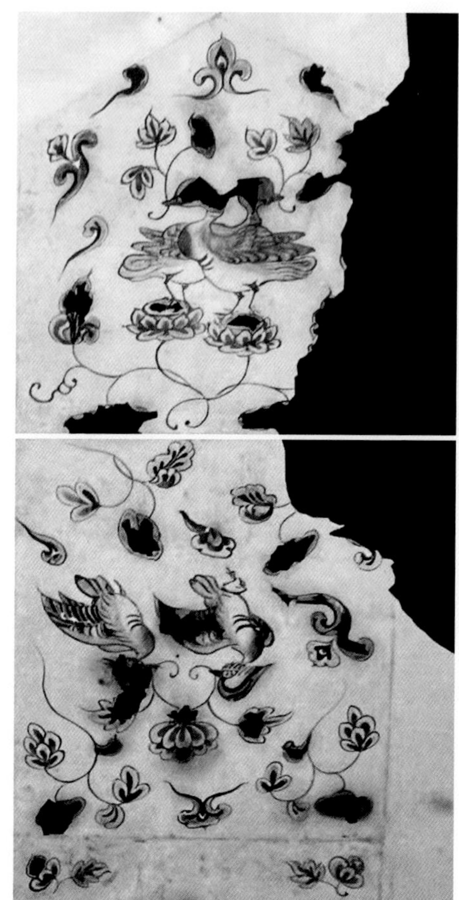

图5-1　吐鲁番彩绘花鸟纸画

5. 质量和期限要求极严

从各诗篇对织女们辛苦织作和所织产品精美的描述，便可知其质量之高，期限规定也极严，“限日未成宫里怪”，便是一例。

尽管不能否定织造户在唐初已有出现，但其设置的高峰期却无疑是在中唐，因为中唐时期的税法和土贡制度已与初唐时期产生了极大的不同。我们所列举的各种史料主要都集中在中唐时期正说明了这一点。

图5-2　敦煌狮纹纹样纸

但是，织造户的设置到晚唐时达到了恶性膨胀的地步。由于织造户负有上贡的任务，故能免去其他的差科，于是，一些有权有势的豪富之家纷纷投机加入织造户的编制，壮大了织造户的队伍，成为供应户。而受害者乃是真正的织造户和其他贫户，前者需要加重负担，后者要为那些富豪们分担正常的税赋科差。

二、中使宣口敕

既是上贡，总要和皇帝沟通，这里的渠道是什么呢？诗中说上贡的任务来自“去年中使宣口敕”，一年之前，皇帝就通过中使下达上贡的任务。就缭绫而言，这里较好的例子就是李德裕（图5-3）接到上贡缭绫任务，但上奏推掉了这个任务。

李德裕于长庆二年（822）出任浙西观察使，坐镇润州（治今江苏镇江）。长庆四年（824）接唐敬宗命，要浙西打造银盝子妆具二十事进内，计用银一万三千两，金一百三十两。李德裕考虑到当时财政困难，就上疏朝廷，请朝廷罢造妆具。但不久，朝

图5-3　李德裕像

廷又诏令织定罗纱袍缎及可幅盘绦缭绫一千匹，李德裕只能再次上疏，最终敬宗同意并罢织了这批缭绫。

但朝廷通过中使下达上贡的任务，这里的中使是谁呢？这和上贡的物品保存和分发的职责相关。

在唐代，正式通过官方渠道征收租庸调实物并进行贮存的仓库是左藏和右藏。据史载，左藏库的管理十分严密，“凡出给，先勘木契，然后录其名数及请人姓名，署印送监门，乃听出。若外给者，以墨印印之”[11]，平时的警卫工作也相当严，这样使得皇帝本人需要时也颇感支度困难。所以在唐玄宗时，便在宫内改建和扩大了内库，设置琼林、大盈库，在货物未入左藏前便先择精好者藏之。

安史之乱耗尽了原有的财物积蓄，也打乱了原有的赋税征收体系，一些新的收税方式开始被采用。其中最引人注目的是肃宗

11　〔唐〕李林甫等撰，陈仲夫点校：《唐六典·太府寺》，第545页。

时期第五琦任度支、盐铁使，请将征收皆归大盈库，供天子给赐。自此，内库从供皇帝个人享用的私库转变为国家财物的主要库藏，宦官也就由此掌握了国家的财政命脉。以后，其他方面的税收也往往输入大盈库，代宗“大历元年（766），敛天下青苗钱，得钱四百九十万缗，输大盈库，封太府左、右藏，镝而不发者累岁”[12]。德宗时期也把权力大规模地交给宦官，大历十四年（779），德宗初即位时也下诏：“凡财库（赋）皆归左藏库，一用旧式。每岁于数中择精好之物三五十万匹进纳入大盈库。”“至是天下贡奉稍至，乃于行在夹庑署琼林、大盈二库，别藏贡物。”[13]其他如各地的上贡则直接进入内库，由皇帝直接调用。

内库发展的结果是“由是以天下公赋为人君私藏，有司不复得窥其多少，校其赢缩，殆二十年（大历十四年）。宦官领其事者三百余员，皆蚕食其中，蟠结根据，牢不可动”[14]，“赋敛之司数四，莫相统摄，纲目大坏。朝廷不能覆诸使，诸使不能覆诸州。四方贡献，悉入内库，权臣巧吏，因得旁缘，公托进献，私为赃盗者，动万万计”[15]。文宗大和二年（828）五月曾有诏“应诸道进奉内库，四节及降诞进奉金花银器并纂组文缬杂物，并折充铤银及绫绢。其中有赐与所须，待五年后续有进止”[16]，由此看来，在这之前，诸道向内库进奉已成定例，内库已成为最重要的国库了。

这里内库的管理者就是宦官，掌领国库的宦官使职主要就是琼林、大盈库使。[17]同内库重要的作用相适应，大盈库使的地位也相当高。“文宗与李训欲杀王守澄，以士良素与守澄隙，故擢左

12 〔宋〕欧阳修、宋祁：《新唐书·食货志》，第1400页。
13 〔宋〕欧阳修、宋祁：《新唐书·陆贽传》，第4920页。
14 〔宋〕司马光：《资治通鉴》，中华书局，1976年，第7273—7274页。
15 〔宋〕欧阳修、宋祁：《新唐书·杨炎传》，第4723—4724页。
16 〔后晋〕刘昫等撰：《旧唐书·文宗本纪》，第528—529页。
17 仲亚东：《唐代宦官诸使研究》，福建师范大学硕士学位论文，2003年。

神策军中尉兼左街功德使，使相糜肉。已而训谋悉逐中官，士良悟其谋，与右神策军中尉鱼弘志、大盈库使宋守义挟帝还宫。”[18] 甘露之变是唐代宦官权势发展的一个重要关头，大盈库使在其中发挥作用，自然会对其地位有所影响。大盈库使能有机会与中尉一起挟帝还宫，说明其地位之重要。

三、天上取样

我们再来看看天上取样的“样”，这里的样，无疑就是缭绫要织的图案，或是设计。

唐代最为有名的丝织品的样是“陵阳公样”：

> 窦师纶，字希言，纳言陈国公抗之子。初为太宗秦王府谘议、相国录事参军，封陵阳公。性巧绝，草创之际，乘舆皆阙，敕兼益州大行台、检校修造，凡创瑞锦宫绫，章彩奇丽，蜀人至今谓之“陵阳公样”。官至太府卿，银、坊、邛三州刺史。高祖、太宗时，内库瑞锦，对雉、斗羊、翔凤、游麟之状，创自师纶，至今传之。[19]

我们已有详细的考证，说明陵阳公样的主要形式就是团窠花卉环中内置动物纹样。[20]

但窦师纶的陵阳公样虽然到了中唐张彦远写作《历代名画记》（约成书于847年）时依然传之，但总体也不再流行。这是因为在开元初年，时任益州大都督府司马的皇甫恂推出了新样锦。

18　〔宋〕欧阳修、宋祁：《新唐书·仇士良传》，第5872页。

19　〔唐〕张彦远：《历代名画记》，浙江人民美术出版社，2019年，第157页。

20　赵丰：《窦师纶与陵阳公样——兼谈唐代的丝绸设计程式》，见包铭新主编：《丝绸之路：设计与文化》，东华大学出版社，2008年，第15—22页。

皇甫恂，字君和，寿州人。穆渭生先生对《皇甫恂墓志》进行了研究考证[21]：皇甫恂生于唐高宗麟德元年（664），死于开元十三年（725），享年六十二岁。皇甫恂约在武后光宅元年（684）弱冠之时科举及第。早期仕官有同州参军、汾州司功、同州司仓、雍州司仓，约于708年前后任富平令。皇甫恂在富平令任上恰遇景云元年（710）中宗驾崩要葬于县内定陵，即负责操办营建中宗帝陵之事。因主持营建定陵之功，皇甫恂在同年被破格晋升为东宫太子左右卫率府之左率府郎将（正五品下），旋即又升右虞候率（正四品上），直接为当时已任皇太子、后来成为唐玄宗的李隆基服务。但景云二年（711），由于太平公主擅权，皇甫恂被外放到渭州、银州等地任刺史。可能就是在开元元年（713），皇甫恂入朝奏事，受到唐玄宗的接见。此后，皇甫恂一下子就官运亨通，先由关内道转任山南道之万州（今重庆）别驾（正四品下），继之转任富庶之地剑南道，历任荣州（今四川自贡）刺史和雅州（今四川雅安）都督，任上也为安定边境、抵抗吐蕃做出了很大的贡献。

于是，在开元四年（716），皇甫恂得以"录功，除益州大都督府司马，兼充剑南道度支营田副使"。此时刚逢前任益州大都督府长史韦抗离任去长安担任黄门侍郎，继任少府监齐景胄尚未到任益州大都督府长史之际，作为益州司马的皇甫恂主持了一段时间的工作也很正常，启动了"新样锦"的织造工程，设计并生产了一批新样锦，上贡到朝廷，从此开始了唐代丝织设计史上的新样时代。我把它称为"皇甫新样"。[22]

---

21 穆渭生、耿晨：《唐皇甫恂墓志考述》，《陕西历史博物馆馆刊》第13辑，三秦出版社，2006年，第176—184页。

22 赵丰：《从陵阳公样到皇甫新样：慕容智墓和热水一号大墓出土唐式纬锦比较研究》，《装饰》2022年第12期，第15—22页。

好景不长，新样锦在苏颋入蜀主政后被罢织。《旧唐书·苏颋传》："除礼部尚书，罢政事，俄知益州大都督府长史事。前司马皇甫恂破库物织新样锦以进，颋一切罢之。"据考证，苏颋于开元八年（720）被任命为益州大都督府长史，但到开元九年（721）三月才正式入蜀上任。

苏颋（670—727），字廷硕，京兆武功（今属陕西）人，是唐代有名的文学家和政治家。其父苏瓌，封许国公。苏颋自幼敏悟，弱冠登进士第，到神龙中，官至中书舍人。当时苏瓌同中书门下三品，父子同掌枢密。景云中，苏瓌去世，苏颋袭父封爵。玄宗爱其文，擢中书侍郎，一直为皇帝起草大量重要文书。在开元年间的政坛有着很大的影响力，所以苏颋的上书，自然得到了玄宗的同意，皇甫恂的新样锦上贡，就这样被奏罢了。

不过，虽然苏颋罢织罢贡了皇甫恂的新样锦，但"新样"的样在开元后依然十分流行，我们可以从大量诗文中找到新样的存在。

劳动更裁新样绮，红灯一夜剪刀寒。

——王建《酬于汝锡晓雪见寄》

遥索彩箱新样锦，内人舁出马前头。

——王建《朝天词十首寄上魏博田侍中》

遥索剑南新样锦，东宫先钓得鱼多。

——王建《宫词》

新样花文配蜀罗，同心双带蹙金蛾。

——张祜《送走马使》

舞衣转转求新样，不问流离桑柘残。

——郑谷《锦》

6

織爲雲外秋鴈行　染作江南春水色

——唐代官服纹样和色彩

织为云外秋雁行，染作江南春水色。

接上句“天上取样人间织”，此句就开始描写缭绫的图案和色彩以及先织后染的生产工艺过程。天上的样是什么呢？人间织又是怎么织呢?图案是云雁纹样，色彩是春水绿如蓝。其实这都是当时最为普遍的官服图案和色彩，白居易对其十分关注并熟悉，写在这里，只是信手拈来。

一、白居易的仕宦情结

唐代是中国服装史发展过程中的重要时代，礼制在官服制度中形成了一个视觉系统，款式、色彩、纹样、材料等都做了明确的规定，让常人一眼就可以看出某一服装在整个礼制系统中的位置。正因为如此，官服也成为唐朝文人笔下常见的书写对象。（图6-1）

白居易也是非常关心服饰书写的人。清代赵翼就曾在《瓯北诗话》中论及白香山将所着官服入诗的现象：“香山诗不惟记俸，兼记品服。可抵《舆服志》也。”通览诗人全集，作品中的服饰形象远不止官服一类。赵超和郭聪颖曾以配饰类（簪、带、玉、绂、绶）、穿着类（绫、丝、绢、纩、纱、绵、布、裘、衣、袍）、冠帽类（巾）为关键词分别对《白居易诗集校注》中所收录的白居易诗歌进行检索，并对诗歌中描写服饰的穿着对象进行甄别，

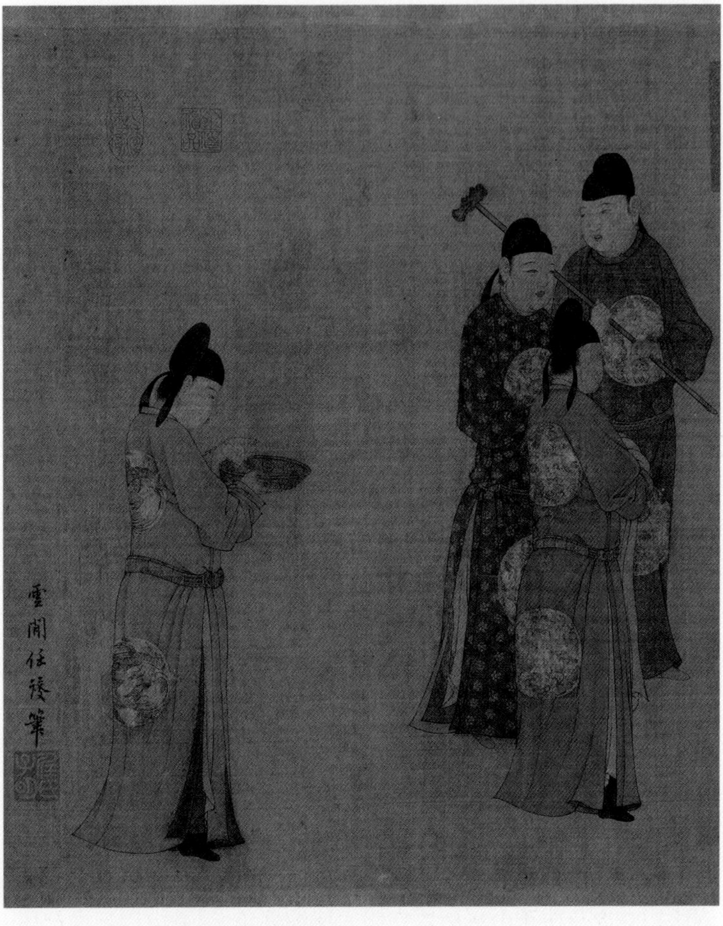

图6-1 《张果老见明皇图》（局部）

得到含有白居易对自身服饰描写的诗歌153首[1]：

	官服	常服	野服
配饰	紫/黄/青绶、朱绂、佩玉、华簪、银鱼		青筇杖、萝蕙巾带、兰索
穿着	朝衣、朱/紫/绯/青/绿衫（袍）、褐裘、鹤氅、重裘、绫裘	葛衣、生衣、熟衣、绵袍、单衣、冬衣、厚絮袍、薄绵衣、布衾、旧衣裳、破袍、弊袍	白蕉衣、白布裘、白衣裳、白氎、漉酒巾、薜荔衣、野衣
冠帽鞋履	乌帽	纱巾	白纱巾、白纶巾、漉陶巾、白绡巾、班鹿胎巾、登山屐、乌几舄、竹鞋
描写次数	74	63	16

相比元稹和刘禹锡等诗友，白居易对于官服的关注相对较高。洪迈《容斋随笔》载：唐人重服章，故白乐天诗言银绯处最多，七言如"大抵着绯宜老大""一片绯衫何足道""暗淡绯衫称我身"……五言如"未换银青绶，唯添雪白须""笑我青袍故，饶君茜绶新""老逼教垂白，官科遣着绯"……据汉英基于《白居易诗集校注》进行的统计，白居易涉及官服的诗歌多达146首，这些官服书写涉及官服配饰、官服颜色、特殊的官服现象等。[2]虽然这些诗大部分成于白居易写作《缭绫》之前，但还是可以看到白居易对于官服的情结早已有之并一以贯之。

白居易的早期仕途颇有跌宕。他在贞元十六年（800）一举

1 赵超、郭聪颖：《凝视与塑造：白居易服饰书写中的自我形象透视》，《海南大学学报》（人文社会科学版）2021年第1期，第88—95页。

2 汉英：《论白居易官服书写中的仕宦情结》，《咸阳师范学院学报》2022年第5期，第91—95页。

登第，三年后（803）以“书判拔萃科”及第，授秘书省校书郎。元和元年（806）授盩厔县县尉，次年召授翰林学士，元和三年（808）担任左拾遗，同时还兼翰林学士。中间经过母卒丁忧，于元和九年（814）授太子左赞善大夫，到元和十年（815）因上书请捕刺杀武元衡凶手而被贬江州司马为止，这一时期涉及官服书写的诗歌共有十七首，数量虽然不多，但可以看出白居易初入仕途的进取心态。初次及第后的白居易向宣歙观察使崔衍拜谢“贡举”之恩时，一直仰慕着崔衍官服上的“攀花紫绶垂”[3]。但白居易并未在自己志气高昂的年岁获得理想的官职，从盩厔县县尉时感慨“可怜趋走吏，尘土满青袍”[4]到“江州司马青衫湿”，这是白居易政治上积极进取、有所作为的十年，但散官品阶却一直是最低级的文散官，穿的始终是青色官服，这部分诗歌多半凝结了诗人对散官官阶的不满，也流露出诗人对理想与现实有较大落差的失望。

二、唐代官服等级制度

唐代官服有冕服、朝服、公服之分，有着较为明确的服色和纹样等级规定，其实，平时所穿常服也有相应的规定。孙机先生在《中国古舆服论丛》中的《两唐书舆（车）服志校释稿》中有着严谨和详细的考证研究。

《新唐书·车服志》高祖武德四年（621）八月敕，官服用料根据品位高低而定：

亲王及三品、二王后，服大科绫、罗，色用紫，饰以玉。五

3　〔唐〕白居易：《叙德书情四十韵上宣歙崔中丞》，〔清〕彭定求等编：《全唐诗》，第4827页。

4　〔唐〕白居易：《权摄昭应早秋书事寄元拾遗兼呈李司录》，〔清〕彭定求等编：《全唐诗》，第4768页。

品以上服小科绫、罗，色用朱，饰以金。六品以上服丝布、交梭、双紃绫，色用黄。六品、七品服用绿，饰以银。八品、九品服用青，饰以鍮石。勋官之服，随其品而加佩刀、砺、纷、帨。流外官、庶人、部曲、奴婢，则服绸、绢、絁、布，色用黄白，饰以铁、铜。[5]

《旧唐书·舆服志》：

贞观四年（630）又制，三品已上服紫，五品已下服绯，六品、七品服绿，八品、九品服以青。带以鍮石。妇人从夫色。虽有令，仍许通着黄。五年八月敕，七品已上，服龟甲双巨十花绫，其色绿。九品已上，服丝布及杂小绫，其色青。十一月，赐诸卫将军紫袍，锦为褾袖。……龙朔二年（662），司礼少常伯孙茂道奏称："旧令六品、七品着绿，八品、九品着青，深青乱紫，非卑品所服。望请改八品、九品着碧，朝参之处，听兼服黄。"从之。总章元年（668），始一切不许着黄。上元元年（674）八月又制："……文武三品已上服紫，金玉带。四品服深绯，五品服浅绯，并金带。六品服深绿，七品服浅绿，并银带。八品服深青，九品服浅青，并鍮石带。庶人并铜铁带。"[6]

我们可以看到，在制定官服面料等级的色彩和纹样两大要素中，色彩优先于纹样，因为色彩是一种大效果。一人远远走来，我们首先看到的是色彩，走近之后，才可以看到纹样。孙机先生整理了历代官服等级中的色彩规定，可见下表。

5　〔宋〕欧阳修、宋祁撰：《新唐书·车服志》，第527页。
6　〔后晋〕刘昫等撰：《旧唐书·舆服志》，第1952—1953页。

<table>
<tr><th rowspan="2">服色 时代 品级</th><th colspan="5">唐</th><th>宋</th><th>明</th></tr>
<tr><th>武德四年（621）</th><th>贞观四年（630）</th><th>上元元年（674）</th><th>文明元年（684）</th><th>大和三年（829）</th><th>元丰元年（1078）</th><th>洪武二十六年（1393）</th></tr>
<tr><td>三品以上</td><td>紫</td><td>紫</td><td>紫</td><td>紫</td><td>紫</td><td rowspan="2">紫</td><td rowspan="2">绯</td></tr>
<tr><td>四　品</td><td rowspan="2">朱</td><td rowspan="2">绯</td><td>深绯</td><td>深绯</td><td rowspan="2">朱</td></tr>
<tr><td>五　品</td><td>浅绯</td><td>浅绯</td><td rowspan="2">绯</td><td rowspan="3">青</td></tr>
<tr><td>六　品</td><td rowspan="4">黄</td><td rowspan="2">绿</td><td>深绿</td><td>深绿</td><td rowspan="2">绿</td></tr>
<tr><td>七　品</td><td>浅绿</td><td>浅绿</td><td rowspan="3">绿</td></tr>
<tr><td>八　品</td><td rowspan="2">青</td><td>深青</td><td>深碧</td><td rowspan="2">青（许通服绿）</td><td rowspan="2">绿</td></tr>
<tr><td>九　品</td><td>浅青</td><td>浅碧</td></tr>
<tr><td>根　据</td><td>《旧唐书》</td><td>《旧唐书》</td><td>《旧唐书》</td><td>《旧唐书》</td><td>《唐会要》卷三一</td><td>《宋史·舆服志》</td><td>《明史·舆服志》</td></tr>
</table>

而关于纹样，《唐会要》卷三二有载：

（德宗）贞元七年（791）三月，初赐节度观察使等新制时服。上曰："顷来赐衣，文采不常，非制也。朕今思之，节度使文以鹘衔绶带，取其武毅，以靖封内。观察使以雁衔仪委，取其行列有序。冀人人有威仪也。"[7]

《旧唐书·德宗纪》："威仪，瑞草也。"[8]

《新唐书·车服志》：文宗即位（827），以四方车服僭奢，下诏：

袍袄之制：三品以上服绫，以鹘衔瑞草，雁衔绶带及双孔雀；

7　〔宋〕王溥撰，王云五主编：《唐会要》（万有文库），商务印书馆，1939年，第582页。

8　〔后晋〕刘昫等撰：《旧唐书·德宗纪》，第371页。

四品、五品服绫，以地黄交枝；六品以下服绫，小窠无文及隔织、独织。[9]

朝服、公服和常服的款式均有不同，在文中很难区别，但我们可以看到有几个相关的内容。

一是面料。武德年间起，较高等级的可以服绫、罗，较低等级的服绫，而流外官或庶民等则服䌷、绢、絁、布等没有纹样，甚至不是丝绸的面料。贞观之后没有明确写明各等级服用面料的区别，但估计没有大的变化。但到文宗时已明确各等级袍袄之制均为用绫。估计用绫的传统在文宗之前较长的时间内已经形成了，这也说明了在白居易的年代里，绫已是官服的标配，十分流行，绫在所有官服的服用面料里，占有了绝对的比重，可以说是一统天下。

二是色彩。从《新唐书·车服志》的记载来看，唐代总体的色彩等级在初唐已定下来，盛唐时或稍有变化，中晚唐就没有什么变化。三品以上色用紫，五品以上色用朱，六品以上色用黄，六品、七品色用绿，八品、九品色用青。到贞观时改为三品以上服紫，五品以下服绯，六品、七品服绿，八品、九品服青，龙朔二年（662）把最低等级的青改为了碧。总体来看，服色色彩的等级由上而下依次是紫、绯、绿、青，但从上元元年（674）开始，又分出深、浅两级，等级高者深，等级低者浅。

三是纹样。文献中非常明确，初唐时期，高等级的官员用大团窠纹样，五品以上中等级的官员用小团窠纹样，而低等级的则服丝布、交梭、双紃绫，或龟甲、双巨、十花绫，均是几何或小花类的纹样。但到德宗和文宗期间，也就是白居易仕宦期间，出

9 〔宋〕欧阳修、宋祁撰：《新唐书·车服志》，第531页。

图6-2　女供养人印花衣饰图案

现了很高等级的官员如观察使或节度使用鹘衔瑞草、雁衔绶带、双孔雀、地黄交枝等均属于写实类的花鸟纹样，与高祖、太宗时的团窠已有较大区别。（图6-2、6-3、6-4）

德宗、文宗时期出现的雁衔绶带和双孔雀纹样一直沿用到晚唐甚至五代，也在辽代初期的耶律羽之墓（941）中有了发现，经考证应是唐代晚期同名织物图案的沿用。前者是两雁相对衔住打成盘长结的绸带，一幅中左右对称，图案循环甚大；后者则是在团窠的外形中以双孔雀衔牡丹花的形式出现。

作为官服的花鸟纹样在中晚唐诗人的诗中有大量的反映。白居易本人也有很多诗句来写这些官服的纹样。

何处春深好，春深方镇家。
通犀排带胯，瑞鹘勘袍花。
飞絮冲球马，垂杨拂妓车。
戎装拜春设，左握宝刀斜。
——白居易《和春深》

图6-3　晚唐敦煌丝绸之路上的花鸟纹

吾年五十加朝散，尔亦今年赐服章。
齿发恰同知命岁，官衔俱是客曹郎。
予与行简，俱年五十始着绯，皆是主客郎中。
荣传锦帐花联萼，彩动绫袍雁趁行。
绯多以雁衔瑞莎为之也。
大抵著绯宜老大，莫嫌秋鬓数茎霜。
——白居易《闻行简恩赐章服喜成长句寄之》

新授铜符未著绯，因君装束始光辉。
惠深范叔绨袍赠，荣过苏秦佩印归。
鱼缀白金随步跃，鹘衔红绶绕身飞。
明朝恋别朱门泪，不敢多垂恐污衣。
——白居易《初除官蒙裴常侍赠鹘衔瑞草绯袍鱼袋因谢惠贶兼抒离情》

图6-4　绢地银绘对鸟花卉幡身

花鸟纹

只恐轻梭难作匹，岂辞纤手遍生胝。
合蝉巧间双盘带，联雁斜衔小折枝。

——秦韬玉《织锦妇》

今年蚕好缲白丝，鸟鲜花活人不知。
瑶台雪里鹤张翅，禁苑风前梅折枝。

——章孝标《织绫词》

瑞草唯承天上露，红鸾不受世间尘。

——王建《和蒋学士新授章服》

朝班尽说人宜紫，洞府应无鹤着绯。
从此玉皇须破例，染霞裁赐地仙衣。

——司空图《戏题试衫》

十月芙蓉花满枝，天庭驿骑赐寒衣。
将同玉蝶侵肌冷，也遣金鹏遍体飞。

——刘兼《宣赐锦袍设上赠诸郡客》

三、挼蓝染作春水色

白居易诗中关于服装的色彩也有不少提及。据李雯婧统计[10]，白居易诗中一共写到六处“绯衫”。绯衫指唐代四品或五品官员的官服。如《日渐长赠周殷二判官》中“万茎白发真堪恨，一片绯衫何足道”表达了已到迟暮才加官服绯的矛盾心情。但是，白居易诗中更多出现的是关于青、绿、碧、蓝色系的色彩。

绿衫为唐代六、七品官员所服，青衫是唐代八、九品官员的官服，青衫、绿衫经常被用来指代官位低微。白居易的诗中出现二处绿衫，十二处青衫，此外还有二处蓝衫。

分手各抛沧海畔，折腰俱老绿衫中。

——白居易《忆微之》

一片绿衫消不得，腰金拖紫是何人。

——白居易《哭从弟》

座中泣下谁最多，江州司马青衫湿。

——白居易《琵琶行》

蓝衫经雨故，骢马卧霜羸。

——白居易《代书诗一百韵寄微之》

但是，《缭绫》诗中的“染作江南春水色”，不只是写青衫，更重要的是写出了这青色的色彩，以及染色的工艺。这种色彩，我们马上就会联想到他著名的《江南好》一词：

江南好，风景旧曾谙。

日出江花红胜火，春来江水绿如蓝。

10　李雯婧：《由白居易诗中的“衫”看唐代社会生活》，《中国文艺家》2019年第1期，第72—73页。

能不忆江南？

这与“染作江南春水色”有异曲同工之妙。

关于染蓝，或是蓝色的色彩，白居易其实还有其他相关的诗句：

满池春水何人爱，唯我回看指似君。
直似挼蓝新汁色，与君南宅染罗裙。
——白居易《春池上戏赠李郎中》

此诗与染蓝有关联，且写得更为明确，不只是色彩，还有工艺。

江南春水色是碧绿色的代称，诗中明确只写一种色彩。这里的蓝草应是蓼蓝，它制靛可以染蓝，而用直接法可以染碧，其本身也是绿色，正同江水之色。这里的挼蓝染色，染的也是碧绿色，这种方法一直延续到明代。可知江南地区在唐代还用蓼蓝以揉染法将缭绫染成绿色。绿色应该是当时的流行色。

这两句的次序还写出了缭绫先织后染的生产工艺过程。如前所述，缭绫在初织时是“地铺白烟花簇雪”，浑身素织，待织出云雁纹之后，再进行练染等后处理工艺，将其染成江南春水色。白居易对这一点十分清楚，诗的次序也不是任意安排。他在另一首《红线毯》中写的次序是：“红线毯，择茧缲丝清水煮，拣丝练线红蓝染。染为红线红于花，织作披香殿上毯。”这是非常典型的先染后织的工艺过程，说明白居易对此非常精通。

唐代常用的蓝草有三种，菘蓝、木蓝和蓼蓝，在唐代《新修本草》等书中都有记载，在各种诗文中也有描述。（图6-5、6-6、6-7、6-8）

图6-5 菘蓝

图6-6 木蓝

图6-7　蓼蓝

图6-8　马蓝

名称	性状	学名	科别
菘蓝	大叶冬蓝	Isatis tinctoria	十字花科
蓼蓝	吴蓝	Persicaria tinctoria	蓼科
木蓝	槐蓝	Indigofera tinctoria	豆科
马蓝	板蓝	Strobilanthes cusia	爵床科

上述植物的茎叶中均含有可以缩合成靛蓝的吲哚酚（吲羟、吲哚醇），但它在植物细胞中的存在形式是不同的，其工作能力也是不同的。其中菘蓝甙实际是吲哚醇与果糖酮酸生成的酯，不属于甙，它遇碱液（如草木灰、石灰）即可断键水解，游离出吲哚醇，从而氧化成为靛蓝；而马蓝和蓼蓝中的靛甙是一种配糖物，上面的甙键必须经过长时间发酵才能水解断键，从而游离出吲羟，才能氧化为靛蓝。因此中国早期的菘蓝可以通过碱水浸泡获取靛质，而蓼蓝则仅能用于浸揉产生染碧色。[11]所以，唐代苏敬在《新修本草》中云："菘蓝为淀，惟堪染青；其蓼蓝不堪为淀，惟作碧色尔。"

浸揉是一种直接染色技术，即将蓝叶与织物一同揉搓，或先将蓝汁揉出再以织物浸泡，辅以草木灰助染。它实际就是在纤维上就地制靛的过程。这样的染法必须经过多次套染才能染成合适的深度。同时此法只适于在蓝草收获季节进行，染液无法贮藏和运输。而真正的靛蓝染料的制备及染色，大约要到魏晋之后才完善，但到唐代已十分普及。

靛蓝的制备方法在《四时纂要》中有较详细的载录："造蓝淀：先作地坑，可受百束许，作麦筋泥泥之，可厚五寸，以苫蔽四壁。刈蓝倒竖于坑中，下水浸，以木石压之，令没。热月一宿，稍凉再宿，漉去蓝滓，取汁内于十石瓮中，以石灰一斗五升，并

11　榕嘉：《古代靛蓝染色工艺原理分析》，《丝绸》1991年第1期，第45—48页。

手急打。（沫聚，收作淀花。）食顷，上澄清，泻去水。别作小坑，贮蓝淀着坑中，候如粥，还入瓮盛之，则成。（若是只于瓮中澄如粥，亦得随其土风所宜。其浸蓝，亦随土风用艇船及大瓮，不必作坑。）”[12]整个过程亦可由框图简示之：（图6-9、6-10、6-11、6-12）

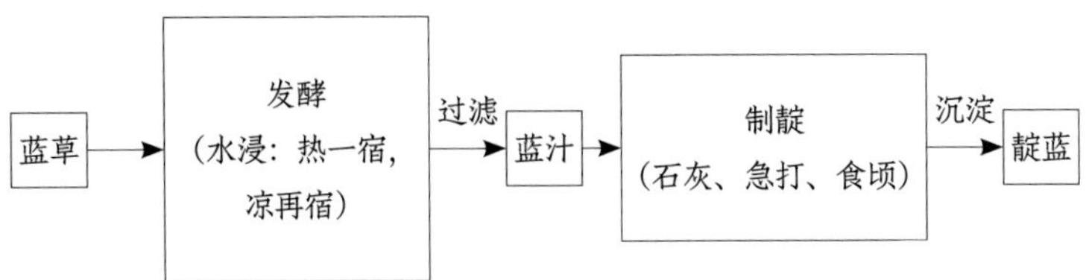

发酵是为了从蓝草中提取靛质。由于发酵过程中产生大量氢气和氢离子，充当还原剂，便将靛蓝还原成靛白而溶出。但酸性太强会影响靛白的溶解，故而就加入石灰以中和发酵过程中产生的氢离子。这样，靛蓝的保存就有了一个较为适当的酸碱条件。

靛蓝的还原染色工艺是根据其染料的性质来决定的。靛蓝本身不溶于酸、碱溶液，它在染色前必须被还原成靛白，而靛白可溶于碱性溶液，再在空气中氧化成靛蓝而被固着于纤维上。反复数次，便能得到较深较牢的蓝色。（图6-13）

2013年，敦煌研究院委托中国丝绸博物馆进行一批考古纺织品的修复与保护，相应的纤维、染料、颜料的测试也逐步开展。受大英博物馆邀请和资助，刘剑前往伦敦汇报了中国丝绸博物馆对这批6—14世纪的染织珍品的研究成果。[13]应用高效液相色谱-线性离子阱质谱联用技术（HPLC-LIT-MS）在二十五件文物上发

12 〔宋〕韩鄂编，缪启愉校释：《四时纂要校释》，农业出版社，1981年，第175页。

13 刘剑完成，也正是他在“馆藏丝绸之路纺织品的科学研究与保护困境”国际研讨会上发表了对敦煌研究院考古学家在20世纪中晚期发掘130窟和北区石窟中纺织品染料的来源鉴别。

图6-10　打靛

图6-9　割蓝

图6-11　下灰

图6-12　成靛

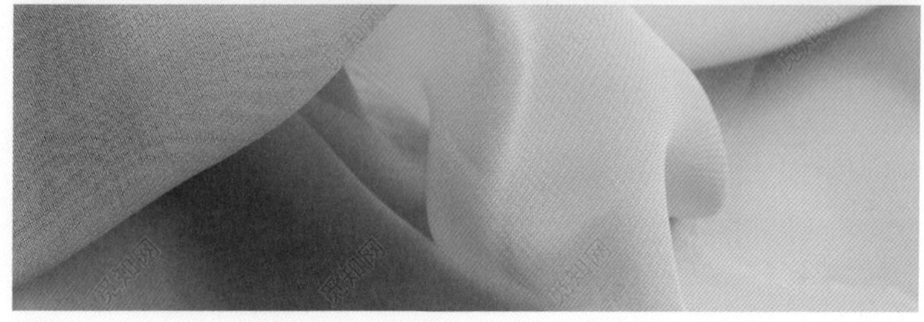

图6-13　蓝色

现了十二种染料，并一一推测出染料的植物来源。其中红色来源于西茜草、印度茜草、红花、苏木，黄色来源于黄栌、槐米、黄檗、黄荆和葡萄叶，黑色是单宁类植物染色，蓝色和紫色来源于靛青和紫草。

这一结果也在2017年得到了大英博物馆学者的证实。大英博物馆科技部安德鲁·梅隆基金学者迭戈·坦布里尼（Diego Tamburini）博士采用高效液相色谱-四极杆飞行时间质谱联用技术（HPLC-QTOF-MS）对其收藏的《释迦牟尼灵鹫山说法图》刺绣（今人考证为《凉州瑞像图》）进行了染料成分鉴别；2018年，他又结合多光谱技术和光纤光谱技术对斯坦因藏品中三十余件7—10世纪的敦煌染织品进行染料探源，得到了类似的成果。其中的蓝色均由靛青染料染成。

7

廣裁衫袖長製衣裙　金斗熨波刀剪紋

——唐代女性服裝

广裁衫袖长制裙，金斗熨波刀剪纹。

缭绫除用于官服面料之外还用于宫女和舞女的服装，尤其是在诗人的作品中，用于舞衣是极大的奢侈和浪费，所以声讨尤烈。白居易在此描写的舞衣款式是广袖长裙，这在实际生活中并不多见。唐代妇女一般多上身着襦、袄、衫，下身束裙子。当时普通的衫均是窄袖，裙则较长，但也不如专为舞蹈制作的裙子长。

一、衫与裙：唐代女装的基本款

孙机先生指出：唐代女装的基本构成是裙、衫、帔。唐牛僧孺《玄怪录》里说了一个小童捧箱，里面装了故青裙、白衫子、绿帔子。这大概是一位平民妇女的衣着。前蜀杜光庭《仙传拾遗·许老翁》说唐时益州士曹柳某之妻“李氏着黄罗银泥裙、五晕罗银泥衫子、单丝红地银泥帔子，盖益都之盛服也”。可见唐代女装无论服饰丰俭，这三件一般是不可缺少的。

唐代的衫一般都是右衽短衣，衣长大约及腰，并不算很长。但它的袖子却不一样，可以长可以短，可以宽可以窄，长的称为长袖，短的可以到半臂，宽的叫广袖，窄的称为窄袖。淮南观察使李德裕令管内妇人衣袖四尺者，这四尺的袖宽确实可以称为很宽了。

衫常用于舞蹈。白居易《奉和汴州令狐令公二十二韵》：“雷捶柘枝鼓，雪摆胡腾衫。”柘枝舞亦是健舞，刚健明快，在唐代

流行很广。白居易的诗中多次提到柘枝舞衫："莲子数杯尝冷酒，柘枝一曲试春衫。"（《三月三日》）"平铺一合锦筵开，连击三声画鼓催。红蜡烛移桃叶起，紫罗衫动柘枝来。"（《柘枝妓》）此外还有杨柳枝舞，白居易有诗句"小妓携桃叶，新声蹋柳枝。妆成剪烛后，醉起拂衫时。绣履娇行缓，花筵笑上迟。身轻委回雪，罗薄透凝脂"（《杨柳枝二十韵并序》），详细地写出了杨柳枝舞演出时的情状。白居易借其诗中的"衫"，为世人形象地展现了唐代流行舞蹈演出时的情景。[1]（图7-1、7-2）

唐代的衫的下襟掩在裙腰之内，所以显得裙子很长。《新唐书·车服志》载：妇人裙不过五幅，曳地不过三十。淮南观察使李德裕令管内妇人衣袖四尺者、裙曳地四五寸者，减三寸。便是唐代妇女广袖长裙的例子。

唐代的裙不仅长，还相当肥大，普通裙用六幅布帛制成，即如李群玉诗所谓"裙拖六幅湘江水"。《新唐书·车服志》记唐文宗在提倡节俭的前提下，曾要求"妇人裙不过五幅"，可见五幅之裙应是比较狭窄的一种。更华贵的则用到七幅和八幅，如《旧唐书·高宗本纪》提到的"七破间（裥）裙"，曹唐《小游仙诗》所说的"书破明霞幅裙"，可以为例。按《旧唐书·食货志》，谓布帛每匹"阔一尺八寸，长四丈，同文同轨，其事久行"。此处的尺指唐大尺，约合0.295米，因而每幅约合0.53米。六幅的裙子周长约3.18米，七幅约3.71米。文宗所提倡的五幅之裙约合2.65米，比现代带褶的女裙还略肥一些。

裙、衫、帔之外，唐代女装中又常加半臂。宋高承《事物纪原·衣裘带服部·背子条》："《实录》又曰：隋大业中，内官多服半臂，除却长袖也。唐高祖减其袖，谓之半臂，今背子也。"半

1　李雯婧：《由白居易诗中的"衫"看唐代社会生活》，第72—73页。

图7-1 唐俑

图7-2　彩绘长裙女舞俑

臂乃是短袖的上衣，又名半袖，出现于三国时。《宋书 · 五行志》："魏明帝着绣帽，披缥纨半袖，尝以见直臣杨阜。阜谏曰：'此礼何法服邪？'" 可见这时半臂初出，看起来还很新奇刺眼。不过至

图7-3 夹缬罗半臂

隋代它已逐渐流行。到了唐代，男女都有穿的，而以妇女穿半臂的为多。《新唐书·车服志》：“半袖、裙、襦者，女史常供奉之服也。”如永泰公主墓壁画中所绘的侍女，其身份应与女史为近，正是上身在衫襦之外又加半臂。而且这种装束不仅宫闱中为然，中等以上唐墓出土的女俑也常有着半臂的。至盛唐时，不着半臂已显得是很不随俗的行为。唐张泌《妆楼记》：“房太尉家法，不着半臂。”房太尉即房琯，就是在咸阳陈涛斜以春秋车战之法对付安史叛军羯骑而大吃败仗的那位极其保守的指挥官，他家不着半臂，或自以为是遵循古制，但在社会上不免被目为特异的人了。（图7-3）

半臂常用质量较好的织物制作。《旧唐书·韦坚传》、《新唐书·来子珣传》、唐姚汝能《安禄山事迹》卷上、五代王定保《摭言》卷十二等都提到“锦半臂”。与之相应，《新唐书·地理志》记载的扬州土贡物产中有“半臂锦”。玄宗时曾命皇甫恂在益州织造“半臂子”，估计这也是一种特殊的供制半臂用的优等织物。吐鲁番阿斯塔那一号墓出土的绢衣女木俑，着团案对禽纹锦半臂。李贺《唐儿歌》则有“银鸾睒光踏半臂”之句，描写一袭用银泥鸾鸟纹织物制作的半臂。

二、软舞中的广袖舞

唐代乐舞在继承中国传统艺术文化之上汲取外来胡文化，相互融合、创新，达到乐舞创作的历史巅峰，成为唐代文化的标志之一。

唐乐舞按风格划分为不同种类，如健舞、软舞、马舞、字舞、花舞等，其中以健舞和软舞最为著名。健舞的动作矫健有力、节奏感强、快速多姿，其中又以胡旋、剑器、胡腾为代表。而软舞具有轻盈飘逸、优美流畅、妩媚柔婉的特点，其中以绿腰、白纻、春莺啭为代表。

白居易这里讲到的广袖长裙，应该属于软舞一类，其独有的轻盈妙曼、妩媚柔婉构成了其独特的服饰结构。

唐代软舞一般分成两大类，一是通过衣袖，二是通过披帛，以柔美的舞姿传情达义。唐代出土有不少服饰俑，呈现了软舞的形象，还有大量壁画记录下软舞的风采。敦煌壁画中大量反映佛教场面的乐舞，都以披帛类的软舞为主，而墓室反映世俗场面的乐舞壁画中，却有不少以广袖长裙为主的舞者形象，虽然有些年代较早，但却与白居易所描述的服饰相合。

初唐时李世民的两位妃子韦贵妃和燕德妃墓中发现了不少舞

伎形象，其中多为广袖长裙的形制。韦贵妃墓壁画里的舞伎（图7-4）梳双环望仙髻，单膝跪地，拂袖而舞。其内穿白色圆领窄袖小襦，领口有一定的褶量，袖窄且长，便于舞动时飘逸摇曳。小襦之外穿红色大袖衫，袖口有淡绿色宽缘装饰。红色大袖衣外罩淡绿色对襟半臂，下穿深色襦裙，襦裙与半臂门襟颜色相呼应，整体色彩显得大气庄重。另一个燕德妃墓中有两幅对舞图（图7-5），皆相对而舞，身体前倾，一袖高举，一袖低垂，低头回首侧目，顾盼生姿。造型上，皆上梳望仙髻，内穿白色圆领小襦，外穿红色交领广袖衫，腰部系有白色飘带。下身着黑白间色长裙，衣带随身姿飞舞。

由此可见，唐代软舞中较为常见的是广袖衫造型，丰满飘逸的广袖衫展现出唐代袖舞的华贵大气。一直到唐玄宗，他所宠爱的梅妃擅长跳《惊鸿舞》，成为一种时尚。唐代诗人刘禹锡、李群玉的诗中皆记录有广袖之姿，李群玉将广袖多变的形态比喻为展翅高飞的鸿雁。这种风尚一直延续到周昉《簪花仕女图》中的广袖衫外罩，生动地描绘出晚唐广袖衫的富丽堂皇、雍容华贵。

广袖博衣的流行开始于贞元，一直到元和。元稹《叙诗寄乐天书》：贞元中妇人"衣服修广之度，及匹配色泽，尤剧怪艳"。白居易《和梦游春诗一百韵并序》："风流薄梳洗，时世宽妆束。"可见宽大的广袖博衣正是当时的时尚。（图7-6、7-7）

唐代歌舞艺术的代表作首推《霓裳羽衣舞》。它是西域和内陆传统乐舞相合的杰出成果。它既吸收了外来的音乐，又加以创造，由皇帝音乐家李隆基作曲、编曲，由水平最高的皇家乐队梨园演奏，由技术最高的专业宫廷舞伎表演，反映出唐代宫廷艺术生气勃勃的创造力，是中国歌舞史上的一颗璀璨的明珠。这其中的霓裳羽衣，总体还是属于一种广袖长裙软舞，白居易《霓裳羽衣歌》对之作了描述：

图7-4　韦贵妃墓壁画（局部）

图7-5 燕德妃墓壁画（局部）

图7-6 《引路菩萨图》中的供养人像

图7-7 《炽盛光佛并五星图》（局部）

我昔元和侍宪皇，曾陪内宴宴昭阳。
千歌万舞不可数，就中最爱霓裳舞。
舞时寒食春风天，玉钩栏下香案前。
案前舞者颜如玉，不著人家俗衣服。
虹裳霞帔步摇冠，钿璎累累佩珊珊。
娉婷似不任罗绮，顾听乐悬行复止。
磬箫筝笛递相搀，击擫弹吹声逦迤。
散序六奏未动衣，阳台宿云慵不飞。
中序擘騞初入拍，秋竹竿裂春冰拆。
飘然转旋回雪轻，嫣然纵送游龙惊。
小垂手后柳无力，斜曳裾时云欲生。
烟蛾敛略不胜态，风袖低昂如有情。

白居易在这里生动地展示了舞者的穿着、容貌、神态以及精彩的音乐伴奏，使人身临其境般观赏到霓裳羽衣舞的演出。

三、金斗银剪

熨斗是在斗中盛以热炭，加热金属斗，斗的底部平而热，可以传导温度使洗好或精练完成的丝绸或衣服平挺。整个熨帛的过程可见美国波士顿美术馆藏《摹张萱捣练图》中的熨帛部分。（图7-8）

熨衣之器在西汉中期已经出现，如茂陵1号无名冢1号陪葬坑所出西汉中期“阳信家熨铫”。长沙汤家岭1号墓所出西汉晚期带有“熨斗”二字的铜熨斗，斗内中部墨书“□□□熨斗一”。魏晋以后，熨斗的形制整体没有太大的变化，仅是局部有一些时代特点。宁夏固原北周李贤夫妇墓中出土一件银质熨斗，宽平沿圆斗，扁平长柄，柄端呈桃形，底微弧，通长14.6厘米。隋唐时

图7-8 《摹张萱捣练图》之熨帛

图7-9 东汉“长宜子孙”铜熨斗

期熨斗的形制变化依然不大，如湖北钟祥收集的一件唐代青铜熨斗，宽沿圆斗，平底长柄，素面。[2]早期熨斗多为铜质，高档者则鎏金，“皇太子纳妃，有金涂熨斗三枚”。(图7-9)

唐五代诗文也对熨帛有非常细腻的描绘：

2 董文珍：《浅析古代金属熨斗的演变》，《文物鉴定与鉴赏》2019年第17期，第44—47页。

月明中庭捣衣石，掩帷下堂来捣帛。
妇姑相对神力生，双揎白腕调杵声。
高楼敲玉节会成，家家不睡皆起听。
秋天丁丁复冻冻，玉钗低昂衣带动。
夜深月落冷如刀，湿著一双纤手痛。
回编易裂看生熟，鸳鸯纹成水波曲。
重烧熨斗帖两头，与郎裁作迎寒裘。
——王建《捣衣曲》

每夜停灯熨御衣，银薰笼底火霏霏。
——王建《宫词》

停灯、停烛在唐诗中频繁出现，以往多解为熄灯、熄烛，但已有学者提出实为点灯、点烛。

六朝时期，开始出现瓷质熨斗，唐代长沙窑也延续了瓷熨斗的烧制。1958年长沙九尾冲出土的铜熨斗，柄可折叠，便于携带。折叠之处，与瓷熨斗装木柄处相当，且近斗处也有一孔，并无实际功能，是否可认为是受瓷熨斗影响而留下的工艺痕迹？[3]

剪刀是服装制作的必需工具。从中国的考古发现来看，10世纪之前的中国剪刀依据剪刀两股中部连接方式，可分为“α”字形和“8”字形两类。前一类剪刀柄部同刃背近似于直线，其柄多为长三角形环，少数为圆环，刃部为扁条形，该类剪刀多发现于西汉与东汉早期遗址。到东汉后期，剪刀的外形逐渐过渡为“8”字形，这一类剪刀的柄部与刃背之间出现呈一定弧度的肩部，两刃从肩部逐渐向中收拢，柄多为圆环。[4]杭州中国刀剪剑博物馆收

3 李建毛：《汉唐时期湖南生活用具的瓷化现象》，《文物天地》2017年第12期，第123—131页。

4 陈巍：《11~13世纪中国剪刀形态的转变及可能的外来影响》，《自然科学史研究》2013年第2期，第239—253页。

图7-10 剪刀

藏了一把唐代的剪刀，两股交叉为弹簧式，刃部为三角形，全长约40厘米，刃部长约17厘米。在材料、性能相同的情况下，“8”字形剪刀比“α”字形剪刀更便于增加铁柄的延展长度，可实现更大的弹性变形量，让使用者更加省力。唐代的剪刀大部分都以铁为材料，如湖南益阳大海圹唐代晚期墓葬所出，但也有一些做工特别精致的银剪，如日本大和文化馆、美国华盛顿弗利尔美术馆等机构所收的唐代银剪，其两股均饰有海棠纹或唐草纹等纹饰。但“8”字形剪刀盛行到10世纪之后逐渐被双股剪刀所取代。（图7-10）

图7-11 《摹张萱捣练图》之缝纫

其实，用于缝制衣服的重要工具还有针。针大约是最为古老的缝纫工具，陕西石卯遗址出土的几万枚骨针说明了针的历史古老和制作精良。《摹张萱捣练图》中也可看到女子穿针引线缝衣的动态（图7-11）。但保存最好的这一时期针的实物藏于日本正仓院，其材质有银、铜、铁多种，针的长度有两类，长的在34—35厘米之间，短的在19—20厘米之间。（图7-12、7-13、7-14）

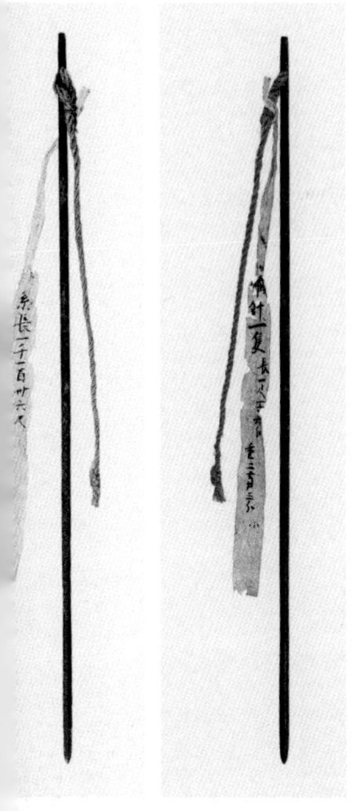

12 铁针

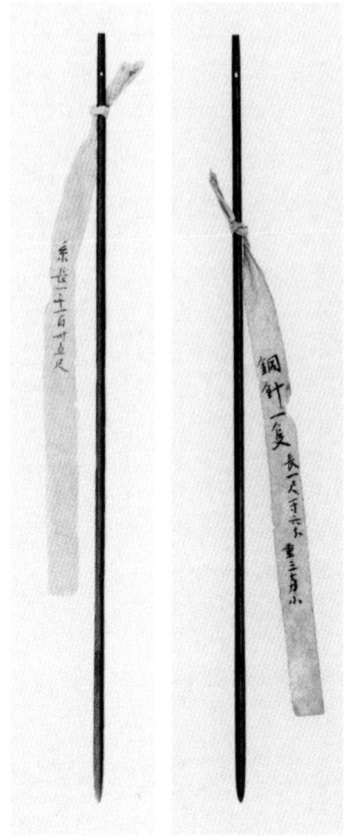

图7-13 铜针

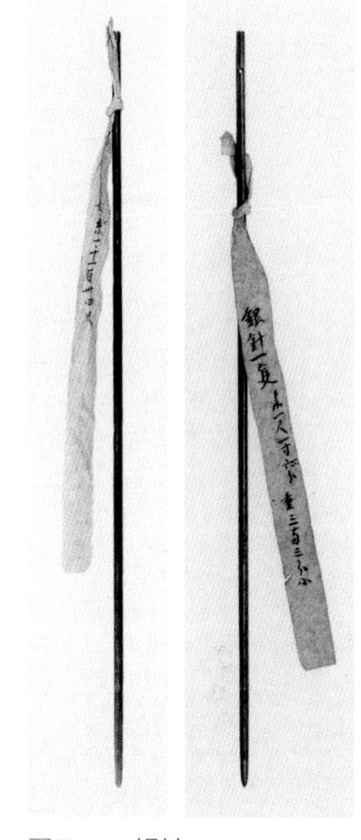

图7-14 银针

8

異彩奇文相隱映　轉側看花花不定

——唐代织绫纹样演变

异彩奇文相隐映，转侧看花花不定。

此句描写缭绫成衣后的表观装饰效果。“异彩”仅是指某一种罕见的特别的色彩，而不是指多彩；“奇文”是指人间难得看到的奇特纹样。然而，这一句的最妙之处是写活了绫的装饰效果。

因为绫是暗花织物，所谓的暗花就是花纹不太明显，所以诗中称为“相隐映”，也就是花部和地部互相隐约地映应，纹样就靠光照于不同的组织得到不同的反射而显花。光对织物照射的角度不同，花部和地部的效果也常常发生变化。一移步，一转眼，花纹的映应就变了，“转侧看花花不定”正是这种效果的真切描写。在唐前期时，安乐公主曾有合百鸟毛织成的闪色织成裙，据称“正视旁视，日中影中，各为一色”，但那极可能是由于鸟羽本身的色彩而造成的，与缭绫由织物组织不同造成的那种“花不定”的效果有着完全不同的原理，但却有异曲同工之妙。

这些隐映的纹样效果很特别，也很不容易看清楚。所以我们还是要将它描绘出来，才能慢慢看清唐代织绫纹样的造型，以及它在公元7—9世纪近三百年间的演变。

一、楼堞下的对称纹样

唐代初期的绫织物接续了北朝至隋的绫织物，基本上还是采用平纹地上显花的组织。新疆吐鲁番阿斯塔那属于高昌时期的墓地中有这类绫织物的大量发现，但最为集中和典型的发现要数

170号（TAM170）张洪及妻孝姿等人的墓葬。墓中出土的随葬衣物疏中说有合蠡大绫、石柱小绫、白绫、黄绫、紫绫、绯绫等名，但实际看到的有楼堞纹绫、龟背纹绫、套环纹绫、狮子纹绫等。楼堞纹就是用涡云形成楼堞的结构，其中布置对鸟、对兽甚至是人物的形状，也很有可能就是衣物疏中提到的合蠡大绫。套环骨架在吐鲁番出土的北朝至隋的织物图案中十分常见，它通常以联珠、卷云或卷云联珠形成圆环或椭圆环，环环相套形成骨架。如套环联珠贵字纹绫，其中图案为对鸟纹；套环卷云人物纹绮，其人物形象亦是头戴宝冠坐于莲花之上，其中图案为对鸟纹。还有一种套环由花瓣团窠和六边形穿插套环形成骨架，在空隙处安置四只狮子，形成独幅的狮子纹绫。（图8-1、8-2、8-3、8-4）

最有意思的是中国丝绸博物馆所藏红色簇四团窠狮凤鹿雀纹绫，其基本形是椭圆形团窠中的对狮、对鹿、对凤、对麒麟、对孔雀等纹样，团窠之间用小花相连，原来的团窠被连续三次打散重构，最后形成接近圆形的骨架，十分有趣。（图8-5）

《旧唐书·舆服志》贞观五年（631）八月敕："七品已上，服龟甲双巨十花绫。"这里的龟甲、双巨、十花其实都是几何纹或小花纹的图案。这说明唐代早期的绫织物中还有大量较为简单的几何纹样。TAM170中出土的龟背纹就是六边形几何纹，有六边形中放置龟背纹的，也有六边形和团窠环相交排列的纹样；而石柱纹绫可能就是竖状的联珠几何纹，类似于团窠双龙纹绫中间的石柱。（图8-6、8-7）

二、团窠的变化

团窠是丝绸之路带来的新式图案，以织锦为主，但在北朝已开始有团窠纹绫出现。《新唐书·车服志》高祖武德四年（621）八月敕："亲王及三品、二王后，服大科绫、罗……五品以上服

图8-1　楼堞纹绫

图8-2　紫色楼堞纹绫纹样图

图8-3　蓝色楼堞纹绫纹样图

图8-4　白色套环纹绫纹样图

图8-5　红色簇四团窠狮凤鹿雀纹绫纹样图

图8-6　黄色龟背纹绫纹样图

图8-7　绿色龟背小花绫纹样图

小科绫、罗，色用朱。”在实物中，团窠纹绫非常多。早期是花卉纹团窠环中的狮子纹样，通常一大团窠中有四只狮子。初唐到盛唐时特别流行团窠联珠里的对龙纹样，这类绫织物近在青海都兰和新疆吐鲁番均有出土，远在日本正仓院和俄罗斯的许多遗址中也有发现，可以知道其传播的空间之广。特别重要的是新疆吐鲁番出土的一件团窠联珠对龙纹绫上还带有景云元年（710）和双流县（今四川双流）的题记，这证实了它的流行一直持续到公元7世纪中叶的盛唐时期。我们在此只需看其团窠环上元素的变化有联珠、双联珠、花瓣联珠、卷草等种类，就可以理解各地织

工在仿制和传播时的再创造、再加工的匠心所在了。（图8-8、8-9、8-10、8-11）

最新的发现是在甘肃天祝唐代吐谷浑喜王慕容智墓中出土的丝绸服饰[1]，其中一件锦缘紫绫襕袍（G:29-1）的主体面料为紫色团窠云珠对凤纹绫。绫上的团窠尺寸是一幅两窠，窠外是十样花纹，窠环由卷云和联珠组成，窠内是对凤纹样。绫用紫色，正是唐代官员最高等级的服色，说明这一团窠对凤纹样也是高等级的官服用绫图案。（图8-12）

三、宝花纹绫

宝花是唐代对团窠花卉图案的一种称呼。史载越州贡宝花花纹等罗[2]，这里应理解为宝花的花纹；日本正仓院也藏有小宝花绫题记的织物，分析其图案可知小宝花就是较小的宝花团窠图案。因此，把唐代的团窠花卉称作宝花是有文献依据的。

最简单的宝花可以称为柿蒂纹，白居易《杭州春望》诗中有“红袖织绫夸柿蒂”，他自注：“柿蒂者尤佳。”柿蒂的名称来自铜镜背后镜钮边上的纹饰，一般就是一个四瓣小花，因为和柿子的蒂相似，所以称为柿蒂花。其实物在青海都兰、新疆吐鲁番、甘肃敦煌和奈良正仓院均有出土或收藏，数量很大，但也会有些变化。（图8-13）

真正的宝花肯定要比柿蒂来得复杂。它也是团花的基本型，但还可以分为瓣式宝花、蕾式宝花、侧式宝花、写生宝花等多种类型。它是唐代文化雍容大度、兼包并蓄的时代风格最为经典的实例，它综合了各种花卉因素的想象，叶中有花，花中有叶，虚实

1　甘肃省文物考古研究所等：《甘肃武周时期吐谷浑喜王慕容智墓发掘简报》，《考古与文物》2021年第2期，第15—38页。

2　〔宋〕欧阳修、宋祁：《新唐书・地理志》，第1060页。

图8-8 黄色龟背团窠狮子纹绫（实物局部、纹样图）

图8-9　红色团窠双珠狮纹绫纹样图

图8-10　黄色团窠双珠对龙纹绫纹样图

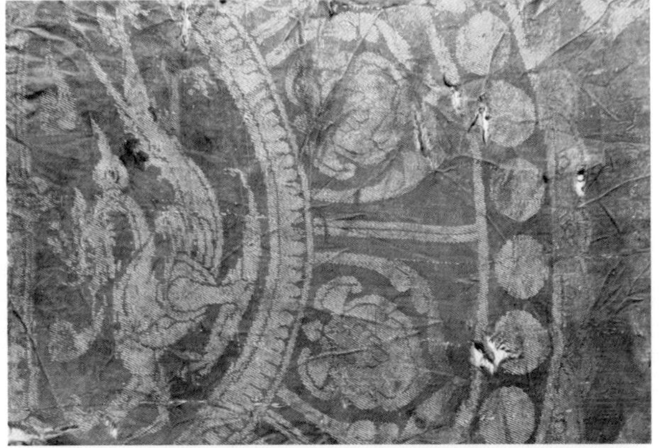

图8-11 团窠对龙纹绫

图8-12　紫色团窠云珠对凤纹绫纹样图

图8-13　绿色柿蒂纹绫纹样图

图8-14　褐色宝花纹绫纹样图

结合，真假难辨，四季相间，正侧相叠。在它的取材中，既有来自印度的佛教莲花形象，又有来自地中海一带的忍冬和卷草，有时还会出现来自中亚的葡萄和石榴。这是一种兼容并包的艺术，正是唐代中西文化交流开放的花朵结出的硕果。（图8-14）

在宝花艺术发展的过程中，又可分为两个途径：一是竭尽所能地进行各种变形或是吸收新的纹样题材，把花瓣与叶、花蕾等结合得越来越大，越来越多，装饰感越来越重；二是逐渐地走向写实，变得立体，更像是一簇簇的鲜花，甚至还有一些蝶飞鹊绕。（图8-15、8-16）

四、从葡萄纹到卷草

施肩吾《古曲》诗云："夜裁鸳鸯绮，朝织蒲桃绫。欲试一寸心，待缝三尺冰。"蒲桃绫就是葡萄纹样的绫，葡萄是唐代非常流行的织绫纹样。由于葡萄一般由藤蔓、叶和果实表现，而不是花卉，所以它的常见形式是"S"形的缠枝纹或卷草纹。魏晋南北朝时出现的"S"形的忍冬纹，到唐代多被葡萄藤蔓纹所替代。但较早较简单的葡萄纹是对波形骨架里的葡萄果实和枝叶纹，这在都兰和敦煌都有出现，虽然简单，却很有设计感。（图8-17、8-18）

到后来，葡萄纹的藤蔓和枝叶越来越大，越来越复杂，它的果实也越来越写实，渐渐成为一种唐草纹样。我们可以在都兰和正仓院看到极大的缠枝葡萄纹绫，与早期葡萄纹样的"S"形设计理念一脉相承。它的中轴处还形成了宝花纹样的中心，但缠枝纹样沿纬向方向延伸，则可以达到通幅。（图8-19、8-20）

于田发现的唐代晚期缠枝纹绫也是以"S"形藤蔓为主要骨架，但其主体花卉则可以是具有写生风格的牡丹和莲花纹样，不一定是葡萄。可以看到这是葡萄纹样的一种变化和发展。（图8-21、8-22）

图8-15 褐色鹊绕宝花纹绫纹样图

图8-16 褐色团花纹绫纹样图

图8-17　白色对波葡萄纹绫纹样图

图8-18　红色对波葡萄纹绫纹样图

图8-19　白色对波葡萄纹绫纹样图

图8-20　黄色缠枝葡萄纹绫纹样图

图8-21　白色缠枝牡丹纹绫纹样图

图8-22　红色缠枝纹绫纹样图

五、官服上的祥禽瑞兽

中晚唐时官服或皇家所用的许多绫织物都有祥禽瑞兽题材，文献中提到的有以下几种。

白居易诗中所说的“织为云外秋雁行”，这应该是一种折枝花鸟纹样，推测与皇甫恂推出的“新样”的设计基本一致。如“瑶台雪里鹤张翅，禁苑风前梅折枝”“合蝉巧间双盘带，联雁斜衔小折枝”等，都是中晚唐的诗人所经常吟咏的官服装饰纹样。与此年代较近的大和元年（827），唐文宗对官服纹样的规定中提道：“袍袄之制：三品以上服绫，以鹘衔瑞草，雁衔绶带及双孔雀。”这里的雁衔绶带、鹘衔瑞草和双孔雀就是当时官服图案的典型代表。

敦煌莫高窟藏经洞有一件孔雀衔绶纹二色绫，采用黄色经线和红色纬线异色的方法织成，但看起来和暗花绫的效果相差不大。其图案尺寸较大，保留下来的部分为一只口衔绶带的孔雀图案，长有华丽的尾羽，推测原来的纹样可能设计成两只相对而立的孔雀双喙共衔一绶带的形式。这种双孔雀衔绶带的图案应该与唐文宗规定的官服图案中的双孔雀是一致的，也与辽代的独窠牡丹孔雀纹绫和雁衔绶带锦的情况极为相似。[3]（图8-23、8-24）

辽代初期耶律羽之墓中出土的独窠牡丹对孔雀纹绫残片总计近20片，明显是以匹料随葬，幅宽60厘米，基本组织为2/1右斜纹作地、1/5右斜纹显花，即是唐代开始出现的著名的同向绫。它的图案主体是一棵完整的牡丹花树，下有花座托起，由下而上分别盛开四朵牡丹花，一对孔雀分布左右，展翅驻足，嘴衔花枝瑞草，整个图案形成一个特大的团窠。

此外，在中晚唐时皇家所索要或所禁织的丝绸纹样，主要也

3　赵丰：《雁衔绶带锦袍研究》，《文物》2002年第4期，第73—80页。

图8-23 孔雀衔绶纹二色绫纹样图

图8-24 孔雀衔绶纹二色绫

是为皇家和官僚阶层所用。代宗大历六年（771）时《禁大花绫锦等敕》中就提及“独窠文绫、四尺幅及独窠吴绫、独窠司马绫等”绫的规格，以及绫锦花文所织“盘龙、对凤、骐驎、狮子、天马、辟邪、孔雀、仙鹤、芝草、万字、双胜及诸织造差样文字等”。[4]这里的盘龙对凤都很常见，有些纹样尚未发现，但比较有趣的是以狮子和仙鹤为主题的纹样。

敦煌莫高窟藏经洞出土过一件绫地手绘莲座佛像幡首，现藏大英博物馆，但看到的只是正方形的一件打开了的幡首，对折后的两个三角形区域内各绘一坐于莲座上的佛像。但这件佛像绘画的底料却是一件白色同向绫，绫上所织的图案实际上是半个狮纹，狮身横向长达40厘米以上，但仅见狮头和狮尾，可能做蹲状或行走状。无独有偶，青海都兰洼沿墓地也出土了一件花树狮纹绫，其中的狮子纹样与此极为相似，而狮子上方的花树纹样保留得更多，明显属于牡丹花树的纹样。虽然还是残的，但已可说明当时的狮子纹样是十分流行的。（图8-25、8-26）

仙鹤通常与云气在一起，表示的是道家仙气，也经常和道士仙人在一起。中国丝绸博物馆藏有一件红色团窠云气仙人跨鹤纹绫襕袍，其中的云气纹团窠很大，接近独窠纹绫。团窠中间是一仙人骑鹤而行，仙人持伞戴冠，冠后有两飘带后扬。鹤衔绶带，展翅而翔。（图8-27）类似的仙人与鹤纹样也可以在辽初耶律羽之墓中的云鹤仙纹绫（S.114）上找到。仙人站于云气之上，宽衣博带，头戴道冠，衣饰小花。右手持一羽扇，左手展中、无名、小三指，将大拇指和食指弯拢。云气厚重，前作灵芝状，后如轻烟升起。在仙人的前上方，展翅飞起一只仙鹤。（图8-28）

李德裕提到了唐敬宗在浙西定制缭绫用的图案是玄鹅、天马、椈豹、盘绦等，属于只合圣上躬用的特殊设计，大部分题材也都是祥禽瑞兽，至于它们具体是什么纹样，我们留待最后考证。

图8-25 褐色花树狮纹绫纹样图

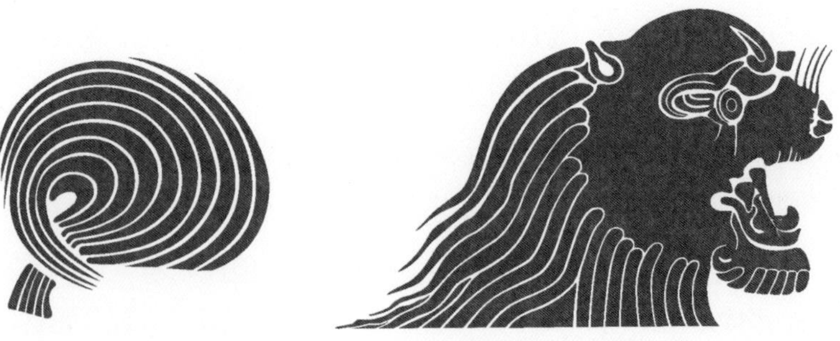

图8-26 白色狮纹绫纹样图

图8-27　团窠仙人跨鹤纹绫

图8-28　仙人纹绫纹样图

9

昭陽舞人恩正深　春衣一對直千金

——唐宫舞女与春衣制度

昭阳舞人恩正深，春衣一对直千金。

此句写的是缭绫的贵重与统治者的挥霍浪费。

昭阳殿原是汉代宫名，《三辅黄图·未央宫》："武帝时，后宫八区，有昭阳……等殿。"可见昭阳殿是汉代后宫区中的重要宫殿。班固《西都赋》亦云："昭阳特盛，隆于孝成。"以后就成为后宫的代名词，白居易在诗中也借它代指唐朝宫廷内院。

"昭阳殿里恩爱绝，蓬莱宫中日月长。"白居易另一首名作《长恨歌》中也用了类似的方法。诗中描写的是唐玄宗与杨贵妃天人相隔的凄苦，但用了汉代的昭阳殿来代指唐朝的宫殿。

这里的昭阳舞人，是指唐朝天子宠爱的宫妃。春衣可能是专用于后宫恩爱享受时用的服装，它用缭绫成对制成，或恐别有妙用。为了显示恩深，当然是千金不惜。

一、宫伎舞女

了解大唐历史的人们会发现一个很有意思的现象，唐朝后宫的宫女数量多得惊人。唐太宗时，据其谏臣所说，宫人已经有数万之众。玄宗在位最久，承平亦长，故其妃嫔数量又较唐代诸帝更多。《新唐书·宦官传》记载："玄宗承平，财用富足，志大事奢，不爱惜赏赐爵位。开元、天宝中，宫嫔大率至四万。"这里的宫嫔显然指宫廷内除了公主以外的全部女性。拿这个数字来看白居易《长恨歌》中的描写："后宫佳丽三千人，三千宠爱在一

图9-1　韩休墓壁画之乐舞图

身。”就会认识到诗中的“三千”之数尚不及实际数量的十分之一。即使到了安史之乱之后，在国家经济萧条的情况下，宫女数量仍可以万计数。（图9-1）

唐代的后宫制度中最为核心的是皇后。皇后是皇帝的正妻，后宫之主，拥有执行宫中法纪、维护宫内等级秩序的权力。其次，数量众多的妃嫔是皇帝的妾侍。《旧唐书·后妃传》载：皇后之下，贵妃、淑妃、德妃、贤妃各一人，为夫人，正一品；昭仪、昭容、昭媛、修仪、修容、修媛、充仪、充容、充媛各一人，为九嫔，正二品；婕妤九人，正三品；美人九人，正四品；才人九人，正五品；宝林二十七人，正六品；御女二十七人，正七品；采女二十七人，正八品。共一百二十二人。

宫中除了少数有名位的后妃外，便是数以万计的宫女。她们分布在长安的三大皇宫和东都大内、上阳两宫和各离宫别馆、诸亲王府、皇帝陵寝。宫女的上层有各类宫官。唐代的宫官因隋而来，设六局二十四司。管理和从事的工作有看门值守、贴身服侍、熏熨衣服、侍宴奉茶、文侍声传、杂役俗务等。

此外还有专门的宫伎，即专门为皇室提供耳目之娱的女艺人。她们或能歌善舞，精通乐器，或能习绳、竿、球等杂技。唐代宫伎大致分为教坊乐伎和梨园乐伎两类。

崔令钦《教坊记》记载了当时教坊里的情况：“西京：右教坊在光宅坊，左教坊在延政坊。右多善歌，左多工舞。盖相因成习。东京：两教坊俱在明义坊，而右在南，左在北也。”

据此可知长安、洛阳两都均有左右两教坊。长安左右教坊掌俳优、杂伎，以中宫为教坊使。教坊主歌舞、俳优、杂伎，男女兼用，尤重女乐。教坊里的乐伎的地位并不平等，有着高低贵贱之分，其中可分为内人和宫人等几类。

教坊内技艺极精者可以住在位于“西内”的宜春院，称为“内人”。皇帝有时兴起，便会邀请大臣们同往宜春院观赏歌舞，内人们当然也必须随时供奉，以应皇帝需求。而云韶院的乐伎虽然也是教坊乐伎，但其成员为出身卑贱的宫人，等级较内人稍低。

梨园乐伎见于《新唐书·礼乐志》，由玄宗“选坐部伎子弟三百教于梨园，声有误者，帝必觉而正之，号‘皇帝梨园弟子’。宫女数百，亦为梨园弟子，居宜春北院”。

因为“内人”是教坊内技艺最高者，其身份也是最高，又称“前头人”，因为她们舞蹈时常在皇帝前头，也最有机会接近皇帝，经常得到皇帝的恩赐，有的甚至还能受题宠号。所以，“内人”的待遇也很好。她们的家属就住在宫外的外教坊，由朝廷四季供给米粮。“内人”中最受宠爱的称为“十家”，还赐给宅第。这“十

家”一开始真的是十家，后来又增加了新的，一直到几十家之多，但还是称为十家，赏赐也相同。

这些“内人”也正是白居易所写的舞人。恩正深也说明宫伎只要舞技高超，得到皇帝的赏识，便可以得到皇帝的恩赐，甚至她们的亲属也给予赏赐。史载敬宗宝历二年（826）五月戊辰，还曾亲自于宣和殿“对内人亲属一千二百人，并于教坊赐食，各颁锦采”[1]。这里“各颁锦采”，正可以和白居易的赏赐春衣相提并论。

这里有一个较为真实的故事，据《唐故赠陇西郡夫人董氏墓志铭并序》[2]载：墓主人董氏笄年自良家选入宫闱，“岂独清音声亮，空号双成之笙；长袖翩翻，唯许娇娆之舞”，然后就入居宫台，登于乐籍。由于在音乐舞蹈方面的高超造诣，年老之时也就成为“梨园弟子”的老师，“虽修蛾已老，椒房之贵人；而罗袖时翻，授梨园之弟子”。董氏历德宗、顺宗、宪宗、穆宗、敬宗、文宗六朝，于开成二年（837）卒于内院，时年六十六岁，被文宗追赠陇西郡夫人，是宫伎中不多的得以善终的宫女。

尽是离宫院中女，苑墙城外冢累累。
少年入内教歌舞，不识君王到老时。

杜牧《宫人冢》所写离宫中的舞伎本是为君王而设，她们从小在宫中学习歌舞，但是君王从不驾临，她们一生也未曾见过君王之面。

1　〔后晋〕刘昫等撰：《旧唐书·敬宗本纪》，第519页。
2　周绍良主编，赵超副主编：《唐代墓志汇编》，上海古籍出版社，1992年，第2174页。

二、为什么赐春衣?

春衣常见于南朝以来诗赋，如庾信的《春赋》:“宜春苑中春已归，披香殿里作春衣。”而在唐代诗歌之中更为多见。

朝回日日典春衣，每日江头尽醉归。
酒债寻常行处有，人生七十古来稀。
穿花蛱蝶深深见，点水蜻蜓款款飞。
传语风光共流转，暂时相赏莫相违。

这是唐代诗人杜甫的一篇七言律诗，是《曲江二首》里的一首。

这里杜甫天天上朝回来去典当的衣服，叫“春衣”，这春衣可能是一种朝服，所以是上朝回来之后才去典当，也应该是一种比较贵的衣服，所以还能典当赊钱。这首诗写于758年（乾元元年）暮春，当时杜甫正任“左拾遗”。可是两个月后，杜甫就受到处罚，被贬为华州司功参军。

但是，从史料来看，春衣经常与冬衣在一起，出现在唐代边塞将士的相关文献中。

唐天宝年间府兵制逐渐过渡为募兵制，在这过程中，兵士的地位、身份、构成等都发生了变化。官府必须为兵士征人发放衣装，其中就包括“春衣”和“冬衣”。从现有的资料看，“唐五代春衣发放的对象相当广泛，从募兵制下的健儿（兵士）、节度使的亲军、禁卫军，直至诸道节度使、大将等”[3]。

但在边塞诗作中，“春衣”的对象更多指普通的下层兵士征人，诗人们也更侧重于“春衣”的发放形式。

---

3 赵贞:《唐五代“春衣”发放考述》,《首都师范大学学报》(社会科学版)2003年第3期，第9页。

去岁虽无战，今年未得归。
皇恩何以报，春日得春衣。

挟纩非真纩，分衣是假衣。
从今貔武士，不惮戍金微。
——柳公权《应制贺边军支春衣》二首

随着“春衣”作为一种贯穿内地与边塞的事物进入唐代边塞诗中，春衣由普通的兵士衣装而升华为具有独特内涵的意象，成为唐代边塞诗人反映边塞战争及其相关社会行为的重要视角，征人思妇的豪情、哀怨、厌战、批判等种种情感都在春衣中得到了体现。

那春衣究竟是什么样的衣服呢？

敦煌文书S.964《唐天宝九载十载兵士衣服支给簿》经孙继民考证改为《唐天宝九载十载某部军人衣装（或称衣服、衣资）簿》（可简称《衣装簿》）。[4]

《衣装簿》保存了八位军人的名字。我们列了第一位张丰儿和陈元龙的衣装。张丰儿和陈元龙都是健儿。唐玄宗开元时期，唐代边军是多兵员构成的。既有大量的募兵，也有少量的府兵，还有不断增加的健儿，间有一定数量的防丁。《衣装簿》所涉兵员的身份是健儿，这从文书本身也能看得出。我们已经知道，《衣装簿》对士兵服装的登录方法是按年度分季节进行登录的，每年将衣装分为春、冬两类，这同唐后期健儿春冬装发放的方法完全相同。

4 孙继民：《敦煌文书S.964的定名及所涉兵员身份》，《敦煌研究》1997年第1期，第101—111页。

1. 张丰儿

2. 天九春蜀衫壹[贵印]汗衫壹[贵印]裈壹[印]袴奴壹[贵印]半臂壹 [印]幞头鞋袜各壹

3. 冬长袖青[印小糯袄子充]绵袴壹 [印]幞头鞋袜各壹

4. 天十春蜀衫壹[皂无印]汗衫壹[纻印]裈壹[绡印]袴奴壹[纻印]长袖壹[白] [印]幞头鞋袜各壹

5. 冬袄子壹[皂印]绵袴壹 [故印]幞头鞋袜各壹 被袋壹

……

31. 陈元龙

32. 天九春皂蜀衫壹[无印]纻汗衫壹[印] 裈壹[印]纻袴奴壹[印] 白 半臂壹

[印] 幞头鞋袜各壹

33. 冬檀绫小袄子壹[故印]绵袴壹[表里白布印]幞头鞋袜各壹

34. 天十春赀蜀衫壹[印] 纻汗衫壹 裈壹[印赀]袴奴壹长袖壹

白布一端二丈八尺充 幞头鞋袜各壹

35. 冬黄 袄子壹[印] 绵袴壹[印] 幞头鞋袜各壹 被袋壹

……

一、《衣装簿》中，春衣包括蜀衫、汗衫、裈、袴奴、半臂（长袖）、幞头、鞋、袜；冬衣包括长袖、绵袴、幞头、鞋、袜。这使我们明确了健儿（也包括唐代所有军人）的衣装是上下衣和幞头（头巾之类）、鞋、袜。一副冬衣就是一套冬装，包括长袖、绵袴、幞头、鞋、袜等所有的衣装；春衣亦然，包括蜀衫、汗衫、裈、袴奴、半臂、幞头、鞋、袜等。从文书看，天宝九载（750）规定的春装种类是蜀衫、汗衫、裈、袴奴、半臂、幞头、鞋、袜。至天宝十载（751），春装的种类有些变化，陈元龙以长袖取代了半臂作为春装。

二、关于衣装的质料。健儿的衣装，除幞头基本为丝，鞋袜情况不明外，蜀衫、汗衫、袴奴主要是由赀、纻等麻织品布料制成，裈、半臂、长袖、袄、绵袴主要是由麻织物，偶由绢、练等丝织品制成。

三、关于衣装的颜色。军人衣装的颜色明显不统一，陈元龙天宝九载（750）的蜀衫是皂色，半臂是白色；张丰儿天宝十载（751）的蜀衫是皂色，半臂是白色。蜀衫、半臂同是春衣，颜色却不同，衣装颜色与季节似乎无关。总之，《衣装簿》证实军人衣装（平时着装）的颜色确实不一，原因待考。

除了一般的军士，春衣还分发给以下人员：官奴婢的“春冬衣服”；太仆寺属下的官营牧马监中，诸牧监尉、长、户奴婢等都有“春衣”“冬衣”支给的制度。春衣也会发给官员，但主要是那些领军在外、镇守边界、征讨叛逆、防御异族入侵及抚绥地方的藩镇首领或州府长官。这些人具有统军领兵的军事色彩，因而朝廷对于他们的“春冬衣赐”往往与“大将衣”密不可分，显然是募兵制下兵士“春冬衣赐”的扩展。[5]

5 赵贞：《唐五代“春衣”发放考述》，第9—20页。

就这样，太常寺教坊乐属下的乐师、乐工也得到了“春冬衣粮”的赏赐。

后周广顺元年（951）太常卿边蔚“‘据见阙乐师添召，令在寺习学。’敕：‘太常寺见管两京雅乐节级乐工共四十人外，更添六十人……仍令三司定支春冬衣粮，月报闻奏。其旧管四十人，亦量添请’”[6]。“乐师、乐工”似由太常寺从良人中招募而来，因而其身份地位应较番户、杂户为高。他们在太常寺直接管理与组织下专习歌舞，成为专业的国家级乐舞音声人员。后周王朝则定期供给他们“春冬衣粮”，作为他们充官服役的报酬。

三、一对春衣值几何？

这里还要指出一个特别有意思的情况是，春衣的量词为“对”，春衣一对值千金，为什么是一对呢？一对表示多少呢？

潘重规《敦煌变文集新书》：

王住宫中快乐多，更于终日奏笙歌。
饮馔朝朝皆酒肉，衣裳对对是绫罗。

这里的春衣一对，其实还有许多地方提及，特别是在敦煌文书（S.3877）中：

戊戌年正月二十五日立契。洪润乡百姓令狐安定，为缘家内欠阙人力，遂于龙勒乡百姓就聪儿面上雇□□□造作一年。从正月至九月末，断作价值，每月五斗。现与春四个月价，余收勒到秋。春衣一对，汗衫裲裆并鞋一两，更无交加。其人立契，便任

6　〔宋〕王溥：《五代会要》，上海古籍出版社，1978年，第124页。

晚唐五代宋初有关"春衣"的雇工契简表						
公元纪年	雇主及乡籍	雇工及乡籍	雇期	雇价		文书
				断价	支付方式	
878年	令狐安定（洪润乡）	就聪儿（龙勒乡）	九个月	每月五斗（麦或粟）	前四月"春衣一对，汗衫裲裆并鞋一两"，后五月待秋收后偿还	S. 387
894年	张纳鸡（龙勒乡）	就憨儿（神沙乡）	同上	每月麦粟一驮	春衣汗衫（后残）	S. 387
923或983年	樊再升（龙勒乡）	氾再员（效谷乡）	同上	每月算价一驮	春衣一对，汗衫一领，裲裆一腰，皮鞋一两	S. 645
924年	张厶甲（敦煌乡）	阴厶甲（敦煌乡）	同上	逐月一驮	春衣一对，长袖并裈，皮鞋一两，余外欠阙，仰自枇排	S. 18
928或988年	梁户史氾三（乡籍不明）	杜愿长（平康乡）	不明	每月断麦粟七斗、八斗	（前残）汗衫一礼（领）	P. 500
939年	姚文清（乡籍不明）	程义深男（同乡）	不明	每月一驮，麦粟各半	春衣一对，长袖一领，汗衫一领，褐袴一腰，皮鞋一两，余外欠阙，任自排备	天津735号
948年	李员昌（敦煌乡）	彭章三（赤心乡）	九个月	每月麦粟一驮	春衣汗衫一领，裲裆长袖并衣襕，皮鞋一两，共一对	S. 55
948年?	不明	不明	九个月	每月麦粟一驮	春衣一对，长袖衣襕裲裆一腰，皮鞋一两	S. 55
955年?	孟再定（莫高乡）	马盈德（龙勒乡）	一年造作	每月断物八斗	春衣汗衫，皮鞋一两	P. 287
957年	贺保定（敦煌乡）	龙员进（赤心乡）	一周年	每月一驮，干湿中亭	春衣一对，汗衫一领，长袖衣襕裲裆一腰，皮鞋一两	P. 364
974年	窦跛啼（慧惠乡）	邓延受（龙勒乡）	九个月	每月一驮	春衣一对，汗衫一领，裲裆一腰，皮鞋一两	北图25号
922或982年	康保住（慈惠乡）	赵紧近男（莫高乡）	九个月	每月一驮	春衣一对，汗衫一领，裲裆一腰，皮鞋一两	P. 22

入作，不得抛工。抛工一日，勒物一斗。忽有死生，宽容三日，然后则须驱驱。所有农具什物等，并分付与聪儿，不得非理打损牛畜。如违打，倍（陪）在作人身。两共对面稳审平章，更不许休悔。如先悔者，罚羊一口，充入不悔人。恐人无信，故勒此契，用为后验。[7]

在敦煌和吐鲁番文书中，有不少以“春衣”作为雇工佣金的实例（见212页上表），其中关于上衣的量词出现有并、对、领、两等。“并”，在《说文·八部》是从二立，象二人并立形。因为是二人并立的形状，故用以称量上衣，主要是长袖，相当于“件”义。而“对”，在《说文·丵部》中的解释是：“对，应无方也。”段注：“应无方者，所谓善待问者如撞钟，叩以大者则大鸣，叩以小者以小鸣也。”故“对”的本义为对答。既为答问，必有问有答，是双方的对答。再引申为凡物成双者，皆可以“对”称，相当于“双”。敦煌契约文书中，以“对”来称量“春衣”，而“领”称量的是“汗衫”。

《敦煌雇佣契约》中有其用例：如后梁龙德四年（924）敦煌阴厶甲受雇契（S.1897）（图9-2）：

敦煌郡乡百姓张厶甲为家内缺少人力，遂雇同乡百姓阴厶甲，断作雇价从二月至九月末造作，逐月壹驮。见分付多少已讫。更残，到秋物出之时收领。春衣一对，长袖并裈，皮鞋一两。余外欠阙，仰自枇榫。

7 唐耕耦、陆宏基编：《敦煌社会经济文献真迹释录》第2辑，全国图书馆文献缩微复制中心，1990年，第55页。

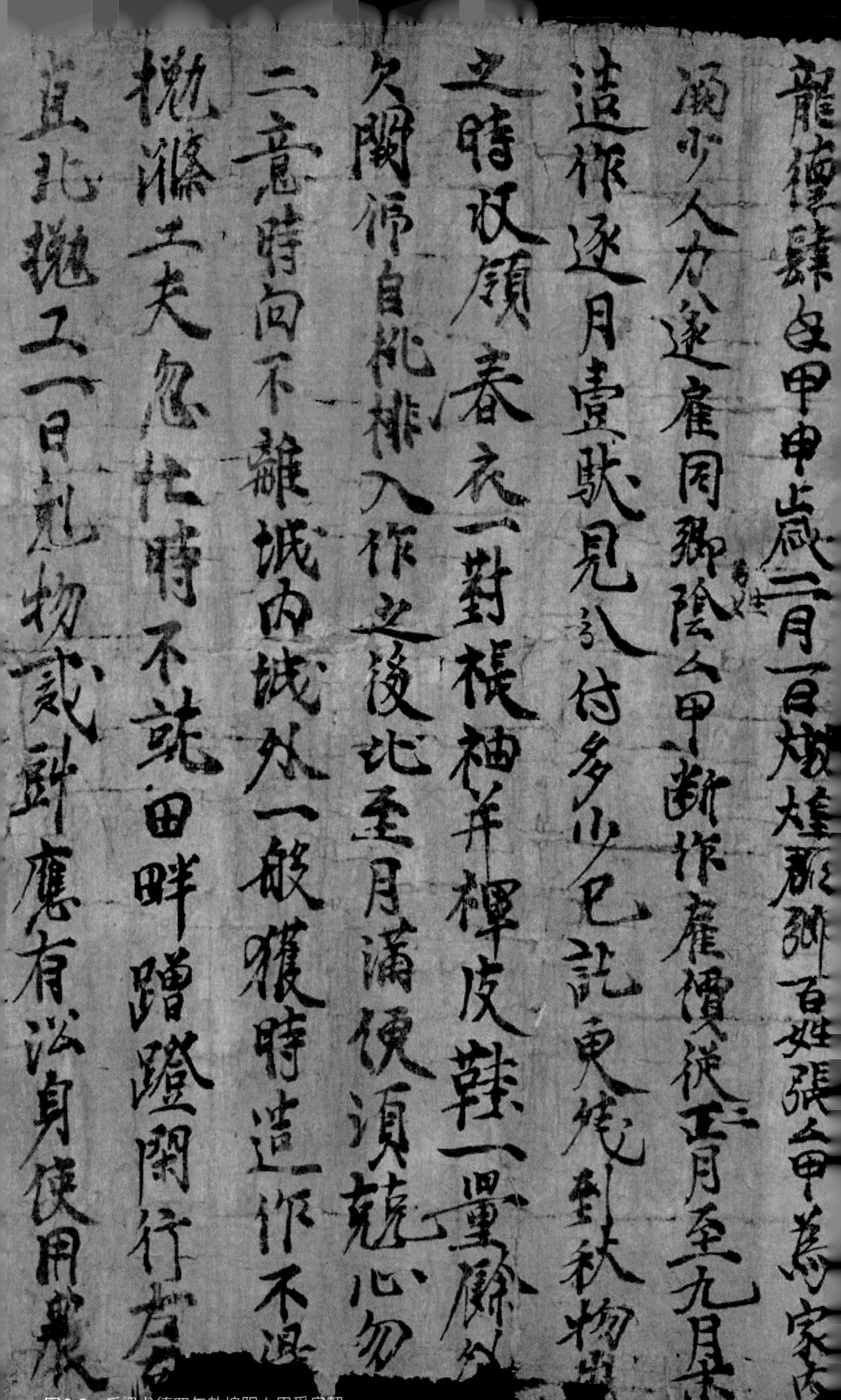

龍德肆年甲申歲二月一日燉煌鄉百姓張厶甲為家內
闕少人力遂雇同鄉陰厶甲斷作雇價從正月至九月末
造作逐月壹馱見分付多少已訖更殘到秋物
之時收領春衣一對長袖并襌皮鞋一量
欠闕須自抵排入作之後比至月滿便須兢心勿
二意時向不離城內城外一般獲時造作不得
撤滌工夫忽忙時不就田畔蹭蹬閑行
直此雇工一日剋物貳斗應有沿身使用農

图9-2 后梁龙德四年敦煌阳人田受宾契

乙酉年（925？）敦煌邓仵子受雇契：

乙酉年二月十二日，乾元寺僧宝香为少人力，遂雇百姓邓仵子八个月，每月断作雇价麦粟一驮，内麦地三亩。……春衣长袖一并，襕袴一腰，皮鞋一两。[8]

壬午年（922）敦煌康保住雇工契（P.2249背）：

慈惠乡百姓康保住，为缘家中欠少人力，遂于莫高乡百姓赵紧近面上雇男造作一周年。从正月至九月末，断作每月一驼，春衣一对，汗衫一领，裲裆一腰，皮鞋一两。如内欠阙，皆自排备。自雇如后，便须造作，不得抛工一日。[9]

此外，“春衣”确实也被当作官员俸料钱，所以可以折价。

从唐德宗贞元年间起，“春衣”作为南衙十六卫和北门禁军俸料的一项内容开始见于史册。《唐会要》卷九十一《内外官料钱上》载：

贞元二年敕：左右金吾及十六卫将军自天宝艰难以后，虽卫兵废缺，而品秩本高，宜增禄秩，以示优崇。并宜加给料钱及随身干力粮课等……

一十六员诸卫上将军、左右卫，本料各六十千，加粮赐等。（每月各粮米六斗、盐七合五勺、手力七人、资十千五文、私马五匹、草三百束、料九石七斗五升。）随身十五人（粮米九石、盐

8　唐耕耦、陆宏基编：《敦煌社会经济文献真迹释录》第2辑，第70页。
9　唐耕耦、陆宏基编：《敦煌社会经济文献真迹释录》第2辑，第71页。

一斗一升三合五勺，春衣布一十五端、绢三十匹、冬衣袍紬一十五匹、绢三十匹、绵三十屯。）……

六员统军，本料各六十五千，续加。（春冬衣一付、每月粮米六斗、盐七合五勺、私马五匹。）草粮随金吾同金吾随身。余准诸卫上将军……

射生神策大将军，本料三十六千文，续加。（私马五匹，草料准上。）随身十四人（七人给衣不给料，七人给粮米四石三斗、盐一斗五升，春衣布十四端。绢二十八匹、鞋十四两，冬衣袍紬十四匹，绢二十八匹，绵二十八屯。）……[10]

后唐同光三年（925），“租庸院奏新定四京诸道副使判官以下俸料”。其中诸道节度副使、观察判官、掌书记、推官及观察支使等官俸料中有“春衣”“冬衣”的绢绵供给。现以《五代会要》卷二十七《诸色料钱上》为据制成《俸料表》：

后唐同光三年诸道副使判官以下俸料表

职官＼项目	春服绢	冬服绢	绵
节度副使	15匹	15匹	30两
观察判官 观察支使	12匹	12匹	25两
掌书记	10匹	10匹	20两
推官	10匹	10匹	20两

如表所示，后唐完全继承了唐贞元二年（786）的制度，“春衣”“冬衣”作为俸料内容以“春服绢”“冬服绢”“绵”的形式保留下来，并进一步推行于四京及诸道藩镇。可以肯定，到五代后唐时期，京城文武百官春冬给赐绢、绵已经很普遍了。

10 〔宋〕王溥撰，王云五主编：《唐会要》（万有文库），第1660—1661页。

10

汗沾粉汙不再著　曳土踏泥無惜心

——唐代女性的妆容术

汗沾粉污不再著，曳土踏泥无惜心。

舞衣上的“汗沾粉污”，是因为唐代的女性化妆很浓。这样的浓妆，在舞蹈时就会脱落，也会玷污缭绫舞衣。舞女们跳完舞后卸妆时，会有大量的化妆材料被洗下来。王建《宫词》之八十描写宫女跳完舞后的境况：

舞来汗湿罗衣彻，楼上人扶下玉梯。
归到院中重洗面，金花盆里泼银泥。

那这里的化妆用的脂粉究竟有些什么呢？史载唐玄宗时“赐诸姨钱岁百万为脂粉费”，唐玄宗每月给韩国、虢国、秦国三夫人钱十万“为脂粉之费”。

让我们来回顾一下当年的化妆时尚和化妆术。

一、唐代的时世妆

描写唐代女性化妆最为重要的诗作，还是白居易在五十首讽喻诗中的《时世妆》：

时世妆，时世妆，出自城中传四方。
时世流行无远近，腮不施朱面无粉。
乌膏注唇唇似泥，双眉画作八字低。

妍媸黑白失本态，妆成尽似含悲啼。
圆鬟无鬓堆髻样，斜红不晕赭面状。
昔闻被发伊川中，辛有见之知有戎。
元和妆梳君记取，髻椎面赭非华风。

时世妆的“妆”，就是修饰、打扮、装饰的意思，一般称为化妆，可以是化妆的过程，也可以是化妆的物品，也可以是化妆的式样或风格。唐代女子追求时尚是全方位的，在发、眉、唇、胸以及衣等各方面都很有讲究，但我们这里主要关注在身体表部的面部化妆。

唐朝是一个时尚流行的年代，时尚总是随着时间而变化，所以，时世妆就是一种在某一时间段里极为时髦的妆束。唐代的时世妆其实在不同时间段都有。白居易在《上阳白发人》诗中写的是天宝末年的时世妆，若干年后已被人笑话：

小头鞋履窄衣裳，青黛点眉眉细长。
外人不见见应笑，天宝末年时世妆。

一切时尚都是从政治、经济和文化中心开始的。《后汉书》中长安时谚：“城中好高髻，四方高一尺。城中好广眉，四方且半额。城中好大袖，四方全匹帛。”这里的城中，是皇家所在的地方，也是时尚开始的地方。唐代的时尚也是如此，一切均从长安开始。到白居易写《时世妆》时，也是“出自城中传四方”。

但白居易在元和四年（809）所写的时世妆，其实是一种从贞元中后期（约795）开始流行，到元和末年（820）渐渐消失的时尚，人们称其为“元和妆”，这其实是一种胡化的时尚，有着许多不同于中国传统的妆扮，所以受到了白居易等人的批评。

首先是面妆，“腮不施朱面无粉”“斜红不晕赭面状”。这些面妆与传统女性化妆风习大相径庭。中国古代女性以白为美，又要面色红润，故讲求傅粉施朱。这种妆饰风尚至唐代更为盛行，从传世的绘画中，我们可以看到唐代女性大多面妆浓重，多施脂粉与胭脂。但是在元和妆中，女性崇尚的是不施脂粉，而以“赭面”示人。《新唐书·吐蕃传》：“（吐蕃）衣率毡韦，以赭涂面为好。”唐王朝与吐蕃一直关系紧张，但还是有很多来往，这里以赭涂面风尚传自吐蕃无疑。近年在青海郭里木发掘的吐蕃墓葬中出土了一批木板彩画，乌兰贵族墓室也发现了重要的壁画，画中再现了8世纪吐蕃流行的“赭面”。这种“赭面”妆主要是在额角、鼻、下巴、两颊等面部凸出部位涂以红彩，呈圆团状，特点非常明显。（图10-1、10-2）

其次是唇妆。传统女性审美观念中以红唇为美，正如岑参《醉戏窦子美人》中称“朱唇一点桃花殷”。唐代妇女以粉涂面时，往往将双唇也涂成白色，这样点唇时便可以任意点出各种各样的式样，其中尤以娇小红艳的樱桃小口更受青睐。但是元和妆却是以“乌膏注唇唇似泥”。这种饰唇方式源于何时何地，难以考证。但可以肯定的是，唐代确有黑唇妆，且这种妆宋人尚有所见。

三是博衣。元稹《叙诗寄乐天书》叙及贞元中的艳诗创作云：“又有以干教化者，近世妇人晕淡眉目，绾约头鬓，衣服修广之度，及匹配色泽，尤剧怪艳。”既然将女性妆饰特别提出，可见变易之风已起。白居易《和梦游春诗一百韵并序》：“风流薄梳洗，时世宽妆束。”元和妆的特征之一就是宽大的博衣。白居易在《缭绫》诗中写的“曳土踏泥”其实指的也是舞衣的宽大，所以才会曳土踏泥。

由上可知，《时世妆》中所描写的妆扮其实违背了中国传统女

图10-1　棺板画上赭面人物

图10-2　胡禄画上赭面人物

性审美的普遍标准，甚至反其道而行之，打破了粉白黛黑、皓齿朱唇的审美习惯，反而融合了汉、胡的多种妆饰习惯，所以，白居易在篇末有“髻椎面赭非华风”之叹。

二、妆容的样式

但是，元和妆只是流行的一个阶段，而唐代时尚的主流不只有元和妆。在中国传统的女性审美观中，蛾眉连娟、唇红齿白、面若桃花才是女性美的特征。特别是在中国文人作品中，对女性美的描绘几乎是一样的理想模式。元稹《恨妆成》描绘了一位女性上妆的详细过程：

晓日穿隙明，开帷理妆点。
傅粉贵重重，施朱怜冉冉。
柔鬟背额垂，丛鬓随钗敛。
凝翠晕蛾眉，轻红拂花脸。
满头行小梳，当面施圆靥。
最恨花落时，妆成独披掩。

根据诗中内容，这位女子面妆包括敷铅粉、抹胭脂、描眉毛、贴花钿、点面靥等几个步骤，即使妆成无人欣赏，也要细致地描绘每一处细节，可见唐代女性对妆容的重视。面部化妆大约可以分为面妆、眉妆、唇妆和花妆等几个方面，不同时期，还有不同的流行。[1]

1　孟可：《盛世华妆——唐代女性妆饰文化探究》，华中师范大学硕士学位论文，2018年。

图10-3　敦煌面妆

1. 面妆和妆式

面妆是女性妆饰的重要内容，是对面部主体的化妆，可分为白妆、红妆、额黄等。（图10-3）

白妆又称傅粉，即是只用铅粉，不用胭脂的妆容。将白色的粉末涂抹于面部、颈部和穿纱着罗需要袒露的前胸，可使肌肤晶莹如雪，又避免了厚重的妆感。杜牧诗“哀江水清滑，生女白如脂。其间杜秋者，不劳朱粉施”便是白妆带来的通透妆效。傅粉不只使肌肤白皙，还掩饰皱纹，使面容显得年轻。《新唐书·则天武后传》：“太后虽春秋高，善自涂泽，虽左右不悟其衰。”

红妆是中国古代女性面妆中最为常见、流传最广的妆容，凡运用胭脂使面部呈现出红晕的妆式皆可称为红妆。《开元天宝遗事》中杨贵妃使用红粉胭脂而面若桃花的场景：“贵妃每至夏月，常衣轻绡，使侍儿交扇鼓风，犹不解其热。每有汗出，红腻而多香，或拭之于巾帕之上，其色如桃红也。”李白“红妆白日鲜”、崔颢“罗袖拂金鹊，彩屏点红妆”、王昌龄“驰道杨花满御沟，红妆缦绾上青楼”、常建“日高红妆卧，倚对春光迟”等众多诗文也都用红妆来描绘女性的妆容。但细分之下，还可以根据不同的场合分为醉妆（又名“酒晕妆”，是红妆中最为浓艳的一种妆容）、桃花妆、飞霞妆、檀妆等。

额黄就是在额上涂黄粉，也可以看作是一种面妆。此法虽始于南北朝，但在唐代流行。吴融“眉边全失翠，额畔半留黄”、裴虔馀“半额微黄金缕衣”、温庭筠“黄印额山轻为尘”等句，都是对它的描写。

2. 眉妆和眉式

诗人朱庆馀曾用“画眉深浅入时无”来投石问路，说明唐代很重视眉的化妆。黛眉和翠眉指的是眉的色彩，眉毛本是黑色，可以继续描深描黑，同时还可以将眉毛染成翠绿色。唐诗中如万楚“眉黛夺将萱草色”、卢纶“深遏朱弦低翠眉”等句均可为例。（图10-4）

唐代的眉形也有很多，但总体分为细眉和阔眉两种。前者如卢照邻《长安古意》“纤纤初月上鸦黄”、白居易《上阳白发人》“青黛点眉眉细长”、温庭筠《南歌子》“连娟细扫眉”等句所描

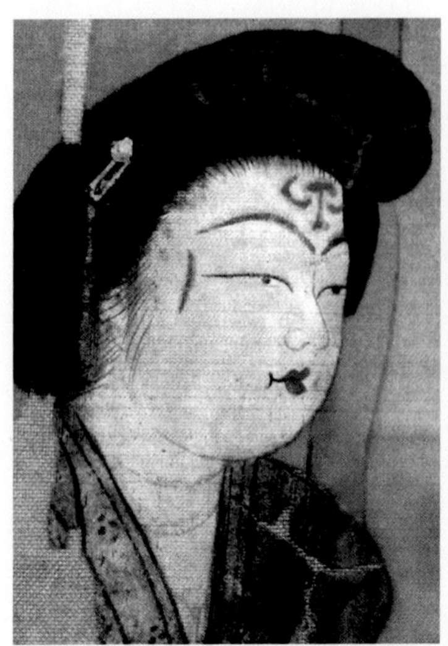
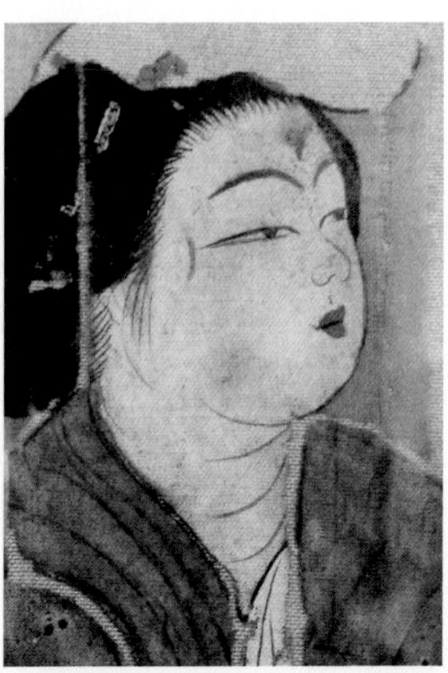

图10-4　唐代女性妆容

写的。盛唐时阔眉开始缩短，玄宗梅妃有“桂叶双眉久不描”之句，以后李贺诗中也一再说“新桂如蛾眉”“添眉桂叶浓”。唐时眉形较为特别的名称包括：

柳叶眉，眉峰处稍稍弯曲成弧形，眉形长而纤细。正如白居易“人言柳叶似愁眉，更有愁肠似柳丝”所言，因形似柳叶而得名。韩偓“桃花脸薄难藏泪，柳叶眉长易觉愁”、李商隐“柳眉空吐效颦叶，榆荚还飞买笑钱”，也可以看到唐代诗人对其的喜爱和熟悉。

远山眉，与柳叶眉相似，但颜色略浅淡。韦庄“一双愁黛远山眉，不忍更思惟”、欧阳炯“镜中重画远山眉，春睡起来无力”，或可为佐证。

斜月眉，又名月眉，因其状如同弯弯的半月而得名。它比柳叶眉宽阔，比长眉略短。贞观年间，画师阎立本《步辇图》中妇女皆采用这一眉式。唐张泌《妆楼记》：“明皇幸蜀，令画工作《十眉图》，横云、斜月……皆其名。”杜牧“娟娟却月眉，新鬓学鸦飞”所主正是这种眉式。

八字眉，即白居易《时世妆》中所咏“双眉画作八字低”中的八字眉，特点是短而下垂。韦应物《送宫人入道》“金丹拟驻千年貌，宝镜休匀八字眉”、雍裕之《两头纤纤》“两头纤纤八字眉，半白半黑灯影帷”，指的都是这种眉式。由于它与乌唇、赭面、髻椎一起构成了充满异域风情的“元和妆”，又称“啼妆”，所以八字眉也可以称为啼眉。白居易《代书诗一百韵寄微之》中便有“风流夸堕髻，时世斗啼眉”的吟咏。

3. 唇妆和唇式

唇妆几乎时时处处都有，在唐代，甚至男女皆有。但女性的口脂一般呈艳丽的朱红色，着色力强，用以改变唇色，塑造唇形，

如元稹《会真三十韵》“眉黛羞频聚，朱唇暖更融”，岑参《玉门关盖将军歌》“美人一双闲且都，朱唇翠眉映明眸”。但也有檀唇，如秦韬玉《吹笙歌》“檀唇呼吸宫商改，怨情渐逐清新举”。还有乌唇，就是元和妆的乌膏注唇。

除了唇妆的材料，更为丰富多彩的是唇妆的样式，也就是设计，名目众多，在中国古代的妆饰史上堪称之最。仅据北宋陶穀的笔记《清异录》整理，唐女子的唇妆“其略有胭脂晕品、石榴娇、大红春、小红春、嫩吴香、半边娇、万金红、圣檀心、露珠儿、内家圆、天宫巧、洛儿殷、淡红心、腥腥晕、小朱、龙格、双唐媚、花奴样子”等，这些制式从命名来看，都呈现出小巧娇媚的特点。

4. 妆靥和花钿

妆靥是在面部进行加绘，而花钿是在面部贴画。

妆靥的原意是点于双颊的小纹样。孙机先生认为在汉魏时已有在颊上点赤点的化妆法，当时将这种赤点叫“的”。《释名·释首饰》：“以丹注面曰的。的，灼也”。起初的面靥是在面部点上两个圆点，随着唐代的盛世华妆，面靥出现了更多样式，有形似钱币的“钱点”，形似花朵的“花靥”，还有形如小鱼、小鸭子的面靥。

斜红算是最为有名的一种，即用胭脂在女子两边眼角处各描一道弯弯的红线的妆饰方法。斜红属伤痕妆，据《妆楼记》记载：“夜来初入魏宫，文帝在灯下咏，以水晶七尺屏风障之。夜来至，不觉面触屏上，伤处如晓霞将散，自是宫人供用胭脂，名晓霞妆。”罗虬《比红儿诗》有“一抹浓红傍脸斜”一句。另说唐穆宗长庆年间（821—824），在京城妇女之间流行将眉毛剔除，“以丹紫三四横约于目上下，谓之‘血晕妆’”[2]。

此外，赭面妆也可以看作是妆靥的一种。这种面妆来自吐蕃，在脸部两侧的脸颊上涂几道赭色，有三、四、五道不等，成为元和妆中的重要特色。

花钿，又名花子、媚子，施于眉心，即刘禹锡诗所谓的“安钿当妩眉”。孙机先生认为它的起源与佛教有关，此类圆点或许是模拟佛像的白毫。但其位置和形状均与花钿相近，或可以看作花钿的前身。它并非用颜料画出，而是将剪成的花样贴在额前。在唐代，花钿除圆形以外，还有种种繁复的形状。

三、材料与制作

那么，那些被洗去的，被污染的粉究竟由什么材料做成？

1. 妆粉（米粉、铅粉）

最初化妆所使用的粉是米粉。《说文解字》卷七上：“粉，傅面者也，从米，分声。”《释名·释首饰》第十五：“粉，分也，研米使分散也。”早期化妆使用的粉是用大米制作的。较早详细记录米粉制作方法的是《齐民要术》一书，其中卷五“作米粉法”：粱米第一，粟米第二，可做香粉以供“妆摩身体”。香粉就是在这种米粉的基础上，再以绢袋盛放香料放入粉盒中进行熏染，或把合适的香料磨碎后与粉混合在一起即可制得。以大米为原料制作化妆使用的香粉到清朝时仍然存在，慈禧太后所使用的妆粉仍是以大米为原料制作而成。

除了米粉，铅粉在我国妆粉历史上也占有重要的地位。可见于《急救篇》卷三“粉谓铅粉及米粉，皆以傅面取光洁也”，杜甫

2 〔宋〕王谠：《唐语林》，上海古籍出版社，1978年，第223页。

《北征》“移时施朱铅，狼藉画眉阔”，薛能《吴姬十首》“冠剪黄绡帔紫罗，薄施铅粉画青娥”。

2. 胭脂

胭脂又名“燕支”“焉支”“燕脂”，据说原产于匈奴地区的焉支山，由张骞从西域带回。

西晋崔豹的《古今注》卷下：“燕支，叶似蓟，花似蒲公，出西方。土人以染，名为燕支。中国人谓之红蓝，以染粉为面色，谓为燕支粉。”关于胭脂制作方法的记载较早且最为详细的当属《齐民要术》卷五中的“作燕脂法”。

作燕脂法：预烧落藜、藜藋及蒿作灰（无者，即草灰亦得），以汤淋取清汁（初汁纯厚太釅，即杀花，不中用，唯可洗衣；取第三度淋者，以用揉花，和，使好色也），揉花（十许遍，势尽乃止）。布袋绞取淳汁，着瓷碗中。取醋石榴两三个，擘取子，捣破，少着粟饭浆水极酸者和之，布绞取沈，以和花汁（若无石榴者，以好醋和饭浆亦得用。若复无醋者，清饭浆极酸者，亦得空用之）。下白米粉，大如酸枣（粉多则白），以净竹箸不腻者，良久痛搅。盖冒至夜，泻去上清汁，至淳处止，倾着帛练角袋子中悬之。明日干浥，浥时捻作小瓣，如半麻子，阴干之，则成矣。

高宇曾进行模拟实验，认为这里得到的实际上是胭脂粉，要合以油脂之后，才能得到真正的胭脂或胭脂膏。[3]

妆粉可与胭脂粉配合使用。一般的红妆是先施白粉，再将胭脂施于两颊，浓者为酒晕妆，浅者为桃花妆。飞霞妆是先用胭脂打底，再罩以白粉的妆式。薄薄施朱，以粉罩之，为飞霞妆。而

3　高宇：《中国古代化妆品制作技艺研究》，安徽医科大学硕士学位论文，2018年。

檀妆是先将铅粉与胭脂调和，使之成为“檀色”，再进行傅脸。

3. 紫铆

学名：Butea monosperma，是蝶形花科紫矿属下的一个植物树种，又叫胶虫树，产地分布于亚洲热带地区。王焘《外台秘要方》（成书于752年）卷三十二中记录了崔氏造燕脂法：准紫铆（一斤，别捣）、白皮（八钱，别捣碎）、胡桐泪（半两）、波斯白石蜜（两磦）。右四味，于铜铁铛器中著水八升，急火煮水令鱼眼沸，内紫铆，又沸，纳白皮讫，搅令调；又沸，内胡桐泪及石蜜，总经十余沸，紫铆并沉向下即熟，以生绢滤之，渐渐浸叠絮上，好净绵亦得，其番饼小大随情，每浸讫以竹夹如干脯猎于炭火上炙之燥，复更浸，浸经六七遍即成，若得十遍以上益浓美好。[4]

4. 朱砂

《唐语林》记载穆宗长庆间的血晕妆是用丹紫三四横绘在眼睛上下。王先谦《释名疏证补》引汉刘熙《释名·释首饰》曰：“唇脂，以丹作之，象唇赤也。”朱砂颜色鲜艳，很早就已用于染色和彩绘，先磨成粉，再与油脂和香料一起调成膏状的胭脂，称为“口脂”。

5. 赭石

赭面妆是一种胡妆，从敦煌写本将吐蕃称之为“赤面国”可以推知，赭色应属赤色范畴，类似于土红色。有学者认为使用的材料可能是一种赭石矿石（主要成分Fe_2O_3）。由此可知，赭色应

4　〔唐〕王焘：《外台秘要方》，日本嘉永六年影钞南宋绍兴年间两浙东路茶盐司刊本。

该是暗红色的。

6. 额黄

关于额黄所用材料，唐代王建的《宫词》有“收得山丹红蕊粉，镜前洗却麝香黄”，其中提到了花粉和麝香。唐代王涯的《宫词》：“内里松香满殿闻，四行阶下暖氤氲。春深欲取黄金粉，绕树宫娥著绛裙。”说明收集松树花粉有可能是涂额之用。

7. 墨

眉本黑色，妇女或描之使其颜色加深，或画之改变眉形。《中华古今注》卷中说：“太真……作白妆黑眉。”徐凝诗：“一旦新妆抛旧样，六宫争画黑烟眉。”新妆为黑眉，可知其旧样应是并非黑色的翠眉了。北宋陶穀《清异录》卷下说：自晚唐“昭、哀来，不用青黛扫拂，皆以善墨火煨染指，号薰墨变相”。五代时，著名墨工张遇所制之墨，常被贵族妇女用于画眉，称“画眉墨”。可以看出唐代已将高端墨视为一种化妆品。

8. 黛青

南朝徐陵《玉台新咏序》云：“南都石黛，最发双蛾；北地燕支，偏开两靥。”早期画眉使用的就是这种石黛，吴兆宜笺注引《留青日记》：“广东始兴县溪中出石墨，妇女取以画眉，名画眉石。”但是古代画眉使用的化妆品并非只有一种。在我国古代历史上，除了石黛，还有螺子黛、铜黛等用于画眉的化妆品。蓝铜矿石制作而来的石青，孔雀石、石绿矿石制作而成的石绿，都是画眉的重要材料。

9. 靛青

当然，靛青也肯定是用于画眉的青色染料之一。这一点劳费尔与志田不动麿都以为是涂翠眉的色料。“中国人认识了真正的靛青，名叫‘青黛’（画眉用的蓝色料），同时也学会了上述的伊朗人染发的习惯。最早的记录上说，这青黛出在漕国和吐火罗附近的俱兰；在唐朝，拔汗那（大宛）的妇女不擦铅粉，而是用青黛描眉。”[5]

10. 乌膏

元和妆中用乌膏将唇注为黑色。乌膏的制作方法在唐代孙思邈《备急千金要方》中可以查到一例，用于治喉咙者，若脏热，喉则肿塞，神气不通，乌膏主之方。乌膏的配方如下：生乌（十两）、升麻（三两）、羚羊角（二两）、蔷薇根（切一升）、艾叶（六铢生者尤佳）、芍药（二两）、通草（二两）、生地黄（切五合）、猪脂（二斤）。其制作方法是：用绵裹，苦酒一升，淹浸一宿，纳猪脂中，微火煎取，苦酒尽，膏不鸣为度，去滓，薄绵裹。最后得膏似大杏仁。这里的乌膏是药用，而化妆用的乌膏主要成分可能相似，但最后得到的不应该是一个大杏仁似的药丸。

11. 妆靥材料

妆靥如同点彩或手绘，可以是各种颜料，也包括泥金、泥银。唐代刘恂《岭表录异》中记载还有一种“鹤子草”：“鹤子草，蔓生也。其花曲尘，色浅紫，蒂叶如柳而短。当夏开花，又呼为绿花绿叶。南人云是媚草，采之曝干，以代面靥。”

5　[美]劳费尔著，林筠因译：《中国伊朗编》，商务印书馆，2015年，第210页。

12. 花钿材料

唐代花钿形状很多，也并非用颜料画出，而是将剪成的花样贴在额前。其材料有金箔、纸、丝绸、鱼鳃骨、鱼鳞、茶油花饼、云母片、螺钿壳、翠鸟羽毛等多种，剪成后可存于梳妆盒中，使用时用鱼鳔胶或呵胶黏贴在脸部相应位置。常见花钿有红、绿、黄三种颜色，红色的最多，吐鲁番阿斯塔纳出土的各种绢画中，以及莫高窟唐代壁画中女供养人的花钿，大都为红色。绿色的也叫翠钿，其上再饰以缕金图案。（图10-5、10-6、10-7）

图10-5　鎏金银奁盒

图10-6　釉陶粉盒

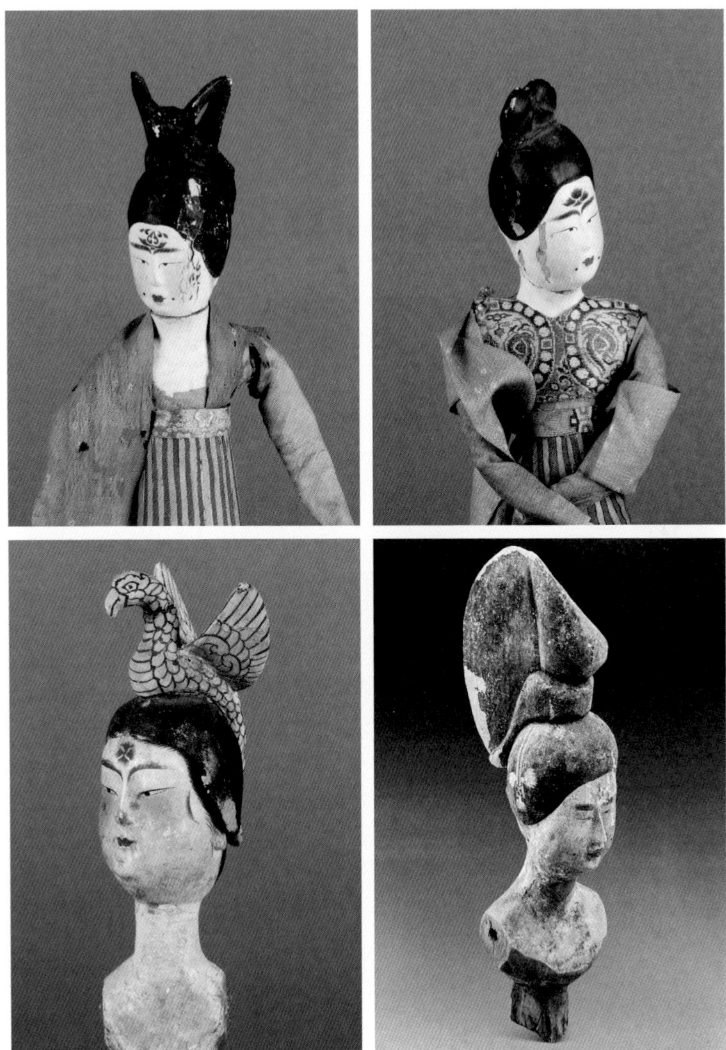

图10-7　吐鲁番唐女俑

11

缭绫织成费功绩　莫比寻常缯与帛

——唐代的织机类型

缭绫织成费功绩，莫比寻常缯与帛。

当我们前面读到“不似罗绡与纨绮”的时候，白居易主要是通过外观的比较，把绫从可以相提并论的一些高档和暗花丝织品中分辨出来。但当他写到“莫比寻常缯与帛”时，更多的是通过织造难度或成本的比较，把缭绫与一般的普通织物区别开来。这正与元稹《阴山道》中所说“越縠撩绫织一端，十匹素缣功未到”相吻合。这里我们再把帛与缯、缣与素，还有作为唐代平纹素织物通称的绢，做些介绍。

一、寻常的缯与帛

所谓绢类织物，其实是对平纹素织物的通称。不过，绢流行并成为普通丝织品的通称或可以迟到唐代，早期对平纹素织物还有许多别的通称。

最早的称呼是帛。“帛”字在商代的甲骨文和金文中已经出现，早期文献中经常可以看到“玉帛”两字联用，“执玉帛者万国”，“化干戈为玉帛”，“牺牲玉帛”，玉帛是签约盟书并能通天的基材。早期用丝织品书写的材料也称为“帛书”。同时，早期文献还以“布”“帛”并列，布为麻质，帛为丝质。《礼记·礼运》：“治其麻丝，以为布帛，以养生送死，以事鬼神上帝。”《孟子》亦云：“五亩之宅，树之以桑，则五十者可以衣帛也。”这里的帛，都是丝织品的通称。

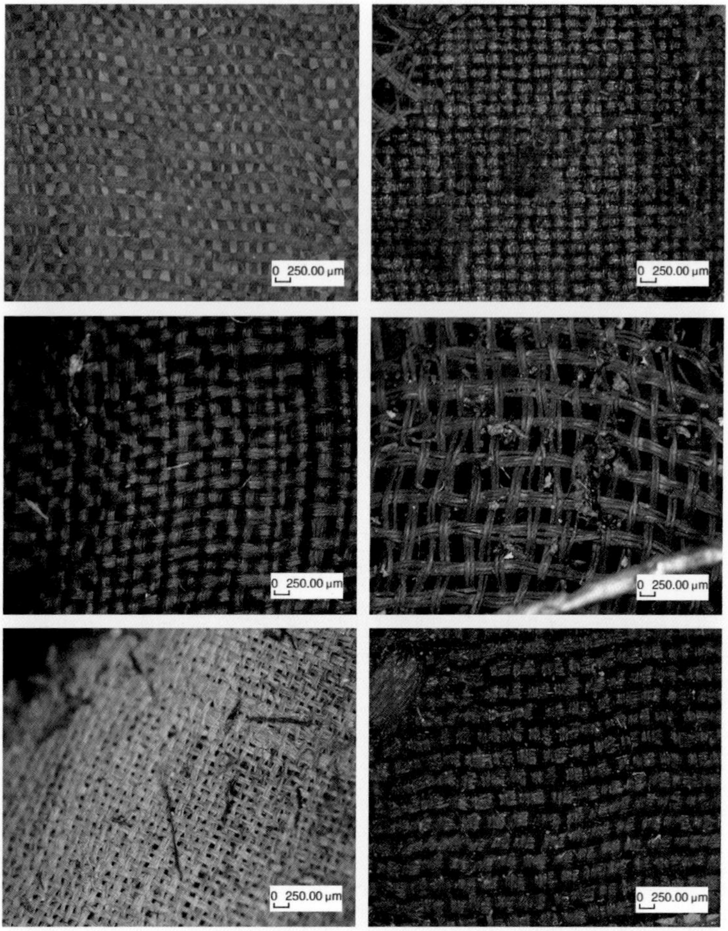

图11-1 法门寺地宫出土的平纹织物（六例）

《说文》："帛，从巾，白声。"其实从造字结构来看，"白"象人形，"巾"如最早的原始腰机。凡帛之属皆从帛，但事实上，帛中并不包括锦（其价如金的帛）等提花织物，主要是指较素淡的丝织品。法门寺地宫中发现了大量的平纹织物，丝线的粗细、经纬密度都有很大的变化。[1]（图11-1）

1　陕西省考古研究院编著：《金缕瑞衣：法门寺地宫出土唐代丝绸考古及科技研究报告》，第311—332页。

早期普通丝织品的另一个通称是缯。缯的出现和使用应该晚于帛，早期曾作姓氏，到汉代之时开始“缯”“帛”并用。《史记·滑稽列传》：“从弟子女十人所，皆衣缯单衣。”《汉书·灌婴传》：“灌婴，睢阳贩缯者也。”《汉书·匈奴传》：“赤绨缘缯。”注：“缯者，帛之总名。”许慎《说文》中说“缯，帛也”，又说“帛，缯也”，两者互注，注者不云自明，今天的读者却是不知所云了。

绢在汉代的用法还比较有限。《说文》：“绢，缯如麦稍。从糸，肙声。”谓粗厚之丝为之。把绢说成是一种带有麦秆色的比较粗厚的平纹织物，或正是因为这种色彩是一般的未经染色的丝织品，在日久之后老化返黄的一种自然颜色，数量最大，才渐渐成为普通丝织品的总称。

约在汉魏之际，绢才成为一般平纹素织物的通称。在魏晋南北朝出现的各家注疏中，把绢列为一种大类名。《广雅》：“繁、繐、鲜支，绢也”，“绡，谓之绢”。《广韵》和《集韵》：“纱，绢属。”颜师古说：“纨素，今之绢也。”

魏唐时期的赋税中均用绢作总名，也说明绢在当时已作为普通平纹织物的通称。当时，国家向民众征收租和调，租为田租，要交谷物，调指收纳绢、绵、布、麻之类。曹操时“户出绢二匹，绵二斤”[2]。西晋的户调制度规定，“丁男之户，岁输绢三匹，绵三斤，女及次丁男为户者半输。其诸边郡或三分之二，远者三分之一。夷人输賨布，户一匹，远者或一丈”[3]。东晋南朝的赋税制度承袭晋制，“其课，丁男调布、绢各二丈，丝三两，绵八两，禄绢八

2 〔晋〕陈寿撰，〔宋〕裴松之注：《三国志》第一册，中华书局，1964年，第26页。

3 〔唐〕房玄龄等：《晋书》，中华书局，1974年，第790页。

尺，禄绵三两二分……丁女并半之”[4]。

北魏延兴三年（473），“诏河南六州之民，户收绢一匹，绵一斤，租三十石”[5]。太和改制后检校户口，设立三长制杜绝逃避官役的荫附，因此，一年后赋税制度也相应作了改革，大约相当于一户年调一匹。[6]东西魏、北齐时制度基本沿袭北魏，北周的制度亦与北齐相仿，基本上每户调绢一匹，绵八两。

这种绢的实物在西北地区已有发现。在居延发现的汉简中，曾有一简上记：“河内廿两帛八匹，三尺四寸大半寸，直二千九百七十八。”[7]但同时我们也可以发现，缣也经常用作这类平纹丝织品的名称。新疆尼雅一号墓出土一汉代缣织物残片，上有墨书“河内修若东乡杨平缣一匹”。“修若”一地在《汉书》上无法找到，或者可能就是“修武”，而杨平可能是织作者人名。此外，居延汉简上也有任城亢父缣：“任城国亢父缣一匹，幅广二尺二寸，长四丈，重二十五两，直钱六百十八。”东汉时任城国隶属兖州，是东汉时亢父产缣之证明。

缣的大概念是较为致密、质量较高的平纹织物。颜师古有言“绢，生白缯，似缣而疏者也”，也就是缣比绢细密。《说文》：“缣，并丝缯也。”颜师古注《急就篇》时云：“缣之言兼之，并丝而织，甚致密也。”所以虽然绢为当时平纹织物的通称，但有些地方也因为缣的质量更好，所以希望能定为是缣，代表它的质量更高一些。《盐铁论·本议篇》有“蜀汉之布，齐阿之缣”的说法，这种比较，其实相当于在称赞东阿的丝织品缣，也说明缣是质量较好的普通丝织品的代称。

4　〔唐〕魏徵等：《隋书》，中华书局，1982年，第674页。

5　〔宋〕魏收：《魏书·高祖孝文帝纪》，第139页。

6　〔宋〕魏收：《魏书·食货志》，第2855页。

7　《居延汉简释文》卷三，第7页，转引自陈直《两汉经济史料论丛》，第86页。

《古诗五首》中也有关于缣、素之比较，缣较密，素较疏：“新人工织缣，故人工织素。织缣日一匹，织素五丈余。将缣来比素，新人不如故。”[8]“十三能织素，十四学裁衣……三日断五匹，大人故嫌迟。”[9]很明显，素也是平纹织物的一种通称。在《急就篇》东汉增附的两章中，第一章首句就是：“齐国给献素缯帛。”把素、缯、帛三字并列，说明三者之间的平行关系，且均为普通丝织品通称。

这样看来，白居易在这里写到的，都是较为古义的普通丝织品名，只是为了大概念上的将缭绫的高度、难度与普通的、传说中的那些大类区分开来。

二、男耕女织的生产效率

蚕欲老，箔头作茧丝皓皓。
场宽地高风日多，不向中庭晒蒿草。
神蚕急作莫悠扬，年来为尔祭神桑。
但得青天不下雨，上无苍蝇下无鼠。
新妇拜簇愿茧稠，女洒桃浆男打鼓。
三日开箔雪团团，先将新茧送县官。
已闻乡里催织作，去与谁人身上著。[10]

这是一幅反映唐代农村蚕丝生产场面的风情画。从中可以看出，当时人们对蚕丝生产是何其重视，为了保佑蚕茧丰收而设置

8　逯钦立辑校：《先秦汉魏晋南北朝诗》，中华书局，1983年，第334页。
9　《古诗为焦仲卿妻作并序》，见刘大杰：《中国文学发展史》，上海古籍出版社，1982年，第227页。
10　〔唐〕王建：《簇蚕词》，〔清〕彭定求等编：《全唐诗》，第3379页。

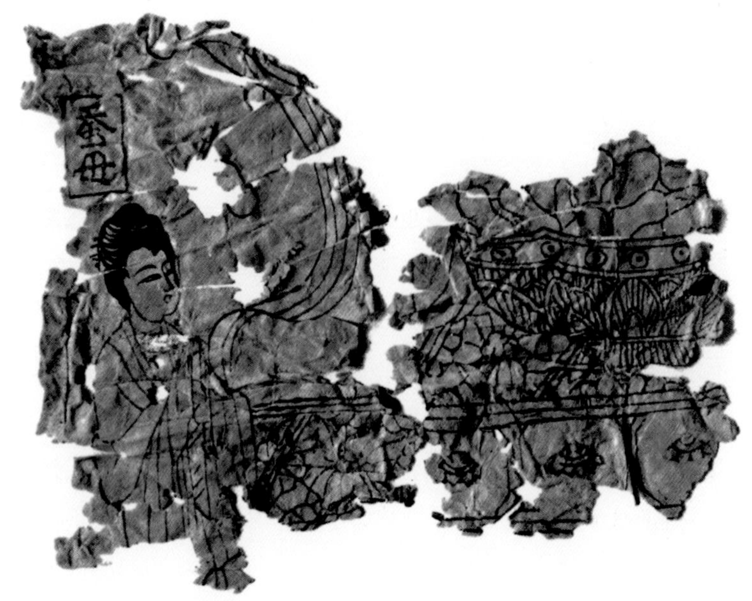

图11-2　蚕母纸

了许多神。年终或年初要祭神桑，想必是为了使桑树健康生长，桑叶茂盛。这种神桑，或许是早期扶桑生命树崇拜的遗存。在养蚕之前要祭神蚕，或祭“蚕神女圣”[11]，保佑养蚕能圆满顺利。在蚕上簇之时还得拜簇，因为此时乃是关键时刻，拜簇的仪式似乎相当隆重，需要“女洒桃浆男打鼓”，保佑蚕茧丰收。此外，在收茧之后，尚需谢神，并选一些新茧送给县官，以报告蚕茧丰收的消息。后面，就要轮到丝绸织造了。（图11-2）

蚕桑丝绸生产对于人们来说是如此重要，难怪它成了每一个家庭必不可少的任务。自然的分工结果就是男耕女织。

男耕女织在整个古代社会甚至直到今天都非常普遍。在中国，汉代已有谚云：“一夫不耕，或受之饥；一女不织，或受之寒。”[12]男耕女织是如此天经地义又是如此重要，因此唐代当然

11　〔唐〕元稹：《织妇词》，〔清〕彭定求等编：《全唐诗》，第4607页。
12　〔汉〕班固撰，〔唐〕颜师古注：《汉书·食货志》，第1128页。

也不能例外："夫是田中郎，妾是田中女。当年嫁得君，为君秉机杼。"[13]田夫蚕妾，牛郎织女，自给自足，确是小农经济的典型代表。

唐代统治者实行的均田制也是与男耕女织密切相关、互为因果的。均田制以丁男为授田对象，比较强调男劳力的作用，但其实丁男正代表了以一夫一妻制为主的农村普通家庭。"授田之制，丁及男年十八以上者，人一顷，其八十亩为口分，二十亩为永业；老及笃疾、废疾者，人四十亩，寡妻妾三十亩，当户者增二十亩，皆以二十亩为永业，其余为口分。永业之田，树以榆、枣、桑及所宜之木，皆有数。"[14]永业之田正为农村家庭的蚕丝生产提供了基础。统治者也多次发布栽种桑树的诏令劝民种桑，促进以男耕女织为基础的生产。

但当时的男耕女织能生产多少丝织品呢？我们曾用史料得出唐代的宜蚕之地的平均蚕桑丝绸生产规模是十亩百树五匹绢。

韩鄂为我们提供了"五步一株"的栽桑密度。[15]唐代亩制是240×1平方步为一亩，则得9.6株/亩，约为10株/亩。

桑叶量和茧产量之间有着较明确的比例关系，一般来说，每15斤叶通过养蚕能结出1斤的茧。

丝产量与用茧量之间的比值称为出丝率，它与养蚕和缫丝技术关系密切。唐代没有出丝率的正式记载，在江南地区，我们或可以借用南宋陈旉《农书》中的记载："每一斤（茧）取丝一两三分"，即出丝率为6.44%。

唐代丝织品以宽一尺八寸、长四十尺为匹，但检验的手段却还是以称量为标准。其匹重额量可以参考北周显德三年（956）

13 〔唐〕孟郊：《织妇辞》，〔清〕彭定求等编：《全唐诗》，第4187页。

14 〔宋〕欧阳修、宋祁：《新唐书·食货志》，第1342页。

15 〔宋〕韩鄂编，缪启愉校释：《四时纂要校释》，第23页。

的制度："旧制织造絁䌷绢布绫罗锦绮纱縠等，幅阔二尺五分，不得夹带粉药。宜令诸道州府，严切指挥。来年所纳官绢，每匹须及一十二两。河北诸州，须及一十两。务要夹密停匀。"[16]官绢的匹重当与唐代普通绢帛一致，即每匹平均耗丝为十一两。

李翱的《平赋书》中也有栽桑量与产绢量的关系："凡树桑人一日之所休者谓之功，桑太寡则乏于帛，太多则暴于田。是故十亩之田，植桑五功，一功之蚕，取不宜岁度之，虽不能尽其功者，功不下一匹帛。"[17]这里的栽桑量是用面积来表示的，二亩桑田在经过生产过程后起码能产一匹帛，那么，我们就有：十亩百树五匹绢。

我们知道，自北魏开始推行均田制时就为宜蚕之地明确规定了桑田的面积，每户20亩。唐代基本沿袭了均田制的内容而稍加修改，称为永业田，其额量仍是20亩。如果每丁能按规定受足永业田20亩并全用于栽桑的话，我们马上就能得到该丁年产绢10匹的结论。但实际上当时的情况与官方的定额有着较大的差距，我们并不能把20亩的额量作为当时实际的人均桑田占有量。因为唐代普遍存在着受田不足的情况。永业田和口分田不再有栽培作物种类的区别，只是在户籍登记中首先保证永业田的数量，其余均作口分田计算。[18]所以，历年衡量的结果使每丁栽桑株数从北魏时的50株提高到100株左右，栽桑面积约为10亩，每丁产绢量为5匹，相当于产丝量3.44斤，产茧量53.42斤，产叶量801.24斤，还能得到桑叶亩产量为80.12斤。

在十亩百树五匹绢的基础上，我们还能进一步推出一丁为主

16　〔宋〕王钦若等：《册府元龟》第六册，凤凰出版社，2006年，第5739页。
17　〔唐〕李翱：《平赋书》，〔清〕董诰等编：《全唐文》卷六三八，第6439页。
18　宋家钰：《从敦煌吐鲁番文书看唐代永业口分田的区别及其性质》，《中国史研究》1986年第1期，第29—39页。

的农家每年在丝绸生产上消耗的必要时间。唐代的织造速度记载不多，专业人员一般可达“两日催成一匹半”[19]的速度，即每天织0.75匹。而《张邱建算经》上记载：善织之人月织九匹三丈，不善织之人月织二匹一丈[20]，以平均数计，为月织六匹，则每丁五匹绢要费25日左右的时间。若再加上养蚕45日，栽桑和缫丝、整经络纬等所需时间，共计约需100个工作日方能完成这一生产的全过程，可见丝绸生产在当时宜蚕之土的农村经济中所占比重之大。

三、唐代的织机

那么，用于织造这些织物的织机是什么样的呢？

从整个古代中国来看，织机可分成素机和提花机两大类，织造平纹织物的就用素机。关于唐代的织机资料很少，但从我们对汉代织机的研究来看，可以肯定唐代已经出现了踏板织机。所以，唐代男耕女织所用普通织机的可能类型应该有：

一是踏板卧机，出现甚早，在少数民族地区遗存甚多。日本《和名类聚抄》（编著年代相当于中国唐代）中亦有记载，据狩谷棭斋笺注云：卧机，“按是麻绳为之，缚著织人之足，随足之屈伸”，很准确地道出了卧机的特征。但在福冈宗像大社的祭祀遗址中，却出土了一具4—9世纪的金铜织机模型，正是水平的踏板机。[21]

二是中轴式踏板机，这类踏板机可以根据机身的倾斜程度分成斜织机和立机两种。斜织机的型制曾频频出现在汉画石上，我们已有较为完整的复原，而立机的最早发现乃是在晚唐到五代的敦煌。（图11-3）莫高窟K96壁的《华严经变》中还绘有一架织机，

19 〔唐〕王建：《当窗织》，〔清〕彭定求等编：《全唐诗》，第3380页。
20 钱宝琮校点：《算经十书》（下），中华书局，1963年，第347页。
21 佐藤武敏：《中国古代绢织物史》，风间书房，1978年，书前彩版。

图11-3 《传丝公主》中的织机

就是踏板式立机。《净土寺食物等品出入帐》〔P.2032(2)〕时属公元884年，也多次提到立机生产的棉织物。该织机被称为立机或立机緤。[22]（图11-4）这类织机一直沿用到后世，在宋代开化寺壁画、元代《梓人遗制》中均有详细的描绘和记录。

三是水平机，在中国史料中出现较迟。这种织机在宋代见于绘画，采用的是一种双综双蹑的传动与开口装置，但这类织机到目前为止还只能在图像中看到。

唐代有关提花机的材料实在太少，但我们的探索还得进行。从零星的材料中、前后的比较里、出土实物的分析中，唐代提花机的形象总会通过探索而逐步明确起来。

总体而言，提花机的类型可分为两个大类。一类是直接在穿综时埋下程序，以控制提花，这种方法需要有较多的综片，故称之为综片式提花机，或称为多综多蹑机。另一类是把控制提花的程序贮存在花本里，由花本控制经线的提花，远比前一种来得灵活。当花本用竹竿时，便是竹笼机，当花本用线作耳子线时，就

22 王进玉：《敦煌遗书所载立机、楼机初探》，《丝绸史研究》1985年第4期。

图11-4　敦煌立机

是后代常见的束综机，又称拉花机、楼机。

唐代施肩吾有《江南织绫词》：“女伴能来看新簆，鸳鸯正欲上花枝。”[23]这里的簆很可能是用竹制的花本，类似于竹笼机上的花本，在竹制的花本上是可以看出一些纹样的名堂来的。元稹在诗中多次提到“缀”字，说荆州的贡绩户“变缀撩机苦难织”[24]，说浙东的越溪寒女在织越縠撩绫时，“挑纹变缀力倍费”[25]，这里的缀显然是指束综提花机花本上的耳子线。变缀撩机是指每提一次花时要换一根耳子线变缀，然后把花本拉起提花（撩机）；挑纹变缀则是挑花结本时亦要变换耳子线，一根一根地挑。

由上看来，绫机几乎占有我国古代提花机的所有机型，然而在唐代，最常见的绫机乃是束综提花机，又称花楼束综机。

敦煌遗书中有关于楼机织绫的直接证明。如《后唐清泰三年

23　〔清〕彭定求等编：《全唐诗》，第5605页。

24　〔唐〕元稹：《织妇词》，〔清〕彭定求等编：《全唐诗》，第4607页。

25　〔唐〕元稹：《阴山道》，〔清〕彭定求等编：《全唐诗》，第4620页。

（936）六月沙州傣司教授福集状》（P.2638）中载："楼机绫一匹，寄上于阗皇后用。"[26]虽然这些楼机绫的记载均在五代和北宋时期，但无疑是能反映唐代用楼机织绫的真实情况的。

织绫用的绫机虽在唐代未有形象留传，但大庆重新发现的南宋初年《蚕织图》中有一架绫机，据笔者分析研究，这种绫机是江浙一带常见的绫机，自唐至宋并无大变。[27]因此可以把它作为唐代绫机的一种翻版。

这种绫机有着所谓的花楼，需要两人合作织造，一人是织手，在下面投绫打纬织造，另一人是拉花者，坐在花楼上，按花本逐一"变缓撩机"提花。机上除两片地综由织手直接脚踏控制外，整个束综均由拉花者控制。束综束的是综丝，上端是花本，中段是衢盘，下端是衢脚。若是织物图案通幅循环，则花本中的一根脚子线对应着衢盘中的一根衢线；若织物图案在纬向有n个循环，则一根脚子线可以牵动n根衢线，在图案纬向对称时则可牵动2n根衢线。

敦煌文书P.3078和S.4637是一件文书的两个部分，这件文书就是《神龙（705—707）散颁刑部格残卷》，其中第110—113行中提道：

一私造违样绫锦，勘当得实，先决杖一百，造意者徒三年，同造及挑文、客织，并居停主人，并徒二年半。总不得官当、荫赎。踏锥人及村正、坊正、里正，各决杖八十。

这里把织制绫锦的一系列工序分成几个阶段，分别由不同的

26　王进玉：《敦煌遗书所载立机、楼机初探》。

27　赵丰：《〈蚕织图〉的版本及所见南宋蚕织技术》，《农业考古》1986年第1期，第345—359页。

人负责。首先是造意者，可能指的就是发起者或牵头人的意思，应属主犯，责任最大，要徒三年。此外还有同造、挑文、客织、居停主人等，同造应该是参与谋划或投资的人，现在称为合伙人。挑文是专门挑制纹样花本的专业人员，可能也承担了图案设计师的工作。客织是专门的丝织工程师，能布经穿综，装造织机上的所有装置，同时也能织出织物的工匠，比挑文者更偏技术一些。居停主人就是提供织造场所或织机的人，也就是房东。这一文书说明，唐代有着为数不少的丝织专业技术人员，有专门挑制纹样、装造织机以及进行织造的分工，而且此类事件发生概率还很大，所以政府要制定专门的法律来限制和打击这类现象。[28]

在日本平安时代的《延喜式》中，记载了一些绫机在装造时需用综丝的数据，其中一窠绫综一具用丝25斤，二窠绫综一具用丝21斤10两，四窠绫综一具用丝19斤。[29]我们不妨来核实一下用综丝量的规律。设各种绫等宽等密，则总经丝数相等，每根经丝由一根衢线控制，则需衢线数亦相等，设为重Y斤，这对于任何一种绫都是不变的；变动的是脚子线，若在一窠绫中脚子线重X斤，则在二窠和四窠绫中，脚子线就分别重为1/2X斤和1/4X斤。综丝总重量乃是衢线和脚子线之和，最后我们得到，衢线重量为17斤，一窠绫的脚子线重量为8斤，二窠和四窠绫的脚子线重量分别为4斤和2斤。恰好与文献所载25、21、19斤的总数一致。由此可知，为绫机装造时用综丝量是有一定规律的，而这一规律正是按照束综提花机的装造形式总结得到的。

28　刘俊文：《敦煌吐鲁番唐代法制文书考释》，中华书局，1989年，第253—254页。

29　《延喜式》卷三〇《织部司》。

12

絲細繰多女手疼　扎扎千聲不盈尺

——江南蚕桑丝织特色

丝细缲多女手疼，扎扎千声不盈尺。

这里的“丝细缲多”，其实讲的是江南丝绸生产的过程和特色。唐代的丝绸生产区域很广，主要可以分成三个大的区域：一是黄河中下游流域的华北平原、山东山西、河南河北，这是中国丝绸生产的最为古老的区域；二是长江中上游特别是四川盆地；三是长江下游的三角洲地区，现在称为江南。江南地区的丝绸出现虽早，但发展相对较迟，而且因为其地理位置和气候环境，这里的丝绸生产也形成了自己的特色。

一、从养蚕到缫丝

在唐代众多的蚕桑诗中，李郢的《蚕女》显得颇有哲理，道出了整个丝绸生产的次序关系：

养蚕先养桑，蚕老人亦衰。
苟无园中叶，安得机上丝。[1]

一个完整的丝绸生产工艺过程，包括从栽桑、养蚕到缫丝、织绸的全过程。唐代的这一过程应该与其前后时期差不多，我们可以用一个框图来表示。

1 〔清〕彭定求等编：《全唐诗》，第6901页。

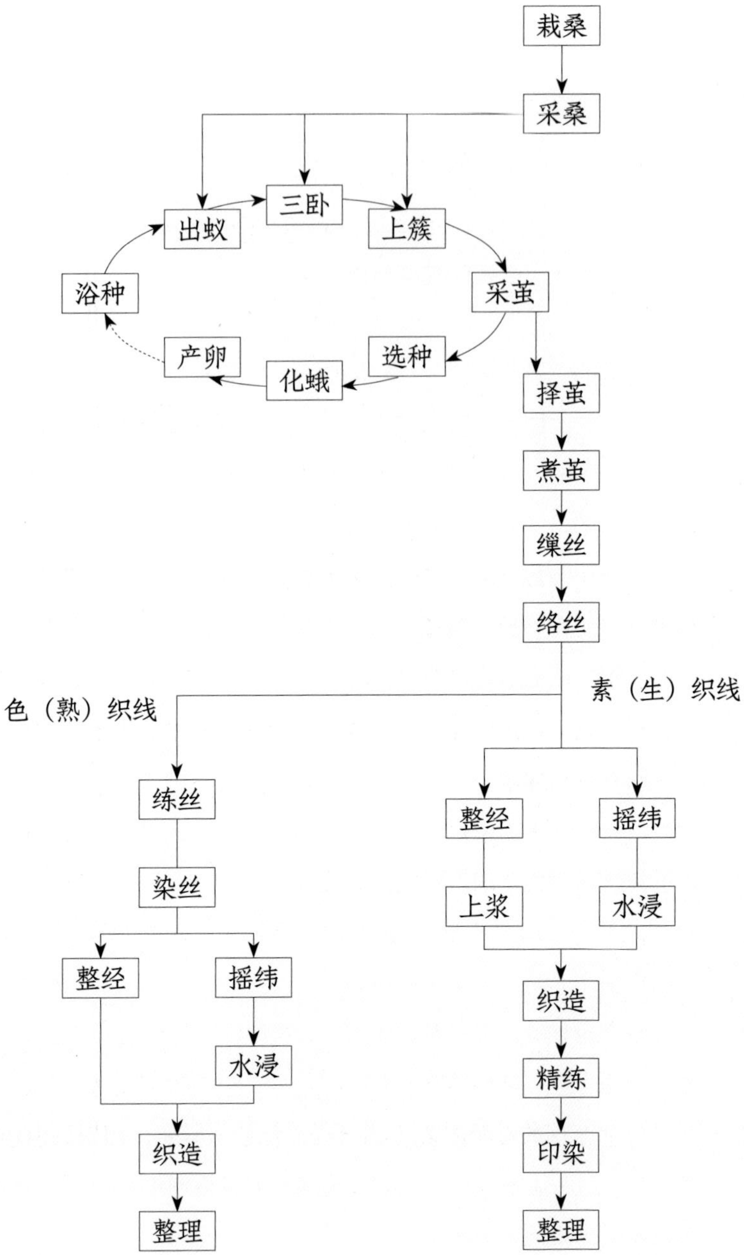

栽桑

采桑

出蚁

三卧

上簇

采茧

选种

化蛾

产卵

浴种

择茧

煮茧

缫丝

络丝

色（熟）织线

练丝

染丝

整经

摇纬

水浸

织造

整理

素（生）织线

整经

上浆

摇纬

水浸

织造

精练

印染

整理

图12-1　桑叶

丝绸生产的基础是栽桑。唐代的桑品种已经不少，有鲁桑、白桑、鸡桑、胡桑、黄桑等名。（图12-1）

鲁桑（Morus multicauis L.），是我国北方地区常见的桑品种，但在南方也经常见到。韩鄂《四时纂要》中记载了它的种植方法："收鲁桑椹，水淘取子，曝干。熟耕地，畦种如葵法。土不得厚，厚即不生。待高一尺，又上粪土一遍。当四五尺，常耘令净。来年正月移之。""移桑：正月、二月、三月并得。熟耕地五六遍，五步一株，著粪二三升。至秋初，斸根下，更著粪培土，三年即堪采。"[2]

白桑（Morus alba L.）是使用最多的桑种："白桑无（少）子，压条种之。才收得子便种亦可，只须阴地频浇为妙。"这是我国农书上首次出现白桑的记载。白桑这一桑种在唐代得到重视和开发，对后世影响很大。南宋《博闻录》赞道："其叶厚大，得茧重实，丝倍每常。"

2　〔宋〕韩鄂编，缪启愉校释：《四时纂要校释》，第23页。

鸡桑（Morus australis P.），广泛栽培于南方，陆龟蒙家四周就种有“百树鸡桑半顷麻”[3]。南宋《梦粱录》中所载鸡爪桑，可能就是鸡桑的演变。

栽桑之后，当须护养。其主要方法是在冬季剪枝修整，“条桑腊月下”[4]即是指此。其养成形式一般还有乔木桑和地桑两种。乔木桑不易采叶，需要爬上树去采，“一春常在树，自觉身如鸟”[5]；或者“持斧伐远扬”[6]、“新刈女桑肥”[7]。为避免这样的辛苦，唐代一方面在南方大力发展地桑型养成形式，另一方面对乔木桑也采取了措施：“每年及时科斫，以绳系石坠四向枝令婆娑，中心亦屈却，勿令直上难采。”[8]泉州开元寺中目前还有一株唐代古桑，树干盘虬，枝叶繁茂，中心屈却，四周婆娑，似曾经过专门的养成造型。殆因此，桑树被当时选为制作曲辕犁的材料。

唐代养蚕以二化性蚕为主，谓之“原蚕”，但也常有多化性蚕饲养。据称，唐玄宗时益州还献三熟蚕；代宗时，太原民韩景晖养冬蚕成茧；尹恩贞治青州（今山东益都）时，“蚕至岁四熟”；而在南方，八辈蚕仍在继续饲养。[9]（图12-2-1、12-2-2、12-2-3）

养蚕之前，还得做一些准备工作：一是蚕室的修补和卫生，二是蚕具的准备。《四时纂要》正月：“修蚕屋，织蚕箔，舂米，造桑机。”蚕屋即蚕室，亦称蚕房。“蚕房新泥无风土”[10]，其目的

3　〔唐〕陆龟蒙：《奉和夏初袭美见访题小斋次韵》，〔清〕彭定求等编：《全唐诗》，第7183页。

4　〔唐〕王维：《奉送六舅归陆浑》，〔清〕彭定求等编：《全唐诗》，第1242页。

5　〔唐〕刘驾：《桑妇》，〔清〕彭定求等编：《全唐诗》，第6776页。

6　〔唐〕王维：《春中田园作》，〔清〕彭定求等编：《全唐诗》，第1248页。

7　〔唐〕陆龟蒙：《丹阳道中寄友生》，〔清〕彭定求等编：《全唐诗》，第7167页。

8　〔宋〕韩鄂编，缪启愉校释：《四时纂要校释》，第23页。

9　蒋猷龙：《中国蚕丝科技发展史》（油印本）。

10　〔唐〕王建：《田家留客》，〔清〕彭定求等编：《全唐诗》，第3377页。

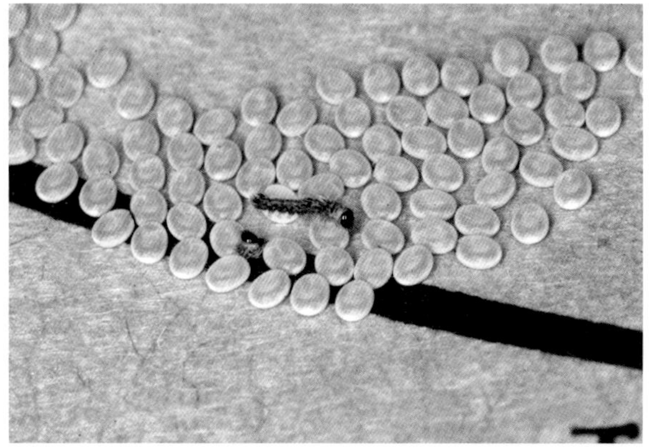
图12-2-1　孵化蚕卵与蚕蚁

图12-2-2　蚕（幼虫）

图12-2-3　结茧

既要防风遮尘，更需要“上无苍蝇下无鼠”[11]。蚕箔和桑机均是蚕具，桑机是采桑时用于垫高的椅儿，蚕箔则是养蚕或上簇时的平面物。此外还要“尽趁晴明修网架”[12]，网是蚕网，平时垫于蚕和叶之下，去蚕矢时只要把整张网拉起就能使蚕、叶换箔；架就是支撑蚕箔的架子，其直柱称为蚕槌，其横档称为蚕椽，韩鄂说那是用三年的白杨木做的。

约在清明前后，养蚕的整个程序便连续地铺展。首先是浴种，把蚕卵上的蛾尿及病原物等洗去，王建在《雨过山村》的时候就正巧遇上了这一场面：

妇姑相唤浴蚕去，闲看中庭栀子花。[13]

浴蚕去，显然是离家去别地浴蚕，这地方无疑是河川之旁了，不同于后来的盆浴。

接着便可以催青，即把蚕卵加温，促使其孵化出来，“漠漠蚕生纸”[14]。初生之蚕称为蚕蚁，其名称大概是因“春风吹蚕细如蚁”[15]而来。“蚕出小姑忙”[16]，接着就开始了小蚕饲养阶段，家家户户不相往来，专心养蚕。平时热闹的乡村，此时出现了“地幽蚕室闭，门静雀罗开”[17]的情景。

11　〔唐〕王建：《簇蚕辞》，〔清〕彭定求等编：《全唐诗》，第3379页。

12　〔唐〕陆龟蒙：《奉和夏初袭美见访题小斋次韵》，〔清〕彭定求等编：《全唐诗》，第7183页。

13　〔清〕彭定求等编：《全唐诗》，第3431页。

14　〔唐〕李郢：《春日题山家》，〔清〕彭定求等编：《全唐诗》，第6852页。

15　〔唐〕唐彦谦：《采桑女》，〔清〕彭定求等编：《全唐诗》，第7680页。

16　〔唐〕许浑：《春日题韦曲野老村舍》，〔清〕彭定求等编：《全唐诗》，第6051页。

17　〔唐〕骆宾王：《幽縶书情通简知己》，〔清〕彭定求等编：《全唐诗》，第862页。

蚕的一生一般有三或四次蜕皮过程，在蜕皮时往往停食桑叶一段时间，称之为眠或卧。

“褪暖蚕初卧”[18]，每卧之间五至七日，“蚕经三卧行欲老”[19]。三眠之后的蚕称为大蚕，蚕体增大，使得原有的蚕箔显得太挤，因此要分箔。“野店正纷泊”[20]，指的就是三眠之后的分箔。此后还多有一次大眠，“蚕眠桑叶稀”[21]，桑叶也已吃得差不多了。

蚕的成熟称之为老。“蚕欲老，箔头作茧丝皓皓”[22]；结茧的场所称为簇，簇一般用草扎成，“不向中庭晒蒿草”[23]，正是反映簇常用蒿草做成。也有用其他杂薪为材料的，司空图曾见到“编篱薪带茧”[24]，正是做簇用过的薪。一般情况下，从“茧蚕初引丝”到“开箔雪团团”约需三天时间，这样从蚕到茧的过程就算基本完成了。

大量的茧子，用于煮茧缫丝，于是，村头街尾又是一番热闹的景象：（图12-3）

雨湿菰蒲斜日明，茅厨煮茧掉车声。[25]
五月虽热麦风清，檐头索索缫车鸣。[26]
竹里缫丝挑网车，青蝉独噪日光斜。[27]

18 〔唐〕徐彦伯：《闺怨》，〔清〕彭定求等编：《全唐诗》，第824页。
19 〔唐〕元稹：《织妇词》，〔清〕彭定求等编：《全唐诗》，第4607页。
20 〔唐〕杜牧：《句溪夏日送卢霈秀才归王屋山将欲赴举》，〔清〕彭定求等编：《全唐诗》，第5965页。
21 〔唐〕王维：《渭川田家》，〔清〕彭定求等编：《全唐诗》，第1248页。
22 〔唐〕王建：《簇蚕辞》，〔清〕彭定求等编：《全唐诗》，第3379页。
23 〔唐〕王建：《簇蚕辞》，〔清〕彭定求等编：《全唐诗》，第3379页。
24 〔唐〕司空图：《独坐》，〔清〕彭定求等编：《全唐诗》，第7256页。
25 〔唐〕李郢：《淛河馆》，〔清〕彭定求等编：《全唐诗》，第6852页。
26 〔唐〕王建：《田家行》，〔清〕彭定求等编：《全唐诗》，第3382页。
27 〔唐〕李贺：《南园》，〔清〕彭定求等编：《全唐诗》，第4401页。

图12-3 采茧

会待春日晏，丝车方掷掉。[28]

从以上诗句来看，唐代已有相当普及的缫丝车，这种丝车是脚踏还是手摇尚无从确定，似乎以手摇更切字面意义。但可以肯定的是，它与宋代丝车相去已不远，已有完整的集绪和捻鞘机构，“索索缫车鸣”正是由于安装了起捻鞘作用的“响绪”而发出的声音；再说其承担响绪的横杆下有丝线穿过，正像一杆挑起罗网，故称为“挑网车”。（图12-4）

从桑、蚕、茧到丝为止，丝绸生产中的原料生产就算结束了。而蚕茧结成之后，先要选择一些留种，又称“留蚕母”[29]，以化蛾产卵。唐代的制种技术已相当不错，据说贞观年间，北方有人来越州出售蚕种[30]，蚕种甚至被传至欧洲，如此遥远的路途能妥善保存蚕种，确实是难得的。再到次年，这些蚕种又开始“漠漠蚕生纸”的新的一轮循环了。

二、丝细所以纱轻

以上所列的乃是丝绸生产的基本程式，它并不能够代表技术体系的全部内容。事实上，由于文化特质、地理环境、气候条件等多方面因素的影响，南北两个丝绸重区的技术体系还有着一定的差异。

关于南北两地丝绸生产技术的比较，颜之推曾经发表过见解“河北妇人，织纴组紃之事，黼黻锦绣罗绮之工，大优于江东

28　〔唐〕李贺：《感讽》，〔清〕彭定求等编：《全唐诗》，第4411页。

29　〔唐〕皮日休：《临顿为吴中偏胜之地陆鲁望居之不出郛郭旷若郊墅余每相访款然惜去因成五言十首奉题屋壁》，〔清〕彭定求等编：《全唐诗》，第7060页。

30　〔唐〕何延之：《兰亭始末记》，〔清〕董诰等编：《全唐文》卷三〇一，第3059页。

图12-4 《蚕织图》(局部)

也”[31]，看来他认为在那时还是北胜于南。太府寺的检验官们通过检验各地庸调绢而为南北两地的普通丝织品定了级，共有八级，其中河南河北两道的绢全被评为五级以上，而江南道产绢地中仅有三处被评为八级，其余的连级别都没有，而这些没有入级的地方恰恰又是江南丝织业发展最快的重心地区。[32]这分明暗示着南北两个丝绸重区的技术体系有所差异。

31 〔南北朝〕颜之推：《颜氏家训》，崇文书局，2017年，第27页。
32 〔唐〕李林甫等撰，陈仲夫点校：《唐六典·太府寺》，第541页。

《唐六典》载太府寺对各地产绢等级统计表

等级	入级总州数	河南道	河北道	淮南道	山南道	剑南道	江南道
一	2	2					
二	4	3	1				
三	14	7	7				
四	15	5	10				
五	14	5	2	5	2		
六	12				2	10	
七	14				6	8	
八	12				9		3
合计州数	87	22	20	5	19	18	3

技术差异存在无疑，但果真能用“大优于江东”一言以蔽之吗？太府寺八个等级的标准又是如何确定的？

事实上，在南北两地的高档丝织品中，各地都有自己的拳头产品，齐纨鲁缟，蜀锦楚练，越罗吴绫，相映争辉，难分高下，就丝织技术水平来说，没有绝对的可比性。而在普通类丝织品中，太府寺的检验指标主要是规格指标，如尺寸、密度和匹重，虽然这些指标并不能反映技术的高下，但当时的太府寺官员们确实是按照这些指标尤其是匹重一项来进行定级的。在他们这些熟悉北方习俗并生长在北方的官员们看来，织物越重，越致密，其质量就越好，而织物轻薄则说明质量差，却不知江南地区的丝绸技术体系中织物质地正是以轻薄见长的。

以绫、罗、纱、縠为例，“口脂易印吴绫薄”[33]、“越罗冷薄金泥重”[34]等诗句都反映了吴越绫罗的轻薄特点。白居易任职杭州时，经常以当地的丝织品制成衣服寄给他的好友，如寄给刘禹锡

33 〔唐〕韩偓：《意绪》，〔清〕彭定求等编：《全唐诗》，第7837页。

34 〔唐〕李商隐：《燕台四首之右夏》，〔清〕彭定求等编：《全唐诗》，第6233页。

的是罗衫，受到了称赞："舞衣偏尚越罗轻"[35]。寄给元稹是纱縠制的生衣：

浅色縠衫轻似雾，纺花纱袴薄于云。
莫嫌轻薄但知著，犹恐通州热杀君。[36]

如云似雾的轻薄型绫罗衣衫终于赢得了各地朋友的高度赞赏，元稹说：

红罗著压逐时新，杏子花纱嫩曲尘。
第一莫嫌材地弱，些些纰缦最宜人。[37]

这些诗虽然写于唐代后期，但越罗吴绫出现早，这一风格形成甚早，只是在早期还得不到人们的承认。即使到中唐，"莫嫌轻薄""莫嫌材地弱"等话说明还是有人对江南的轻薄型丝织物带有偏见，而元、白等人却成了推广江南产品的积极宣传者。

偏见的存在显然是南北文化差异所致。我们知道，江南地区特别是长江沿岸地区的气温明显高于北方，因此宜着轻薄织物。传统的白纻织物"质如轻云色如银"[38]，葛织物"织成一尺无一两"[39]都是如此，因此，后来发展起来的丝织物受其传统文化影响是理所当然的。

35 〔唐〕刘禹锡：《酬乐天衫酒见寄》，〔清〕彭定求等编：《全唐诗》，第4070页。
36 〔唐〕白居易：《寄生衣与微之，因题封上》，〔清〕彭定求等编：《全唐诗》，第4867页。
37 〔唐〕元稹：《离思》，〔清〕彭定求等编：《全唐诗》，第4643页。
38 逯钦立辑校：《先秦汉魏晋南北朝诗》，第847页。
39 〔唐〕鲍溶：《采葛行》，〔清〕彭定求等编：《全唐诗》，第5538页。

另外，当时南方独特的养蚕技术也是造成这一风格的原因之一。

首先是南方的蚕有较多的多化性蚕，当时永嘉有八辈蚕，即一年可养八次蚕。这样的多化性蚕的生命周期相对较短，所吐的丝也较细。

同时由于南方潮湿，而养蚕中最忌的就是雨，过大的湿度会引起蚕病，同时也使上簇吐丝难以进行。唐代似乎对此点已有明确的认识：

> 南雨来多滞……预怕为蚕病。[40]
> 叶湿蚕应病，泥稀燕亦愁。[41]
> 东家采桑妇，雨来苦愁悲。簇蚕北堂前，雨冷不成丝。[42]

所以我们推测，唐代在蚕吐丝时已开始采用加热的方法，使蚕吐出来的丝马上就干。我们虽不知唐代南北养蚕技术的具体区别，但北宋年间的一段史料颇能反映这一情况。庄绰在《鸡肋篇》中很有见地地分析了北绢精绝而浙绢轻疏的原因：

> 南人养蚕空中，以炽火逼之，欲其早老而省食，此其丝细弱，不逮于北方也。

这一技术是南方的专利，明代宋应星《天工开物》中将其归纳为“出口干”三字，谓蚕吐丝时使其出口便干，方法与庄绰所

---

40 〔唐〕白居易：《酬郑侍御多雨春空过诗三十韵》，〔清〕彭定求等编：《全唐诗》，第5063页。
41 〔唐〕白居易：《和韩侍郎苦雨》，〔清〕彭定求等编：《全唐诗》，第4936页。
42 〔唐〕白居易：《效陶潜体诗十六首并序》，〔清〕彭定求等编：《全唐诗》，第4722页。

论并无不一，但评价就大相径庭了：

凡结茧必如嘉、湖，方尽其法。他国不知用火烘，听蚕结出，甚至丛秆之内，箱匣之中，火不经，风不透。故所为屯、漳等绢，豫、蜀等绸，皆易朽烂。若嘉、湖产丝成衣，即入水浣濯百余度，其质尚存。[43]

历史和科学都已证明，这种出口干法比普通法要来得更为先进，唐代东南地区一直为雨所苦，可能早于唐代就采用了此法。但我们不能因为它不符合北方人的习惯而称它为落后。其实它是一种地方特色，而正是这样的地方特色才导致了丝细缲多的结果。

三、扎扎千声的纬密

缫丝之后就该织造了。

缫好的丝到了织工之手后首先要络一遍，也就是把丝的绞装形式改换成较为合适的新形式，同时检查一下丝的质量。

“窗中丝罢络”[44]之后，就可以把丝分成两组，一组作经，一组作纬。作经的经线要整上经轴，而纬丝要用纬车把丝线绕在纡子上，纬车是与纺车形制相近的一种工具，“邻声动纬车”[45]，在唐代存在颇广。

经纬丝线准备完毕就可以开始织造。（图12-5）

43 〔明〕宋应星著，管巧灵、谭属春整理注释：《天工开物》，岳麓书社，2001年，第51页。

44 〔唐〕张祜：《读曲歌》，〔清〕彭定求等编：《全唐诗》，第5835页。

45 〔唐〕陆龟蒙：《袭美见题郊居十首因次韵酬之以伸荣谢》，〔清〕彭定求等编：《全唐诗》，第7161页。

图12-5 《蚕织图》之挽花

织造可分平织和提花两类，平织无花，绢、帛之类是也；提花者，绫、罗属之。尽管它们都要经过“一梭声尽重一梭”“扎扎千声不盈尺”的过程，但比较之下，又以“挑纹变缀”的提花织物“力倍费”了。

现在我们来看看丝织品的纬密。

纬密就是每一单位长度中纬线的根数，纬密决定了织物在经向的紧密程度，也决定了织物织造时的效率。

从出土的普通织物分析看，绢类织物可根据密度的不同明确分为两个小类：一类密度较小，经密在40根/厘米左右，纬密则在30根/厘米上下；另一类密度较大，织造致密，其范围在经密65—70根/厘米，纬密40—50根/厘米之间。两类的差别很明显，这可能是北绢与南绢的差别，也可能是绢与缣的差别。因为不少人认为缣是较致密的普通平纹织物。

而白居易在这里说，“扎扎千声不盈尺”。我不敢说白居易是经过计算才写这句诗的，这肯定是个大约的数，但如果真以扎扎千声得一尺来计，可折算成今天的纬密33根/厘米，而从我们分析的唐绫数据来看，其纬密一般在25—45根/厘米之间，两者之间竟是如此相吻合，就不得不令人惊讶了。

13

昭陽殿裏歌舞人 若見織時應也惜

——唐诗里的民本思想

昭阳殿里歌舞人，若见织时应也惜。

此句转入全诗的主题，即“念女工之劳也”。这两句在敦煌本中作：

昭阳人，不见织时应不惜。

覆宋单行本则作：

昭阳殿里歌舞人，不见织，若见织时应合惜。

这里的断句或节奏虽有不同，但其中的关键词就是昭阳殿、舞人、应惜，其含意并无不一，深深地体现了以白居易为代表的唐代诗人的民本思想。

一、舞女成为众矢之的

白居易明显把诗的矛头指向了舞女。更准确地说，他是针对了舞女所在的位置——昭阳殿，以及她们背后的主人。唐代生产水平很发达，生活方式也很时尚，奢靡程度也极为严重，舞女是最为明显的表现。一般的达官贵人都好宴会，就像李绅这样写过“粒粒皆辛苦”的诗人也在发迹之后花天酒地。刘禹锡担任苏州刺史的时候，有一次应邀参加李绅举办的宴会，当他看到李绅家中私妓成群时，感慨颇多，于是写下了《赠李司空妓》一诗：

高髻云鬟宫样妆，春风一曲杜韦娘。
司空见惯浑闲事，断尽苏州刺史肠。

韦庄《陪金陵府相中堂夜宴》是诗人在润州参加镇海军节度使同平章事周宝举行的盛大宴会时所作，也道尽了夜宴中轻歌曼舞、花团锦簇的场面：

满耳笙歌满眼花，满楼珠翠胜吴娃。
因知海上神仙窟，只似人间富贵家。
绣户夜攒红烛市，舞衣晴曳碧天霞。
却愁宴罢青蛾散，扬子江头月半斜。

正是这样的司空见惯，这样的海上神仙窟和人间富贵家，引起了具有正义感的文人们的作诗批判，而矛头不只是对着一些中等富豪，还经常直指富豪中的最高级别——当朝天子。

一匹千金亦不卖，限日未成宫里怪。
锦江水涸贡转多，宫中尽著单丝罗。
莫言山积无尽日，百尺高楼一曲歌。

以上为王建的《织锦曲》，其中矛头就明确地指向了皇宫朝廷，锦江有蜀锦生产的官方管理机构，内库中绫罗锦绣已堆积如山，但宫中的歌舞人只要唱几曲歌，跳几支舞，就可以获得一匹千金的赏赐，即使是如山的堆积，也会很快地用尽。

韦应物的《杂体五首》也值得一提：诗中提到的“长安贵豪

家”即指李家王朝，这是一种影射，矛头直指当朝天子、后宫佳丽，而寒夜女只是锦绣绫罗的生产者。

春罗双鸳鸯，出自寒夜女。
心精烟雾色，指历千万绪。
长安贵豪家，妖艳不可数。
裁此百日功，唯将一朝舞。
舞罢复裁新，岂思劳者苦？

此外大量的唐诗中，一般都不提这些舞女所在的场合、美人背后的主人。但无论如何，她们背后都是有钱有势的人，也都是诗人们抨击的对象。

札札机声晓复晡，眼穿力尽竟何如。
美人一曲成千赐，心里犹嫌花样疏。
——李询《赠织锦人》
春水濯来云雁活，夜机挑处雨灯寒。
舞衣转转求新样，不问流离桑柘残。
——郑谷《锦》
蓬鬓蓬门积恨多，夜阑灯下不停梭。
成缣犹自陪钱纳，未直青楼一曲歌。
——处默《织妇》
叹息复叹息，园中有枣行人食。
贫家女为富家织，翁母隔墙不得力。
水寒手涩丝脆断，续来续去心肠烂。
草虫促促机下啼，两日催成一匹半。
输官上顶有零落，姑未得衣身不著。

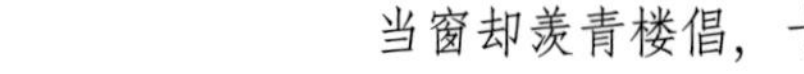

当窗却羡青楼倡，十指不动衣盈箱。

——王建《当窗织》

二、昭阳殿里欲禁还休

也许是听到了诗人们的批评，或是像白居易、元稹等谏官的诤言，昭阳殿里多少也有些反思。特别是当一些有想法、有作为的皇帝登基之初，经常会颁布一些禁令，限制宫里消费的过度奢华，也同时限制社会上的过度时尚。但这些禁令多半是有禁不止，或是马上被禁令的颁布者破坏了。姚佳瑾专门整理了唐代与丝绸相关的禁令，这些禁令自唐高宗时就有了，但有些是禁社会的，有些是禁自己的。[1]这里选择其中与丝绸相关的部分列举如下。

序	颁布者	颁布时间	禁令名或内容	出处
1	高宗	咸亨五年（674）	《官人百姓衣服不得逾令式诏》/《禁僭服色立私社诏》	《唐大诏令集·禁约上》卷一〇八/《全唐文》卷一三
2	玄宗	开元二年（714）	《禁断锦绣珠玉敕》	《唐大诏令集·禁约下》卷一〇九
3	玄宗	开元二年	《禁珠玉锦绣敕》	《唐大诏令集·禁约上》卷一〇八
4	玄宗	开元二年	《禁奢侈服用敕》/《禁用珠玉锦绣诏》	《唐大诏令集·禁约上》卷一〇八/《全唐文》卷二六
5	玄宗	开元十七年（729）	（禁违样绫锦等令）	《册府元龟》卷一五九
6	肃宗	上元元年（760）	《改元上元敕》（禁车服僭越）	《全唐文》卷四五
7	代宗	大历六年（771）	《禁大花绫锦等敕》	《唐大诏令集·禁约下》卷一〇九
8	德宗	大历十四年（779）	（田宅、车服要依法度）	《册府元龟·禁约下》卷一〇九

1　姚佳瑾：《唐代奢侈消费禁令》，上海师范大学硕士学位论文，2019年。

序	颁布者	颁布时间	禁令名或内容	出处
9	敬宗	长庆四年（824）	（车服、衣服不能逾矩）	《册府元龟》卷六五
10	文宗	大和三年（829）	（禁花丝布缭绫等）	《唐大诏令集·典礼·南郊四》卷七一
11	文宗	大和三年	（禁两军诸司内官穿纱縠绫罗等）	《唐会要》卷三一
12	文宗	大和四年（830）	《禁车服第宅逾侈敕》/《崇俭诏》	《唐大诏令集·禁约下》卷一〇九/《全唐文》卷七一
13	文宗	大和六年（832）	（重定车服等制度）	《唐会要》卷三一
14	文宗	大和六年	《申禁公私车服逾侈敕》	《唐大诏令集·禁约下》卷一〇九

涉及丝绸的相关禁令大约从唐高宗时开始。高宗在让雍州长史李义元所拟诏书中规定，“其异色绫锦，并花间裙衣等，靡费既广，俱害女工”。官方的紫服赤衣，“闾阎公然服用”，“卿可严加捉搦，勿使更然”。[2]

唐玄宗开元天宝年间，正是盛唐社会经济文化时尚发展的高峰时期，人们对高档丝绸及服饰的追求更甚，贵族阶层的奢靡生活在《开元天宝遗事》中有着极大的揭露，各地官营作坊制作或是各地收纳土贡也是质升量增。但在开元前期，玄宗还较为清明节俭，采取了一系列的措施，来抑制这种风气的滋长和扩展。

开元二年（714）六月，玄宗一方面命人理出宫中的珠玉锦绣等服玩，在正殿前焚毁，另一方面又接连颁布《禁珠玉锦绣敕》《禁奢侈服用敕》《禁断锦绣珠玉敕》等敕书。[3]这里禁止的物品是珠玉锦绣，包括过于贵重精细的金玉饰品，和生产过于费工、外观过于华丽的丝绸衣服。但在具体的做法上，玄宗有几个重点。

首先是限制服用消费，从需求端着手。玄宗分别对后妃、官

2　〔唐〕高宗：《令雍州长史李义元禁僭侈诏》，〔清〕董诰等编：《全唐文》卷一三，第161页。

3　〔宋〕宋敏求编：《唐大诏令集·禁约下》，第562—565页。

员及其女眷、王侯勋戚、百姓、仆役的服饰进行了规范。其中包括：宫掖之内，后妃以下，咸服浣濯之衣，永除珠翠之饰。宫廷之外，一切均要遵守规则，官员三品以上饰以玉，四品以上饰以金，五品以上饰以银，宜于腰带及马衔镫酒杯杓依式，自外悉铸为铤。妇人衣服，各随夫子，其已有锦绣衣服，听染为皂，成段者官为市取。[4]

二是限制供给渠道，禁止进献。开元二十五年（737）的端午节前，玄宗下敕禁断所有细碎杂物和五色丝算。针对“营造衣物，雕镂鸡子，竞作奇工，以将进献，巧丽过度，縻费极多”的情况，“自今以后，并宜停断，所司明加禁察，随事纠正”。[5]

三是限制生产源头。玄宗发布了一系列不准开采玉石并关闭官方织锦坊的禁令：“天下更不得采取珠玉，刻镂器玩，造作锦绣珠绳，织成帖绦二色，绮绫罗作龙凤禽兽等异文字，及竖栏锦文者。违者决一百，受雇工匠，降一等科之。两京及诸州旧有官织锦坊，悉停。”[6]

四是跟踪禁令效果。在开元十四年（726）的时候，玄宗发现“三公以下爰及百姓等，罕闻节俭，尚纵骄奢，器玩犹擅珍华，车服未捐珠翠”，收效不够明显，所以他重申了禁令，并要求相关主管的官吏抓好落实。到开元十七年（729），玄宗再一次下诏：“违样绫锦等，频有处分。如闻尚未惩革，宜令府县申明前敕，一切禁断。所由长官不存捉搦，量事贬降。”但到开元天宝晚期，奢靡之风愈演愈烈，直到安史之乱爆发。

肃宗在至德二载（757）也曾下令禁奢侈服饰，而且写得很具体：“屋宇、车舆、衣服、器用并宜准式。珠玉、宝钿、平脱、

4　〔宋〕宋敏求编：《唐大诏令集·禁约上》，第562—563页。

5　〔宋〕宋敏求编：《唐大诏令集·典礼》，第461页。

6　〔宋〕宋敏求编：《唐大诏令集·禁约上》，第563页。

金泥、织成、刺绣之类，一切禁断。”这里的金泥、织成、刺绣分属于印花、编织和刺绣三个门类中的高精工艺，禁得非常准确和专业。

代宗在大历六年（771）还特别针对丝织品上“耗缣缯之本，资锦绣之奢，异彩奇文，恣其夸竞”的情况颁布了详细和专业的《禁大花绫锦等敕》：

在外所织造大张锦、软瑞锦、透背及大繝锦、竭凿六破已上锦、独窠文绫、四尺幅及独窠吴绫、独窠司马绫等，并宜禁断。其长行高丽白锦、杂色锦及常行小文字绫锦等，任依旧例造，其绫锦花文，所织盘龙、对凤、骐驎、狮子、天马、辟邪、孔雀、仙鹤、芝草、万字、双胜及诸织造差样文字等，亦宜禁断。两都委御史台、诸州府委本道节度观察使，切加觉察。如违犯，具状闻奏。[7]

敬宗和文宗都在即位不久就命相关部门制定侈俭合度的车服规定。特别是文宗，他多次下令禁奢，如大和三年（829）十一月甲申，文宗在南郊祭祀后下令禁止进贡新奇贵重的丝织品，并焚毁生产它的织机，从进贡渠道和生产源头两个方面进行限制：

四方不得以新样织成非常之物为献，机杼纤丽若花丝布、缭绫之类，并宜禁断。敕到一月，机杼一切焚弃。刺史分忧，得以专达。事有违法，观察使然后奏闻。

在这一份针对奇贡发出的禁令中，文宗提到了新样，也提到

7 〔宋〕宋敏求编：《唐大诏令集·禁约下》，第566页。

了缭绫，还提到了专门的机杼，也说明了大和年间缭绫生产的纹样是新的，机杼是专用的，产品也是最好的缭绫，所以必须禁断。

三、所要济生民

皇帝和朝廷虽然对一些高等级的丝绸生产十分注意，厉行禁断，但对于来自地方和百姓的无论是土贡还是进奉，仍继续肆意收敛，这也引起了唐代正直文人和官员的反感。《文献通考·土贡》曰：

德宗既平朱泚之后，属意聚敛，藩镇常赋之外，进奉不已。剑南西川节度使韦皋有“日进”，江西观察使李兼有“月进”，他如杜亚、刘赞、王纬、李锜，皆徼射恩泽，以常赋入贡，名为“羡余”，至代易又有“进奉”。户部财物，所在州府及巡院，皆得擅留，或矫密旨加敛，或减刻吏禄，或鬻蔬果，往往私自入，所进才十二三，无敢问者。刺史及幕僚至以进奉得迁官。

司马光说：“藩镇多以进奉市恩，皆云‘税外方圆’，亦云‘用度羡余’。其实，或割留常赋，或增敛百姓，或减刻利禄，或贩鬻蔬果，往往私自入，所进才十一二。”[8]李翱在《疏绝进献》中说得更为明了：

则钱帛非天之所雨也，非如泉之可涌而生也，不取于百姓，将安取之哉？故有作官店以居商贾者，有酿酒而官沽者，其他杂率，巧设名号，是皆夺百姓之利，亏三代之法。公托进献，因得自成其私，甚非太平之事也。

8　〔宋〕司马光：《资治通鉴》，第7572页。

这种进奉，加重了人民的负担，出现了税外加税的情况。白居易的《秦中吟·重赋》一诗真实地记载了两税法后益趋贫困的人民生活：

昨日输残税，因窥官库门。
缯帛如山积，丝絮似云屯。
号为羡余物，随月献至尊。
夺我身上暖，买尔眼前恩。
进入琼林库，岁久化为尘。

就这样，在唐代诗人中出现了一批正直的诗人，他们已具有了民本思想。[9]正像白居易在同一诗中所写：

厚地植桑麻，所要济生民。
生民理布帛，所求活一身。

为生民而写诗，为生民而代言，已成为他们的义务和责任。他们虽然抨击舞女，但同时也把矛头指向了皇帝，指向了朝廷。白居易认为，兴邦强国之道，关键在于得民。《策林》是白居易于元和元年（806）参加吏部考试前拟作的七十五篇应试文章，均为讨论时务政治的政论之作。白居易在其中强调人和民的重要意义："邦之兴，由得人也；邦之亡，由失人也。""善与恶，始系于君；兴与亡，终系于人。"[10]

在中国，邦其实就是皇上的邦，天下是一人的天下。所以要

9 李红：《析唐诗中的民本思想》，《徐州工程学院学报》2006年第10期，第69—71页。

10 雷安静：《白居易〈策林〉研究》，兰州大学硕士学位论文，2022年。

以民为本，重点在平衡好君与人的关系。他在《策林·人之穷困由君之奢欲》中就直接地论述了君和祸福的相关性。“君之躁静为人劳逸之本，君之奢俭为人富贫之源。”在封建专制制度下，“君”仅是整个统治阶级的代表，君与臣共同组成庞大的官僚体系，成为侵害百姓的主体。“上苟好奢，则天下贪冒之吏将肆心焉；上苟好利，则天下聚敛之臣将置力焉。”所以白居易向这庞大的君臣集团发出不夺人利、藏富于民的呼吁：

伏惟陛下：知人安之至难也，则念去烦扰之吏；爱人命之至重也，则念黜苛酷之官；恤人力之易罢也，则念省修葺之劳；忧人财之易匮也，则念减服御之费；惧人之有馁也，则念薄麦禾之税；畏人之有寒也，则念轻布帛之征；虑人之有愁苦也，则念节声乐之娱；恐人之有怨旷也，则念损嫔嫱之数。[11]

因感念百姓安之难、命之重，想到力之易罢、财之易匮，悯恤其疾苦，从而反思自身行为，制欲禁奢，慎用人力；检讨当前的政令措施，轻徭薄赋，以减轻百姓的负担。

正是有白居易这样一批具有民本思想的诗人，他们一起主张崇俭戒奢，轻徭薄赋。

我愿君王心，化作光明烛。
不照绮罗筵，只照逃亡屋。
——聂夷中《伤田家》

这就和白居易对昭阳殿里歌舞人发出的呼吁一样——“若见织时应也惜！”

11 〔唐〕白居易：《白居易集》，岳麓书社，1992年，第669页。

14

寻找缭绫之一

——法门寺地宫里的缭绫浴袍

1987年4月3日，位于陕西扶风县法门寺镇的法门寺地宫，在地下沉睡了一千多年之后被考古学家打开。佛祖释迦牟尼真身指骨舍利以及数千件唐代珍宝得以面世，其中包括金银器、秘色瓷、玻璃器，以及大量加金丝织工艺的织物。这些织物中包括武则天等唐皇帝后服饰等，均是稀世珍宝。由于法门寺地宫所出《衣物帐》中明确记载了“缭绫”一名以及用缭绫制成的若干种用品，所以在法门寺地宫所出丝织品文物中寻找缭绫或许是最为可能的一条途径。（图14-1）

在陕西省考古研究院与中国丝绸博物馆合作保护与研究法门寺丝绸的框架协议下，我们在发掘法门寺地宫约35年后得以详细考察地宫出土丝绸服饰的现状。[1]随着《金缕瑞衣：法门寺地宫出土唐代丝绸考古及科技研究报告》（以下简称《研究报告》）的最新出版，我们得以了解法门寺出土丝绸服饰研究的整体情况。

目前来看，地宫出土保存较为完好并已揭展的上衣共两件，即直领对襟罗衫（T68-F/B1-F）和直领对襟团窠纹长衫（袍）（T68-D/B1-D），而根据地宫出土唐懿宗咸通十五年（874）《衣物帐》载，地宫中当时贡献进入的有花罗衫、花罗袍、长袖、夹可

1　本文为陕西省考古研究院与中国丝绸博物馆合作保护与研究法门寺丝绸的合作成果之一。研究过程中得到了陕西省考古研究院孙周勇院长、赵西晨副院长等的大力支持。本人分别于2020年12月4日和2023年3月31日两次实地考察缭绫浴袍实物。

图14-1　法门寺地宫

幅长袖、可幅绫披袍、纹縠披衫和缭绫浴袍等。[2]由此，我们可以通过名物比对来寻找法门寺地宫里可能存在的缭绫。

一、《衣物帐》中的上衣名称

《衣物帐》中记载新恩赐到金银宝器、衣物席褥、幞头巾子、花鞋等共计七百五十四副，根据韩伟先生的释读，其中上衣类文物有[3]：

花罗衫十五副：内襕一副，跨（袴）八副（各三事）

花罗袍十五副：内襕八副，跨（袴）七副（各四事）

长袖五副各三事

夹可幅长袖五副各五事

可幅绫披袍五领

2　陕西省考古研究院等：《法门寺考古发掘报告（上）》，第227—229页。

3　韩伟：《法门寺地宫唐代随真身衣物帐考》，《文物》1991年第5期，第29页。文中韩伟改“纹縠”为“谷纹”，非是。仍作“纹縠披衫五领”。

纹縠披衫五领

缭绫浴袍五副各二事

这里所涉及的上衣名共有衫、袍、披袍、披衫、长袖、浴袍六种，我们就从最为明确的部分开始进行对比。

1. 花罗衫

衫是唐代常见服装用词，一般均指上衣，有时可与襦互称，有时亦可与袍并称。但从《衣物帐》同时有花罗衫和花罗袍的语境看，这里的花罗袍当指衣身较长的上衣，而花罗衫为短上衣。张泌《江城子》"窄罗衫子薄罗裙"[4]，上衫下裙，衫即是短上衣。花蕊夫人《宫词》中有多处提及罗衫："少年相逐采莲回，罗帽罗衫巧制裁"，"罗衫玉带最风流"，"薄罗衫子透肌肤"[5]，都是同一类上衣。日本正仓院的服装有以"衫"为名者，如"汗衫""布衫"等，亦均为较短的上衣，衣身长在80厘米左右，而袍身长一般都在110厘米以上。[6]法门寺地宫出土有直领对襟罗衫（T68-F/B1-F）一件。据报告：衣长约90厘米，衣摆宽约100厘米，通袖长约180厘米，袖宽37厘米。其面料为泥银花罗，罗呈红棕色，为小团花纹样，上用泥银绘制球路纹组成六边形的底纹，六边形内装饰对鸭和朵花纹。白居易诗有"银泥衫稳越娃裁"[7]，用的正是这样的银泥。两者可以自然地名物相对应，没有任何悬念。（图14-2）

4　〔清〕彭定求等编：《全唐诗》，第10148页。

5　〔清〕彭定求等编：《全唐诗》，第8971—8981页。

6　关根真隆：《奈良朝服饰の研究（图录编）》，吉川弘文馆，1974年，第112页。

7　〔唐〕白居易：《刘苏州寄酿酒糯米李浙东寄杨柳枝舞衫偶因尝酒试衫辄成长句寄谢之》，〔清〕彭定求等编：《全唐诗》，第5161页。

图14-2 直领对襟罗衫（实物、结构复原图）

2. 花罗袍

袍一般指衣身较长的上衣，唐代广泛用作外套。文献中提及的袍服、缺胯袍等，都是明确的长上衣。唐代的袍实物很多，身长一般都长过膝盖，长窄袖，右衽，前襟两侧在胸前有重叠，下摆渐宽。有横襴等装饰的称为襴袍，背后有开胯的称为缺胯袍。考古发现中以甘肃天祝唐慕容智墓（691）所出保存最为完整，目

图14-3　锦褾紫色对凤纹绫袍

图14-4　大歌袍

前已整理发表的是锦褾紫色对凤纹绫袍（G:29-1，图14-3），圆领右衽，衣身长135厘米，通袖长243厘米。主体面料为紫色团窠对凤纹绫，领口和袖口褾有黄地团窠对狮纹锦，内衬绢。[8]慕容智曾在唐高宗和武则天时期入侍宫廷，担任禁卫军职，宿卫皇帝。《新唐书·车服志》载“武后擅政，多赐群臣巾子、绣袍”。绣袍的款

8　甘肃省文物考古研究所等：《甘肃武威市唐代吐谷浑王族墓葬群》，《考古》2022年第10期，第29—47页。

式应与慕容智这一袍子相同。传世实例则有日本正仓院的大歌袍（图14-4）、昆仑袍、布袍等，其中大歌袍衣身长116厘米，通袖长218厘米，用绿色双珠团窠对龙纹绫作面料，内衬绢，绢上有墨书"东大寺大歌袍天平胜宝四年四月九日"，刚好是东大寺建成开光之年（752）。[9]

《衣物帐》记录的袍是花罗袍，在地宫没有找到对应实物。如能找到，应该会采用与花罗衫相似的面料，即银泥或金泥装饰的四经绞罗，但其款式应该与一般的袍服相同，衣身长会达120厘米左右，通袖长在200厘米以上，圆领且是右衽。

3. 披袍（可幅绫披袍五领）

披袍名为袍，应该也是衣身较长的外套，总体应该比袍更为宽松。披袍在《旧唐书·安禄山传》已见："每见林甫，虽盛冬亦汗洽。林甫接以温言，中书厅引坐，以己披袍覆之。"王延彬《春日寓感》有"软锦披袍拥鼻行"[10]，后蜀和凝《临江仙》词有"披袍窣地红宫锦，莺语时转轻音"[11]。

披袍的式样应该类似于今天的披风，可在敦煌壁画供养人物形象中看到。莫高窟390窟中就有供养人穿着沈从文先生所称的小袖式披风，衣长拖地，后有侍女帮着提起。[12]（图14-5）这些小袖有时甚至还是假袖，无法真正穿上，只能披着。斯坦因从敦煌莫高窟藏经洞获取、现藏于印度新德里国家博物馆的千佛刺绣上也有供养人像穿着类似披风，也应该可以称作披袍。[13]

9　米田雄介、杉本一树编著：《正仓院美术馆》，讲谈社，2009年，第272—275页。

10　〔清〕彭定求等编：《全唐诗》，第8666页。

11　〔清〕彭定求等编：《全唐诗》，第10092页。

12　沈从文：《中国古代服饰研究》，商务印书馆，2011年，第298页。

13　赵丰、王乐：《藏经洞所出千佛刺绣研究》，《敦煌研究》2022年第2期，第21—32页。

图14-5　敦煌390窟供养人小袖式披风、披袍

4. 披衫（纹縠披衫五领）

在《衣物帐》的语境中，披的概念是比较宽松的上衣，衫的概念是身长较短的上衣，顾名思义，披衫应该是较为宽松的短上衣。另外，这件披衫用的面料是像绉纱一样的纹縠。縠是轻薄的、表面起绉的织物，在法门寺地宫出土的是一件保存相对完整的棕色织物（T14-2），其幅边保存完整，经线密度75—80根/厘米，纬线密度约50根/厘米。但《衣物帐》上记载的是纹縠，应该是织有纹样的縠，推测还是经、纬丝线较细，并加有强捻的绫织物，但因为其表观效果起绉，所以称之为纹縠。

“披衫”一词在唐诗中也能见到。宫中也流行披衫，和凝《天仙子》中说：“柳色披衫金缕凤，纤手轻拈红豆弄。”[14]

5. 长袖（长袖五副各三事，夹可幅长袖五副各五事）

相对于衫、袍、披衫和披袍，长袖作为唐代服装的一种款式更具不确定性，因为服装有“长袖”者甚多，“长袖”听起来只是上衣的一个局部，而不是整体。

不过，在唐代，长袖确是一种服装的款式，常见于春衣和冬衣成套的服装之中。我们在前面已有考证，在唐代实行募兵制之后，“春衣”和“冬衣”就是唐代健儿包括所有将士的重要衣装来源。敦煌文书《衣装簿》记载，天宝九载（750）的春衣“半臂”在天宝十载（751）换成了“长袖”，说明二者具有类似功能。五代冯鉴《续事始》引《实录》曰：“隋大业中内官多服半襟，即今之长袖也。高祖减其半，谓之半臂。”赵贞认为，长袖和半臂二者本为一物，仅袖之长短略有不同而已。[15]也就是说，长袖和

14　〔清〕彭定求等编：《全唐诗》，第10089页。

15　赵贞：《唐五代“春衣”发放考述》，第9—20页。

图14-6　锦半臂

半臂区别只在于袖子的长短不同，而在款式上应该是统一的。所以，虽然我们没有直接找到长袖的款式，但可以从半臂的款式来推测长袖的款式。

完整的唐代半臂出土和收藏也要数慕容智墓和正仓院。慕容智墓中出土了约有三件半臂，其中缠枝团窠凤纹锦半臂（G:29，图14-6）为右衽半袖。分为上下两部分，上半部为深黄地缠枝团窠凤纹锦，下半部为平纹绢。另一件绫半臂在中国丝绸博物馆“西海长云”展中露面，款式也是右衽半袖，单层绫面，衣身长107厘米，宽约80厘米。[16]（图14-7）而在正仓院中所收藏的半臂数量也不少，有浑脱半臂（长86厘米、宽52.5厘米）、茶蜡缬絁半臂（长104厘米、宽77厘米）、夹缬罗半臂（长90厘米、宽72厘米）等。[17]

从正仓院藏多件唐代半臂和慕容智墓出土唐代绢半臂和锦半

16　甘肃省文物考古研究所编著：《王国的背影：吐谷浑慕容智墓出土文物》，文物出版社，2022年，第242—243页。

17　关根真隆：《奈良朝服饰の研究（图录编）》，第125—128页。

图14-7　绫半臂

臂的情况来看，这些半臂都是交领、右衽，上下在腰部被分成两截：上面是半臂的正式面料区，较为光鲜；下面较为素净，作为下摆。我们进一步推测，长袖的款式应该也是交领右衽，上下分为两截，上截装饰较多，下截基本为素。衣身长与半臂相近，在80—100厘米之间，但通袖长也许可以达150—200厘米。

这样，经过层层对比和排除，《衣物帐》所记衫、袍、披衫、披袍和长袖的款式（图14-8），应该都与地宫出土的另一件直领对襟团窠纹长衫（袍）不相符合，而唯一可能与之相配的只剩一条记载，那就是：缭绫浴袍五副各二事。

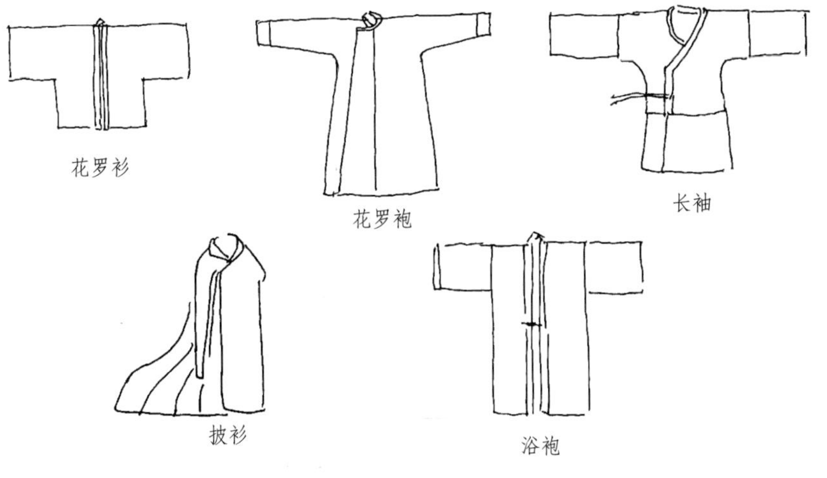

图14-8　法门寺《衣物帐》所录部分上衣名及基本款式

二、浴袍

通过前面的比对，我们找到了《衣物帐》中关于衫、袍、披衫、披袍和长袖的实物或图像，基本明确了它们的款式，其中记载而没有明确的上衣只剩下浴袍了。这样，我们可以把这件直领对襟团窠纹长衫（袍）比对为《衣物帐》中所载的“缭绫浴袍”。这是第一次发现实物的浴袍，也是第一次发现实物的缭绫，意义十分重大。让我们对这件浴袍进行一次详细的观察和分析。

1. 结构与尺寸

事实上，这件浴袍里还套着一件款式相同的衣服，叠穿在一起，在袖口处卷起后用丝线固定，从衣领和袖口处能看到明显的叠压关系。因保存状况差，纺织品保护师未对衣物进行脱卸和分离。所以目前长袍仍处于对折状态。我们看到的，只是长衫外层的右侧的正面部分。但好在整件服装形制基本对称，所以我们可以从一侧看到整件衣服的情况，也可以根据一半得到完整的尺

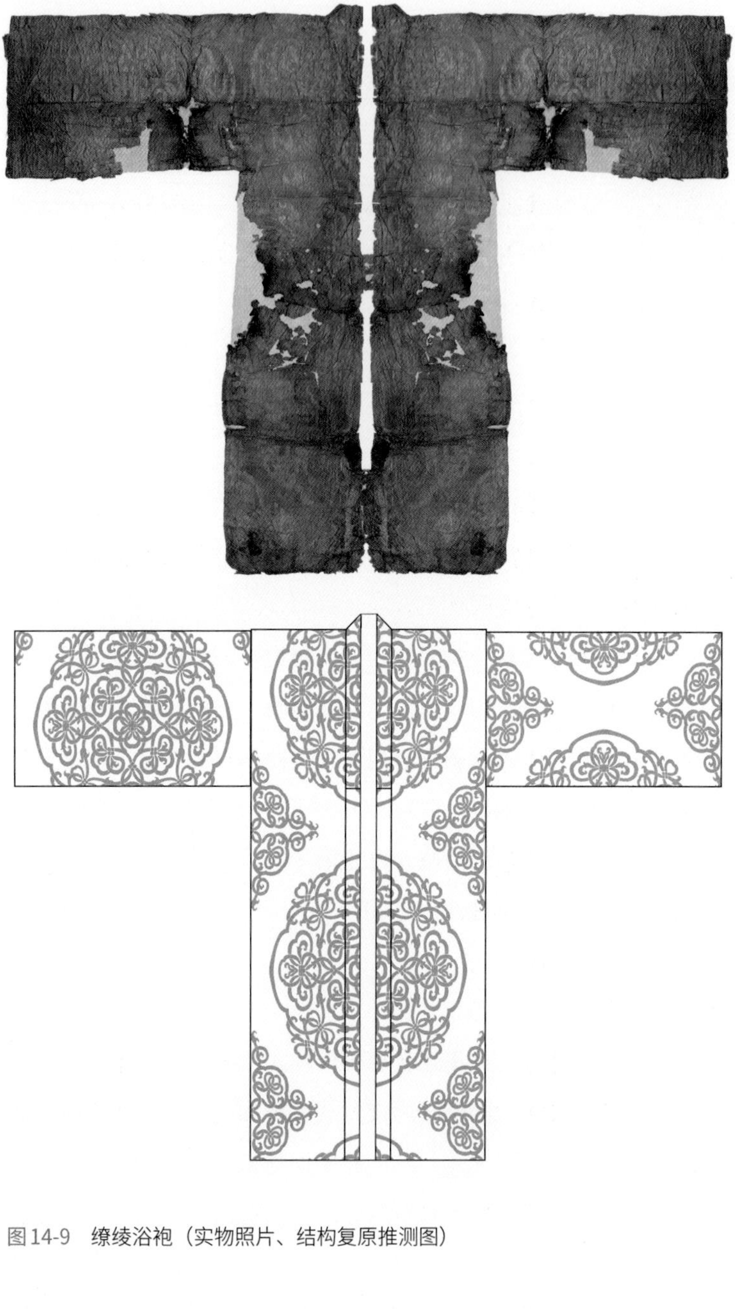

图14-9　缭绫浴袍（实物照片、结构复原推测图）

寸：衣身长134厘米，通袖长约168厘米，袖宽38厘米。（图14-9）

浴袍的款式很像一件和服，由两侧接袖及衣身三大片织物构成。衣身宽约60厘米，长约130厘米，应该恰好是一个完整的幅宽。整块织物应该就在肩部折回，前身延经线方向在中间剪开，形成门襟。门襟处使用绫织物对折镶边，边宽约4厘米。门襟上面为衣领，总领长约78厘米，领宽4厘米。门襟距地约70厘米处两侧有系带，带宽约2厘米，目前残长8厘米，缝合在门襟内侧。

袍子左右两片接袖非常平直，袖长各为57厘米，除去缝合边，其实也正好是一个幅宽。袖宽38厘米，由整片织物对折后与衣身缝合。袍子下部两侧开衩，衩高约为33厘米。

里层对襟长衫的形制虽未看到，但从目前两层长衫套穿非常平整、前襟与袖口少量露出的情况来看，应与外层基本一致。但其织物面料应该与浴袍外层不同。

2. 一副二事

《衣物帐》上的记载是："缭绫浴袍五副各二事。"这里的浴袍量词用的是副，说明有着多组，五副就是五组。每组各有二件（事），对照对襟长衫刚好还有一件相同款式的绫袍套在浴袍里面，并在袖口用针线轻轻缝合，刚好就是记载中所说的一副二事，其实是里外套穿成为一副二事，这也说明浴袍的记载和这件实物两者之间的对应。

从局部露出的织物看，里层对襟长衫的领子、衣身、系带均为同一单层绫织物，组织为平纹地1/3左斜纹显花，纹样不清，但明确与外层的绫不同。

从外层对襟长衫的裁剪方式来看，目前的正身宽和袖长均是一个完整的幅宽，与唐代丝织品宽一尺八寸正好吻合，我们可用60厘米来计一个幅宽。

这件浴袍的用料非常节约，由于款式简单明了，我们很容易就能画出其排料图，并算得其总耗料量：前后每个身长是130厘米，即共260厘米；袖宽38厘米，两袖前后4片就是152厘米，这样总耗绫料为412厘米。但浴袍还有门襟、领子和系带，门襟长95厘米，领子长70厘米，均宽约4厘米；加上系带约长20厘米，宽2厘米。裁剪时可以用90厘米裁半幅，刚好为门襟、领子和系带所用。这样，这件浴袍的表层面料共需绫料约450厘米长的通幅，外加90厘米的半幅。（图14-10）

3. 浴袍的用法

以前我们对浴袍的研究极少。从文献来看，浴袍或称浴衣，是古代一种贴身的单衫，它的作用就是浴后所穿。《仪礼·士丧礼》："浴衣于箧。"郑玄注："浴衣，已浴所衣之衣，以布为之，其制如今通裁。"

已浴所衣之衣，也就是沐浴之后所穿之衣，与今天的浴衣用法相近。南北朝时期把这种浴衣称为明衣。南朝皇侃疏有云："谓斋浴时所著之衣也。浴竟身未燥，未堪著好衣，又不可露肉，故用布为衣，如衫而长身也，著之以待身燥。"就是说洗澡以后，身体上的水印还没有完全干，不能穿换洗好的衣服，但是赤身露体也不雅观，这时披上浴衣（浴袍），等着身体上的水干。唐孟浩然《腊月八日于剡县石城寺礼拜》诗："讲席邀谈柄，泉堂施浴衣。"指的也应是这种浴袍。

从法门寺的这件浴袍尺寸看，衣长130厘米，正好是一身的长度，差不多正是从肩到脚踠处长度。通袖长180厘米不到，较双手平伸时稍长。身形平直，对襟而开，胸围120厘米，中间仅有一根系带系缚，袖形开阔，十分适合浴后的穿着以及遮蔽。从功能上来看，这件上衣也没有比浴袍更为合适的用途了。

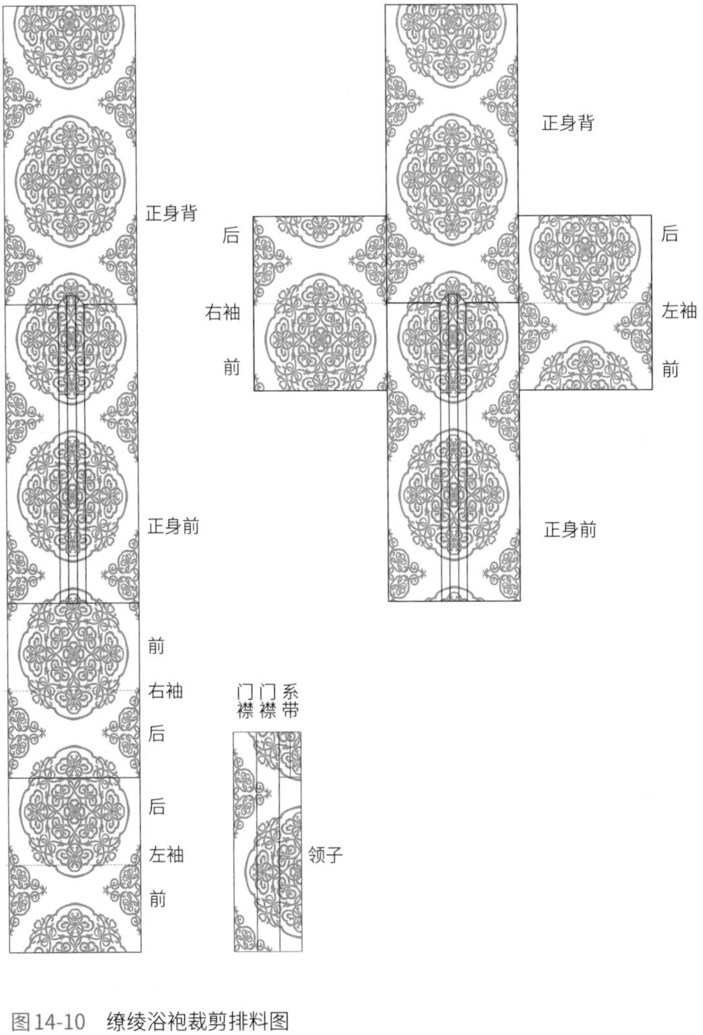

正身背
正身前
前
右袖
后
后
左袖
前

正身背
后
右袖
前
后
左袖
前
正身前

门襟
门襟
系带
领子

图14-10 缭绫浴袍裁剪排料图

三、缭绫

这也是我们发现的第一件能够名物对应的缭绫实物，无论对中国丝绸史，还是江南经济史来说，都极为重要。以前我们对缭绫的研究基本只是停留在白居易的《缭绫》一诗，现在，我们可以结合这件浴袍面料，再对缭绫进行一番详细的考察和研究。

1. 缭绫的组织

浴袍的面料包括衣身、袖子、领子等，均使用同一整块团窠盘绦纹绫，织物的组织结构是平纹地上1/5右斜纹显花，经线密度58—64根/厘米，纬线密度32—42根/厘米。从组织结构上来看，这属于平纹地上显斜纹花；从定名来看，考古学的定名常称其为绮，但在唐代它已归入绫的范畴，可以称为平地绫。平地绫的种类也非常丰富，有平纹地显3/1斜纹花、平纹地显1/5斜纹花、平纹地上嵌合组织显花、平纹地上交梭纬浮显花四大类。这件缭绫用的是平地1/5右斜纹花，正与白居易《缭绫》诗中所写“地铺白烟花簇雪”效果相合。（图14-11）白居易用“烟”和“雪”描述了平纹地上显花为主的平地绫。这种绫的表观效果正是地部稍暗，如铺白烟；花部较亮，似堆白雪。而另一句“转侧看花花不定”正是暗花织物图案若隐若现的情况。在阳光下从不同的角度看，图案根据光照角度时强时弱地呈现出来，甚至是时有时无，这便是转侧看花花不定的缘故。（图14-12）

2. 缭绫的纹样

此件缭绫织物的纹样也基本可以还原。由于浴袍右侧接袖正面部位的纹饰相对完整，再和衣身右侧正面的纹样进行拼接，可以得到纹样总体为团窠外形的盘绦纹样。盘绦纹初看起来总体感觉像团窠宝花，其团窠直径约为53厘米，窠心位于织物的中轴线

图14-11　缭绫组织结构图

图14-12　侧视缭绫实物上的纹样

上，左右上下对称。两侧靠幅边处，置半个十字花作为宾花。单元团窠由于纬密的变化不完全是正圆，而是经线方向稍有拉长。经浴袍右前身上图案的实测，这一部分的经向循环为68厘米，纬向循环应该还是整个门幅，约60厘米。图案的经纬向变形比约为17/15。但如仔细分析，这一团窠其实是由绦带编织而成的，所以正好是唐代晚期十分流行的盘绦纹样。（图14-13）

这件盘绦纹初看起来像一个大的团窠，一个门幅中只有一窠，在唐代也叫"独窠"或"大窠"纹样。但到了晚唐，丝织品中又出现了"可幅"一词。《衣物帐》上的这些上衣就用到了"可幅"两字，"幅"应该就是幅，所以可以理解为"夹可幅长袖五副各五事"和"可幅绫披袍五领"。我们认为，可幅的含义可能就是"合幅"或"通幅"。"可"较早是作为动词，表示能够、可以。"可"如果加上单音节名词，则表示合适，如可心、可口、可意、可人、可身等。可幅，应该就是图案适合整个门幅，即一个门幅里有一个完整的图案的意思。

这样，法门寺地宫出土的这件缭绫浴袍的面料，准确说来，应该与唐敬宗要求李德裕织造的"可幅盘绦缭绫"完全一致。

3. 晚唐五代时期的盘绦纹

盘绦是中唐晚唐绫织物上的流行纹样，我们还可以在同一时期或稍晚时期找出一批。

盘绦无疑是一种以绦带盘结的纹样。绦是单根的丝带，绶是编好的绦。根据《唐六典》卷二十二《少府监》下，织染署有组绶之作五，分别是组、绶、绦、绳、缨五类[18]，这里的绦作其实就是

18 〔唐〕李林甫等撰，陈仲夫点校：《唐六典・少府监》，第576页；〔宋〕欧阳修、宋祁：《新唐书・百官志》，第1268—1269页。

图14-13　盘绦缭绫（实物局部、纹样图）

图14-14 敦煌藏经洞所出盘绦绫纹样复原

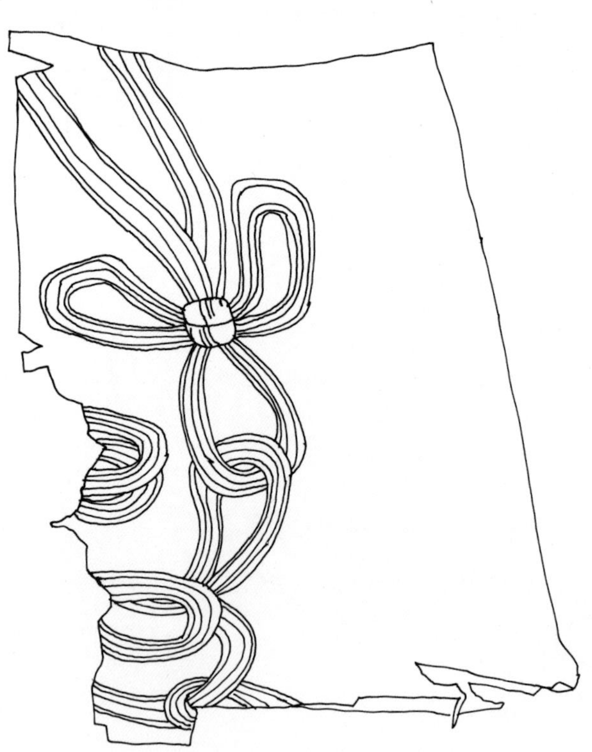

图14-15 耶律羽之墓出土大型盘绦绫纹样

图14-16　耶律羽之墓出土盘球纹绫纹样

编绦或盘绦的作坊，编成或盘成的绦类似今天的百结盘长。这类纹样在敦煌藏经洞的绫织物中有见，如棕色绶带纹绫（L.S,649），其组织结构为2/1左地，1/5左花，团窠绶带纹的纬向循环为通幅，约为60厘米。[19]（图14-14）此外，在辽代早期如内蒙古耶律羽之墓中也有不少发现，墓中出土褐色盘绦绫裤筒（S.78）残长68厘米，宽处49厘米，窄处39厘米，由两片图案基本对称的盘绦纹绫缝接而成，织物的组织为2/1右地上显1/5右花。此件盘绦纹绫的图案非常之大，目前尚不能复原整个图案，现有图案的范围起码已有经向为58厘米，纬向为45厘米，但还远不到循环。（图14-15）可以推测，此绫的图案在纬向是通幅的，而且是不对称图案，要两幅拼接起来后才能对称完整，而在经向的循环也非常大，起码要在1米以上。这个盘绦纹绫，确实可以看作是可幅盘绦的范围。

除此之外，耶律羽之墓中还有一幅两窠中型的盘绦纹绫。如盘球纹绫，它的基本组织结构为2/1左斜纹地上起1/5左斜纹花。（图14-16）此类织物共有两件，一为黄色（S.108），一为深褐色

19　赵丰主编：《敦煌丝绸艺术全集》（英藏卷），第70页。

图14-17　耶律羽之墓出土盘绦绶带绫纹样

(S.110)，而深褐色的一件上还有与织物图案相同的描金。纹样是由盘绦卷绕而成的大球，大球之间再以绦带盘绕连接。一个图案循环约为26厘米×26厘米，相当于一半的门幅。另一件朱描盘绦绶带绫的地也是绫，组织结构地2/1右、花1/5右，纹样循环为29厘米，一个门幅里有两个盘绦绶带绫纹样。（图14-17）

通过梳理法门寺地宫出土《衣物帐》上的上衣名称，并与出土实物相比对之后，我们可以断定，在法门寺地宫发现的浴袍是第一件历史上有明确记载的浴袍，其款式特点是平袖、对襟的长衣，浴后未干之时使用。而此件浴袍所用的面料是目前所知唯一一件可以由名物对照明确的“缭绫”，可定名为可幅盘绦缭绫。此件缭绫的发现，对于研究中国丝绸史、中国科技史和江南经济史意义重大。

15

寻找缭绫之二

——耶律羽之墓中的紫绫袍

除法门寺地宫之外，在年代上最为接近晚唐丝织物的就属辽代早期墓葬中发现的丝织物了。20世纪50年代以来，特别是在20世纪90年代前后，内蒙古发掘过许多高规格的、辽代早期的贵族墓，同时还有大量精美丝织品出土，其中最为重要的就是耶律羽之墓。（图15-1）

一、耶律羽之墓

耶律羽之父兄三人都是辽代早期的皇族显贵，皆官至一品。父亲是辽太祖耶律阿保机的堂兄弟，本人亦曾随太祖平定渤海国，并在原渤海国的基础上建立东丹国。耶律羽之始为东丹国中台省右次相，后升为中台省左大相加东京太傅，成为东丹国的实际统治者。

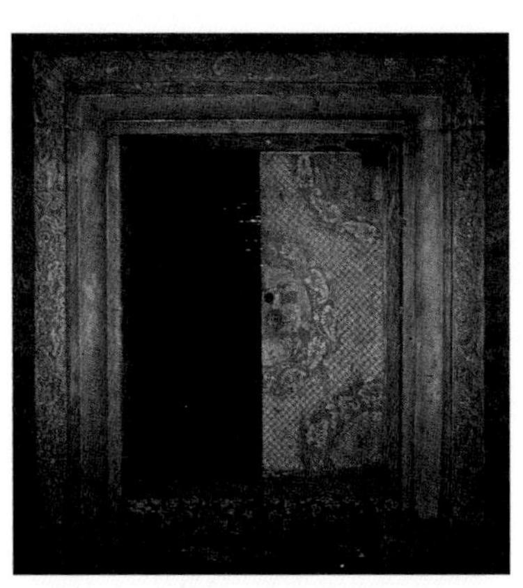

图15-1　辽耶律羽之墓主室彩绘石门

耶律羽之生于公元890年，卒于辽太宗会同四年（941），次年葬于裂峰。裂峰即今内蒙古赤峰市阿鲁科尔沁旗罕庙苏木的古勒布火烧嘎查东面约10公里处的山峰，当地称为裂缝山。耶律羽之入葬后18天，妻子也因悲痛而死，两月后葬于同墓。

1992年7月1日，耶律羽之墓被盗。内蒙古自治区文化厅获悉后，即责成内蒙古自治区文物考古研究所对该墓进行抢救性发掘，墓中出土了大量珍贵文物，其中包括丝织品数百件。就在该墓被盗以后到发掘之前，我当时正在内蒙古东部进行考察，随即应邀在阿旗天山镇对刚收缴的部分丝绸文物做了初步的了解。待内蒙古自治区文物考古研究所发掘完毕后，我馆又应邀对该墓出土全部丝绸文物残片进行了详细的分析鉴定并撰写了报告。累计分析样品共100个种类600多块丝绸碎片，有平纹、起绉、平纹地显花、斜纹地显花、四经绞罗、斜纹重组织、缎纹重组织等，还有许多印花和刺绣的织物。

根据我们的研究，耶律羽之墓中出土的雁衔绶带锦袍应该就是辽太宗于938年所赐。[1]而且辽太宗不仅会赐锦袍，也应该会赐绫袍。唐代官服色彩中最高的等级是紫色，根据这一线索，我们从耶律羽之墓中找到了多件高等级的绫，其中包括三件至今没有褪色、依然黝紫近黑的紫色绫袍[2]，极有可能与我们在寻找的缭绫密切相关。

二、三件紫色绫袍

1. 大雁纹绫袍（S.112）

耶律羽之墓中出土的大雁绫袍基本可以还原成为一种由三段

1 赵丰：《雁衔绶带锦袍研究》，第73—80页。

2 赵丰：《辽耶律羽之墓出土丝绸鉴定报告》，中国丝绸博物馆鉴定报告第11号，1996年。

图15-2　大雁纹绫（实物、纹样复原图）

式对幅裁剪法裁制而成的款式。织物的面料是一站立的大雁，无任何其他背景，大雁高度约为35厘米，宽度约为30厘米，有左右向两种，雁首处为幅边，而雁后部已被裁剪。两雁之间的上下间距为15厘米左右，如此计算，一件袍的长度中可排列三组大雁。另据发现的一片袖子残片看，知此件袍的袖子部分亦有大雁纹样，而且一只大雁为一只袖子，大雁横排。根据同墓所出大量同类袍式来判断，此袍应为一件左衽窄袖盘领袍，一件袍子的正身上可排三对大雁。身长约为150厘米，通袖长应该在120厘米以上。（图15-2）

大雁纹绫以3/1右为地，1/3右为花，是一件非常难得的织物。大雁驻足，双翅展开，身上羽毛纹理清晰。以清地作为背景，无任何多余的装饰。靠雁首的一边有完整的幅边，幅边宽1厘米，另一侧没有完整幅边保留，但可以推测幅宽在54厘米以上。有一块残片可见雁足下空15厘米为素绫。（图15-3）

2. 云山瑞鹿衔绶绫袍（S.113）

云山瑞鹿衔绶绫袍是一件盘领左衽缺胯夹绵绫袍。从若干残片可以推得原袍高度约150厘米，胸围约70厘米，下摆宽约100厘米，后身有高约80厘米的开衩，开衩处有两交叉片织物遮掩。其排料也裁剪，属于最为常见的二段式对幅式裁剪，这样的例子在耶律羽之墓出土物中非常多。绫袍共有四层，最外为云山瑞鹿衔绶纹绫，次衬一层薄纱，然后是丝绵，里面用绢托里。此绫以3/1右斜纹作地、1/7右斜纹作花，尚存单边幅边，边宽约1厘米，边组织亦是3/1右斜纹。单幅织物的图案是衔绶而奔的瑞鹿及云山，其纬向循环通幅，但经向高度约为68厘米，其中鹿高约33.5厘米，两组图案间有空隙，为5—10厘米，则图案循环在75厘米上下。复原后的袍服长约150厘米，刚好是两个经向循环。（图15-4-1、15-4-2）

从复原后的绫袍来看，其背面的中轴两边的图案是严格对称的，而在前面的里襟和外襟均有一个完整的奔鹿，但其小襟上的鹿并不完整，而且与大襟上的奔鹿同向，不很美观。此袍为缺胯袍，因此其后面缺胯处有交叉片，高约80厘米，为无纹素绫，上窄下宽，各为14厘米和30厘米，此外，绫袍的袖子和领子似亦无纹，看来此绫织有较大面积的素地部分以作领袖等用，这是因为织物的图案较大，而领袖等面积较小，如将图案裁破，则不甚美观。

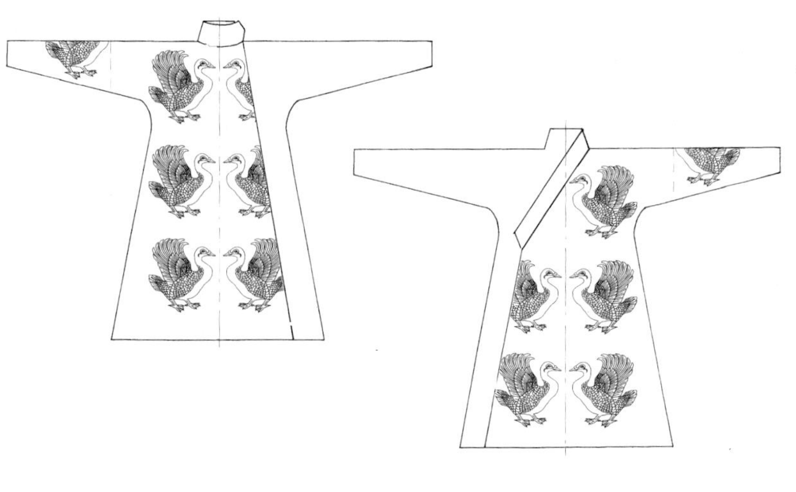

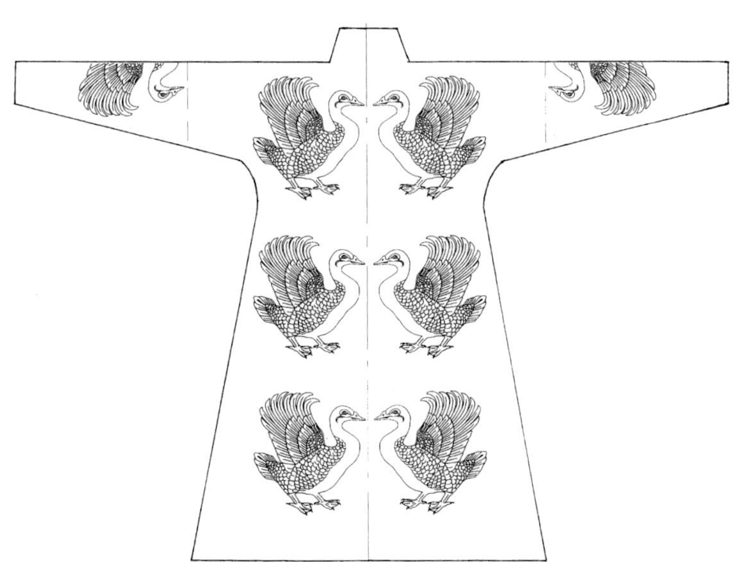

图15-3 大雁纹绫袍结构复原图

图15-4-1　云山瑞鹿衔绶纹绫纹样图

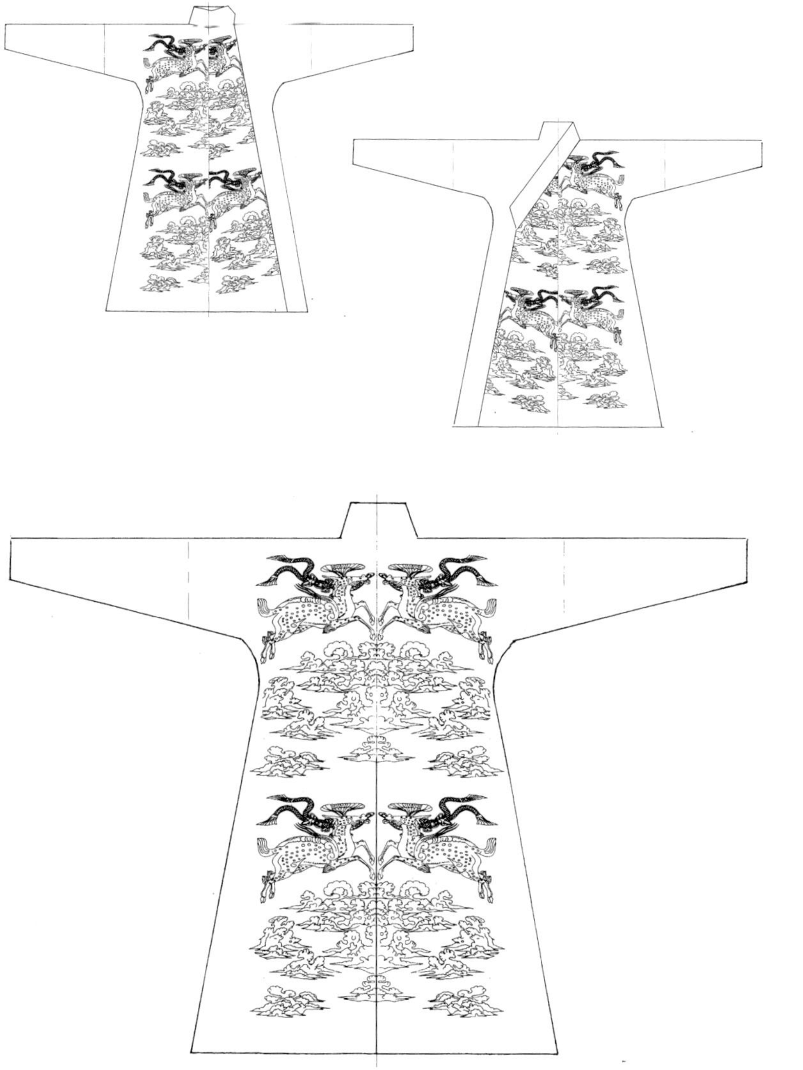

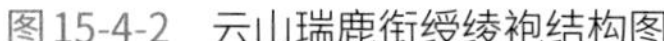

图15-4-2　云山瑞鹿衔绶绫袍结构图

3. 花树狮鸟织成绫袍（S.104）

花树狮鸟织成绫袍属于一段式对幅裁剪的款式，这种款式在耶律羽之墓中只发现一例，极为珍贵。经过我们对十余片花树狮鸟织成绫残片的拼接，基本复原了此袍的款式和基本图案。

绫袍的款式为盘领左衽窄袖，衣长约在150厘米，胸围约在70厘米，下摆约在100厘米，袖应为窄袖。此衣存有较多的素绫残片，推测可能是缺胯交叉片所用。衣服上最重要的是图案，这是一种织成式的作品。图案经向长约124厘米，如加上间隔则可达150厘米，纬向宽为36厘米，但织物幅宽应大于46厘米。图案沿织物幅边处为一枝干向上的石榴花主干，树枝上栖有三鸟，似为山鹧鸪之类，树下有一狮子，右足置一绣球上。图案的另一半已残，难以复原，从部分残片中推知，两边的风格是一致的，但图案较窄，纹样相对简单，只有一鸟，无狮。因此，我们可以知道，有狮的大图案是为大襟而设计的，无狮的小图案是为小襟而设计的。但在背后则都用大襟图案，而在袖上则都用小襟图案，因此，袍的前后身都有完整的图案。（图15-5）

这种完整图案的设计应该是一种新的设计形式，其图案按照服装款式的要求来进行设计，织成之后的裁剪就十分方便了，因此这可以称为织成袍。这也是我们能够看到最早的真正的织成袍形式。这件织物的图案循环应该在240厘米以上，是我们目前所发现最早的最大织物图案循环。

这件织成绫用一组地经与地、花两组纬丝织成。在地部，地经与地纬织成5/1右斜纹，此时花纬背浮，在花部，地经与地纬组织还是5/1右，但地经与花纬则以1/5右织入，浮在织物的正面，地纬与花纬的比为1:1全越。令人惊奇的是此花绫还采用了区梭，即在一定的织花范围内以挖花的方法织入花纬，在其他地方则不织入花纬，这一特点与后世的妆花绫相同，只是其挖梭的范围小

图15-5　花树狮鸟织成绫袍结构图

些，色彩单调些。由于其织物图案与服装款式关系特别密切，与史料中的织成一致，又为了与后世的妆花织物相区别，我们在此称其为织成绫。织成绫只有一件，却很重要。

对于上述三件耶律羽之墓中出土的紫色绫袍，刘剑采用了激光（450nm）还原硝酸银制备表面增强拉曼光谱（SERS）银纳米基底，来检测丝线的染料遗存。通过实验，发现云山瑞鹿衔绶绫袍残片（0772）和大雁纹绫（0771）这两个样品的SERS谱图上均可观察到1605，1376，1283，1141，999，926，681和408cm-1特征拉曼振动峰，反映了羰基、羟基或芳香基的特征振动膜，与紫草染色纤维的SERS谱图特征相匹配，说明当时染色的主要就是紫草的主要色素或其衍生物，这正与我们对唐代一二等级官服用紫草染紫的推测相符，这同时也增大了我们推测这三件绫袍面料来自晚唐的可靠性。

三、《奏缭绫状》中的缭绫纹样

长庆二年（822），李德裕被外放为浙西观察使，出镇润州（治今江苏镇江）。长庆四年（824），唐敬宗继位后不久就诏“令织定罗纱袍缎及可幅盘绦缭绫一千匹”。李德裕上《奏缭绫状》力辩，劝说敬宗撤销此次进贡，文中恰好提到了缭绫的纹样：“况玄鹅天马，椈豹盘绦，文彩珍奇，只合圣躬自服。”有趣的是，耶律羽之墓中出土的丝织品能判断为不同质地或不同纹样者有100多个编号，但恰好就是这三件绫袍的色彩都为紫色（其他还有罗地团窠对雁鹭金绣的一件为紫色），而这三件绫织物的纹样尺寸，也都恰好是纬向通幅，即是所谓的可幅，纹样主题也恰与李德裕所提及的三种缭绫纹样相关。我们不妨来进行一下对比。

1. 立鹅

在《旧唐书·李德裕传》中作“玄鹅”，但在《会昌一品集》中作“立鹅”，我们认为以立鹅为正。[3]《尔雅·释鸟》把雁和鹅基本等同。或以为野曰雁，家曰鹅。无论是立鹅，还是玄鹅，应该就是雁的纹样。

我们前述耶律羽之墓出土的大雁纹绫袍（S.112），一幅内的清地上只有一只站立的大雁，无任何其他背景。这一立雁，应当就是李德裕所称的立鹅，应该没有任何异议。

2. 天马

在唐人的概念中，天马还是与宝马有关联，并已出现在丝绸上。《张好好诗》：“赠之天马锦，副以水犀梳。”代宗大历六年（771）《禁大花绫锦等敕》中也有盘龙、对凤、骐驎、狮子、天马、辟邪、孔雀、仙鹤等等。

天马的形象应该就是一种带翅的兽，其状类马，但也不一定就是马。耶律羽之墓出土云山瑞鹿衔绶纹绫中的瑞鹿总体像鹿，但身长两翅，头顶瑞冠，见于不少中亚风格的鹿纹造型。或许它更接近于李德裕所谓的天马纹样。唐人《杂曲歌辞·无愁果有愁曲》：“骐驎踏云天马狞，牛山撼碎珊瑚声。”李白《天马歌》也写出了天马腾云驾雾的气势：“天马来出月支窟，背为虎文龙翼骨。嘶青云……腾昆仑……竦跃惊矫浮云翻……”这件绫的图案就是一只神兽在层层的云山之上腾跃，也可以看成是天马的形象。嘴衔绶带，这也是当时许多瑞兽或瑞鸟的共同造型。

3　〔唐〕李德裕撰，傅璇琮、周建国校笺：《李德裕文集校笺》，中华书局，2018年，第620—622页。

3. 椈豹

“椈豹”在《会昌一品集》中作“蹩豹”，两者均颇费解。“椈”在中国古代的解释只是一种柏树，没有别的解释。所以我们推测其原字应该是鞠，或毱。鞠就是毬，本义是一种用于踢打玩耍的球，最早是结毛而成，后来用毛充填皮囊而成，也可引申为彩球。《史记·卫将军传》：“穿域蹋鞠。”索隐：“鞠戏以皮为之，中实以毛，蹴蹋为戏也。”如是“蹩豹”，“蹩”或可与“蹴”相通，亦是蹴鞠的意思。所以“椈豹”还是“蹩豹”均可以看成是瑞兽与彩球在一起的纹样。

耶律羽之墓中的第三件花树狮鸟织成绫袍，虽然是一件织成绫袍，但由于其地纬和纹纬的色彩均为紫色，其表观效果与普通的绫相差不大。绫上纹样虽然是以花树为主，树上也有多只鹧鸪鸟，但树下的对狮却格外引人注目，因为这狮子的脚下踩着一只绣球，当时可以称为“鞠”，这不禁让人联想到李德裕提及的“椈豹”。但豹用作丝绸纹样的记载仅见于武则天时期“左右豹韬卫饰以对豹”一处。

唐代晚期有不少类似狮子的纹样出现，但也不一定都是狮子。法门寺地宫出土一件泥银菱纹罗腰裙（T68-H/B1-H）的裙腰为织金锦，织有云山和瑞兽，此瑞兽初看类狮，但细看头上长角，最后被定为麒麟。[4]内蒙古哲里木盟（今通辽市）小努日木辽代中期墓中出土一件狮子（豹）衔球纹锦，但这一狮子身上带有圆点纹，或亦与豹子有一定关联。[5]（图15-6、15-7）

由此看来，耶律羽之墓中出土的这三件紫色绫袍袍料纹样刚好与李德裕提及的立鹅、天马和椈豹三类纹样相对应，虽不能完

4　陕西省考古研究院编著：《金缕瑞衣：法门寺地宫出土唐代丝绸考古及科技研究报告》，第77—79页。

5　赵丰：《辽代丝绸》，第149页。

图 15-6　唐麒麟云山织金锦纹

图 15-7　辽狮子（豹）衔球纹锦

全等同，但也不是纯属偶然，而是有一定的相互对应性，否则不会这样吻合。

四、耶律羽之墓缭绫的来源

唐代晚期，先有朱全忠逼迫唐昭宗迁都洛阳，于907年建立后梁，定都东京（今河南开封）。再有李存勖于923年灭后梁，并以光复唐朝为号召建立后唐，定都洛阳。但到936年，又有石敬瑭甘做辽太宗耶律德光的儿皇帝，割让燕云十六州，每年输帛三十万匹，在耶律德光的帮助下建立后晋，并于937年攻入洛阳，灭后唐。

可以想象，在后晋灭后唐时，洛阳的内库里应该还有大量的锦绫丝绸积累。后晋贡给辽太宗的丝绸，基本都是从唐朝到后梁再到后唐一代代继承下来的，其中不只是有雁衔绶带等锦料，而且应该有相当数量高等级的缭绫。随后，辽太宗为庆祝南侵和吞并成功，于938年改年号为会同元年，并在同年“诏群臣及高年，凡授大臣爵秩，皆赐锦袍、金带、金饰鞍勒，著于令”。

正是在这种情况下，笔者曾在《雁衔绶带锦袍研究》一文中推测，在耶律羽之墓（会同四年，941）和内蒙古代钦塔拉辽代早期墓中出土的雁衔绶带锦袍的织锦面料，在当时不可能在辽地由自己生产，一定是得之于中原。而936年，辽太宗耶律德光灭后唐并扶持石敬瑭成为后晋皇帝，是最为合理的时间节点。正史中记载辽太宗曾给群臣及高年者赐锦袍，其中应该就会包括代钦塔拉墓和耶律羽之墓出土的雁衔绶带锦袍，同时也极有可能包括为高等级官员所使用的缭绫。（图15-8）

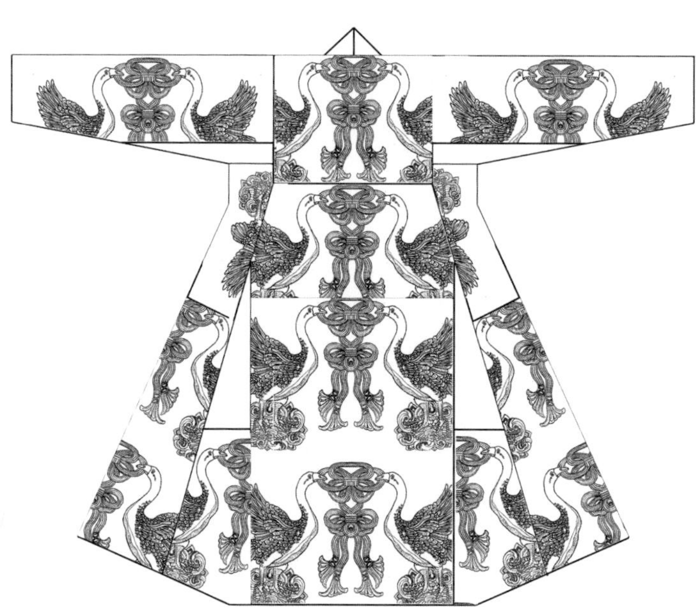

图 15-8　雁衔绶带锦袍纹样和结构图

16

寻找缭绫之三

——缭绫和缭绫浴袍的复原

一旦明确了缭绫的真实存在，我们应该就能把它复原出来。这也是我在中国丝绸博物馆一直倡导的纺织品文物保护的“全链条”理念。[1]

当然，研究型的全链条要求我们以原工艺复原，但由于用传统的提花楼机织造缭绫不存在技术难度，同时因为时间和成本等原因，我们选择了用现代织机仿制织造真丝缭绫织物、用天然染料和传统工艺进行染色、再按我们测绘所得真实尺寸制作浴袍的复原方案。其中在织造过程中又分为两个类别：一是为制作缭绫浴袍而织的浴袍缭绫，其组织结构和图案循环均按照缭绫原尺寸织造；另一是为制作文创丝巾而织的丝巾缭绫，其组织结构不变，而图案循环则会以较小尺幅出现，以便于生产不同尺寸的丝巾。

一、缭绫的织造（浴袍用和丝巾用）

我们复原的缭绫织物是以法门寺地宫所出盘绦缭绫浴袍上的面料为依据进行设计的。整个织造项目由浙江理工大学国际丝绸学院鲁佳亮老师执行，由海宁天一纺织有限公司、山西潞安府潞绸织造集团股份有限公司、杭州费庄华发织造厂配合织造。[2]

1　赵丰：《全链条：文化遗产保护的工作模式》，见《宽厚专精：中国丝绸博物馆的研究型发展之道》，浙江大学出版社，2022年，第61—73页。

2　特别致谢浙江理工大学国际丝绸学院鲁佳亮；海宁天一纺织有限公司鲁建平、余用婷；山西潞安府潞绸织造集团股份有限公司杜志伟、王翠红；杭州费庄华发织造厂姚雨婷等。

1. 丝线原料

缭绫的原丝线投影宽基本在经线60—70微米，纬线100—110微米，经纬线的投影比，大约在3:5左右。我们推测经线为60—120D的桑蚕丝，而纬线为100/110D桑蚕丝。

所以，对于复原浴袍面料所用经线，我们选用3根20/22D桑蚕丝，而对其纬线，我们选用5根20/22D桑蚕丝。在织制丝巾面料时，我们考虑到丝巾成品使用中对于纰裂、滑移等性能的要求，适当加粗了经纬丝线。丝巾面料经线选用4根20/22D桑蚕丝，纬线选用6根20/22D桑蚕丝。

2. 组织与密度

缭绫的组织结构是平纹地上1/5右斜纹显花，经线密度58—64根/厘米，纬线密度32—42根/厘米，在不同区域中有变化。

在具体的织造中，我们对浴袍缭绫的上机经密选为62根/厘米，纬密则按2:1选择31根/厘米。而对丝巾缭绫则根据织机装造选择可织密度，其中大丝巾上机经密为55根/厘米，纬密按5:3选择33根/厘米，小丝巾上机经密为50根/厘米，纬密按5:3选择30根/厘米。

3. 循环与门幅

浴袍缭绫：根据出土报告，实测盘绦缭绫纹样为纬向60厘米（花宽），经向66厘米（花高），一个循环内经密62.5根/厘米，则内经丝数3750根，加幅边左右各1厘米。按经和纬2:1的关系，使用纬密31根/厘米，一个循环纬线2046根。在这样的比例下，可以织出最为接近的浴袍缭绫复原织物。

实际织造时，可选择最接近参数的织机，提花纹针数4800针，上机经密62.5根/厘米，花幅76.8厘米，2花，面料内幅154厘米，

图16-1　丝巾图案

门幅156厘米，盘绦纹样居中尺寸60厘米×66厘米。

丝巾缭绫：丝巾面料分两种，大丝巾和小丝巾。（图16-1）

大丝巾设计尺寸120厘米×120厘米，单个纹样40厘米，一条丝巾左右上下各3个循环，左右、上下缝边各2厘米。实际织造时，可选择最接近参数的织机，提花纹针数2160针，上机经密为55根/厘米，花幅39.3厘米，7花，左右不留缝边，双幅，面料内幅138厘米，门幅140厘米。按5:3比例，纬密33梭，每3个循环上下留缝边2厘米，一条丝巾纬线4092根。

小丝巾设计尺寸60厘米×60厘米，单个纹样20厘米，一条丝巾左右上下各3个循环，左右、上下缝边各2厘米。实际织造时，可选择最接近参数的织机，提花纹针数1168针，上机经密为50根/厘米，花幅23.36厘米，6.5花，面料内幅152厘米，门幅154厘米。按5:3比例，纬密30梭，上下左右不留缝边，一条丝巾纬线2102根。

4.织造过程

缭绫所用经纬丝线基本无捻。但现代织机为了适应高速的织造速度，大多采用经线200捻/米、纬线250捻/米的丝线进行织造。最后我们在山西晋城高平市找到了山西潞安府潞绸织造集团股份有限公司（原高平丝织厂），该厂依然保留传统的有梭铁机和小筒子的络并捻设备，可以加工无捻的经轴和纬线，也一直在使用无捻的经、纬丝线进行产品织造。

缭绫幅宽与唐代大部分织物一样，在60厘米左右。但目前大部分织机门幅很宽，但一个纹样的循环即花幅很窄，很难找到浴袍缭绫复原所需的60厘米的花幅和经轴。最后海宁天一纺织有限公司选择了一台4800针的提花机进行重新牵经造机，才完成浴袍面料的复原。

本次复原根据织物的花幅、幅宽、密度最后分别在三家企业进行织制，其中浴袍面料在海宁天一纺织有限公司进行，小丝巾的面料在山西潞安府潞绸织造集团股份有限公司进行，大丝巾的面料在杭州费庄华发织造厂进行织制，纬线统一由山西潞安府潞绸织造集团股份有限公司加工，其所用织机型号分别为：K251（山西潞绸）、itema R9000（费庄华发）和旷达WL-450（海宁天一）。（图16-2-1、16-2-2、16-2-3）

二、色彩的复原

既然还原了缭绫的面料，那我就希望再还原缭绫的色彩。唐

图16-2-1　海宁天一纺织有限公司

图16-2-2　山西潞安府潞绸织造集团股份有限公司

图16-2-3　杭州费庄华发织造厂

代缭绫的色彩肯定很多，白居易在《缭绫》诗中写到的，就是最令人向往的“染作江南春水色”。唐代蓝草之用约有三种：菘蓝、木蓝和蓼蓝。但据苏敬《新修本草》云：“菘蓝为淀，惟堪染青；其蓼蓝不堪为淀，惟作碧色尔。”如是揉蓝，就应该用蓼蓝。而且蓼蓝是我国传统的蓝草，在唐代是染蓝的主要染料。所以，我特别邀请了中国美术学院郑巨欣教授牵头的团队来帮助染色，其中涉及万木云创、象限公司、温州大学和国丝女红传习馆等许多成员。[3]

1. 揉蓝染作春水绿

蓼蓝中的靛苷是一种配糖物，上面的甙键必须经过长时间发酵才能水解断键，从而游离出吲羟，才能氧化为靛蓝。因此中国早期的菘蓝含靛苷量较高，可以通过碱水浸泡获取靛质，而蓼蓝含靛苷量较低，仅能用于浸揉产生碧色。

浸揉是一种直接染色技术，即将蓝叶与织物一同揉搓，或先将蓝汁揉出再以织物浸泡，辅以草木灰助染。它实际就是在纤维上就地制靛的过程。这样的染法必须经过多次套染才能染成合适的深度。同时此法只适于在蓝草收获季节进行，染液无法贮藏和运输。而真正的靛蓝染料的制备及染色，大约要到魏晋之后才完善，但到唐代已十分普及。

为了实践蓼蓝生叶染色的工艺过程与得色效果，温州大学和国丝女红传习馆都进行了蓼蓝生叶揉染的实验，现将两者的实验过程列举如下。

3　特别致谢万木云创：郑巨欣、朱红芳；象限公司：赵宇、庞潇潇；温州大学：王业宏；国丝女红传习馆：王冰冰等。

图16-3　马蓝生叶与染后的提花罗

实验一：马蓝生叶染罗

时间：2021年11月14—17日

地点：温州大学染印室

蓝草来源：浙江瑞安

染色方法：马蓝鲜叶170克，清洗晾干后榨汁，提取高浓度染液。另有提花罗234克，在清水中浸泡15—20分钟。然后倒入高浓度染液，以清水（过滤）稀释至被染物浸没即可。染色时间为20—30分钟，中间翻动。染成后清水漂洗，得色偏蓝绿。（图16-3）

实验二：蓼蓝生叶染绡

时间：2021年11月8日

地点：温州大学染印室

蓝草来源：温州大学美院河边采摘

染色方法：此次染色数据记录已缺失，但主要通过控制染料和水的比例，以及染色遍数得到不同深浅的蓝和碧色。（图16-4）

图16-4　蓼蓝生叶与染后的各色绡

实验三：蓼蓝生叶染纺（平纹绢）

时间：2021年7月8日

地点：中国丝绸博物馆女红传习馆

蓝草来源：国丝染草园自栽蓼蓝

染色过程：剪取蓼蓝茎叶50克，加水500毫升，榨汁过滤，真丝面料杭纺3.6克（1.2克×3块），丝线1.5克。冷水浸湿拧干，投入染液浸泡15分钟。取出水洗，得色深蓝绿。（图16-5）

实验四：蓼蓝生叶染纱

时间：2023年7月18日

地点：杭州万木云创实验工坊

蓝草来源：山东日照巨峰镇

材料：蓼蓝生叶、电力纺、欧根纱、明矾

染料制备：取蓼蓝新鲜茎叶27克，加水270毫升，进行榨汁、过滤。再加入明矾1克，坯布电力纺、欧根纱各13.7克。

图 16-5　蓼蓝生叶染后的纺

图 16-6　蓼蓝生叶打汁及染纱

染色过程：坯布浸水晾干，过明矾水，投入经过滤的蓼蓝汁液，每染一次5分钟，取出后再染，染色时需要不断搅动，可以得到深浅渐变的绿偏蓝色系。（图16-6）

讨论：蓝草生叶染的色彩范围很大，一般说的就是碧或绿。这里有几个问题值得我们思考：

第一，碧的基本概念是浅蓝。其实，任何蓝草中染蓝或染青起作用的就是其中的靛青素。蓼蓝生叶染中虽然含有大量的靛苷，但它只能产生少量靛青素，所以它只能染碧，也就是浅蓝。而菘蓝和马蓝等蓝草具有丰富的可以生成靛青素的蓝苷，可以通过碱水浸泡获取靛质，也可以通过发酵得到较大含量的靛青素，所以可以染得深色的青。

第二，蓝草生叶染可以产生绿色的原因主要还是在于其中的黄酮素。由于蓝草生叶中杂质丰富，而其中大量杂质都在揉汁之后成为黄酮素。根据刘剑的测定，在生叶染所得绿色织物中，有着大量的黄酮化合物，在染色过程中会呈现黄色，特别是当有草木灰或与明矾媒染后，会形成较为稳定的黄色，它与蓼蓝本身的靛青素混合就成绿色。这一绿色的范围可随着黄酮含量的比例而有较大范围的变化。

第三，虽然蓝草鲜叶也能较长时间保留，但生叶染还是有极强的季节性。特别是在蓝叶打汁后15分钟内就得染掉，否则就无法再染。生叶染出的色彩可深可浅，主要是基于染色的次数而定。但每次染时必须加上新得的汁水，用过的旧汁则无用。

其四，传统工艺中的蓝叶生染色牢度肯定不如靛青染色，但经检验，如果染成后的色彩不经高温、不经皂洗等，生叶染的色牢度还不错，包括水洗牢度和日晒牢度。王业宏试着用大荣纺仪进行了部分测试。耐洗色牢度（GB/T3921-2008）所用仪器为SW-

24G, YG(B)982×，水温30摄氏度。日晒色牢度（GB/T8427）所用仪器为DR4000，温度20摄氏度，湿度60%，时间20小时。总体来看，凡用靛青染得的蓝色，水洗牢度和日晒牢度都在4—5级，基本可以达到现在化学染料工业化生产的水平。但生叶染的日晒牢度也还不错，可以达到4或4—5级；水洗牢度等级稍低一些，大约为2或2—3级。

2. 制靛染作春水蓝

制靛染蓝的工艺很可能要到北魏时期才出现，贾思勰《齐民要术》可能是最早关于制靛的记载。这种还原染色工艺在此后就慢慢固定下来，无论其蓝草的材质如何，世界各地的工艺和染色效果均无大别。为了染出较好的春水蓝，我们还是进行了相关的实验。

实验五：靛青染绢

时间：2023年7月16日

地点：杭州万木云创实验工坊

靛泥产地：江苏南通

材料：蓼蓝制靛所得靛泥200克，麦芽糖300克，石灰37.5克

染色过程：坯布浸水晾干，投入染液浸泡，每染一次5分钟，取出后再染。以下标本共染9次，合计在染液中的浸泡时间为45分钟。（图16-7、16-8-1、16-8-2）

讨论：我们在读白居易诗中的唐代官服制度时，已经了解到文武百官的色彩系列由高而低为紫、绯、绿、蓝（青或碧），其中绿色为六品、七品所服，蓝色（青和碧）则为八品、九品所服。其中贞观四年（630）的规定是六品、七品绿，八品、九品青；上

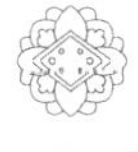

图16-7　靛蓝染色色样

元元年（674）定六品深绿，七品浅绿，八品深青，九品浅青；文明元年（684）定六品深绿，七品浅绿，八品深碧，九品浅碧。到大和三年（829）为六品、七品绿，八品、九品青。由此我们可以看到，在整个唐代的官服色彩系列中，绿比青更为贵重一些，绿的染色方法相对较难，时间性更强，得色更有偶然性。而青和碧比较接近，都是蓝色系，色彩比较稳定。

三、缭绫浴袍的复原

白居易《缭绫》诗中所写缭绫虽为皇室所用，但其纹样为云外秋雁，所以其用途也有可能用于官服。但由于法门寺出土的缭绫浴袍为盘绦纹，所以我们还是复原一件浴袍。这件浴袍的复原由许李道在浙江理工大学国际丝绸学院执行。[4]

4　特别致谢许李道设计、裁剪和统筹，宋恩汐缝制此件浴袍。

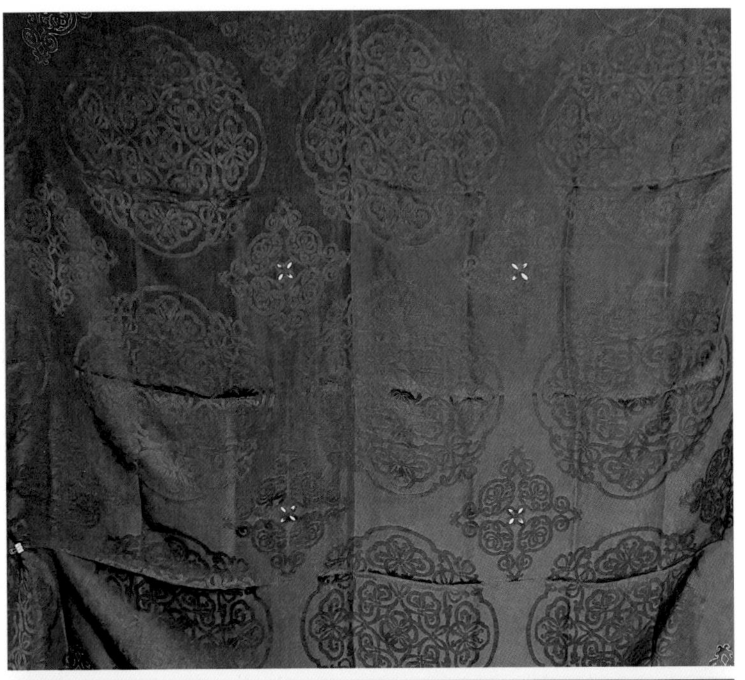

图16-8-1　染成春水蓝的缭绫

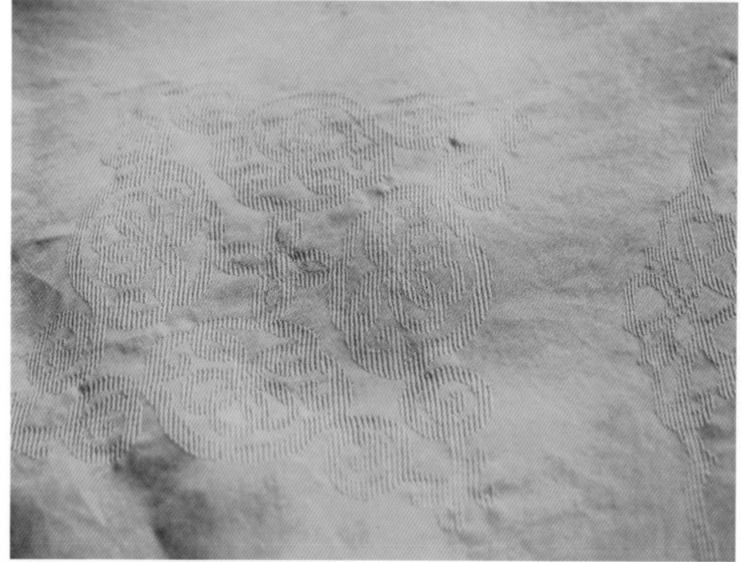

图16-8-2　染成春水绿的缭绫

1.浴袍排料

我们使用的缭绫长为460厘米，纬向裁成宽为66厘米的开幅，其图案循环相当于经向68厘米，纬向60厘米，一件浴袍的袍料中共有将近7个团窠盘绦纹样。

浴袍的款式很像一件和服，由两侧接袖及衣身由三大片织物构成。衣身宽约60厘米，长约130厘米，应该恰好是一个完整的幅宽。整块织物应该就在肩部折回，前身延经线方向在中间剪开，形成门襟。门襟处使用绫织物对折镶边，边宽约4厘米。门襟上面为衣领，总领长约78厘米，领宽4厘米。门襟距地约70厘米处两侧有系带，带宽约2厘米，目前残长8厘米，缝合在门襟内侧。

袍子左右两片接袖非常平直，袖长各为57厘米，除去缝合边，其实也正好是一个幅宽。袖宽38厘米，由整片织物对折后与衣身缝合。袍子下部两侧开衩，衩高约为33厘米。

这件浴袍的用料非常节约，由于款式简单明了，我们很容易就能画出其排料图，并算得其总耗料量：前后每个身长是130厘米，共计260厘米；袖宽38厘米，两袖前后4片就是152厘米，这样总耗绫料为412厘米；如加上缝边，再加上领子、带子等，这件浴袍的表层面料共需绫料约460厘米长。

2.浴袍制作

裁剪：根据浴袍的形制、尺寸，基本可以确定其衣身正裁，前后片以肩线为轴连裁（裁片尺寸：60厘米×260厘米，数量1）；左右两袖身直裁（裁片尺寸：76厘米×57厘米，数量2）；领直裁（裁片尺寸：85厘米×8厘米，数量1）；门襟直裁（裁片尺寸：95厘米×8厘米，数量2）；门襟处系带另裁（裁片尺寸：20厘米×2厘米，数量2）。现将拿到幅宽140厘米的缭绫裁剪为一匹63厘米×450厘米的料子，将上述裁片（各裁片的四周均再留1.2厘

米作缝）进行排料，排完衣身和袖子部分的大料后，发现已没有领子和门襟的余料。根据领子和门襟的尺寸，三裁片应在另一块长约100厘米的面料上裁剪，如沿面料的纬向并排，则用料约30厘米×98厘米，正好是幅宽的一半，当时此件浴袍制作时，剩余的一半可能留给另一件浴袍作领子、门襟及系带用。

缝制：此次手缝制作，用来去缝的方式。缝制步骤如下：

将前片衣身剪开形成门襟；先拼合衣身和其左右两袖身裁片，再单独合各袖身的拼缝；在处理门襟、领子的缝合时，在门襟内侧缝上系带；处理袖口、开衩以及下摆的毛边。

完成：检查，缝制完成。（图16-9）

3.浴袍效果

这是一件我们用蓼蓝生叶打汁揉染染成了春水绿的盘绦缭绫浴袍，其成品效果可以从三个方面来看。

从图案来看，缭绫采用了独幅团窠的盘绦纹样，其实这个团窠应该很大，团窠直径在60厘米以上。整件浴袍事实上只有6个团窠，前身上下两个，后身上下两个，左右袖子各有一个。这些团窠事实上很像当时流行的两窠袍的设计，虽然是暗花图案不明显，但让浴袍有了一种正式官服图案的布局，还是很有气势。

从色彩来看，这件浴袍也很淡雅。事实上，法门寺地宫出土的服饰基本都已褪色，我们已无法知晓当时的色彩，但从浴袍的用途来看，虽然有可能是蓝绿色、黄色或绯色，但一般都应该是浅色系列。我们把第一件缭绫浴袍复制色彩定为生叶染的浅绿色，主要还是因为这一色彩既与白居易的春水色相符，也与浴袍可能的色彩相合。

从服用效果来看，这件浴袍确实很像浴后所服的款式。它裁剪简单，缝制简单，也没有过多的装饰。它是单层，没有夹里，只

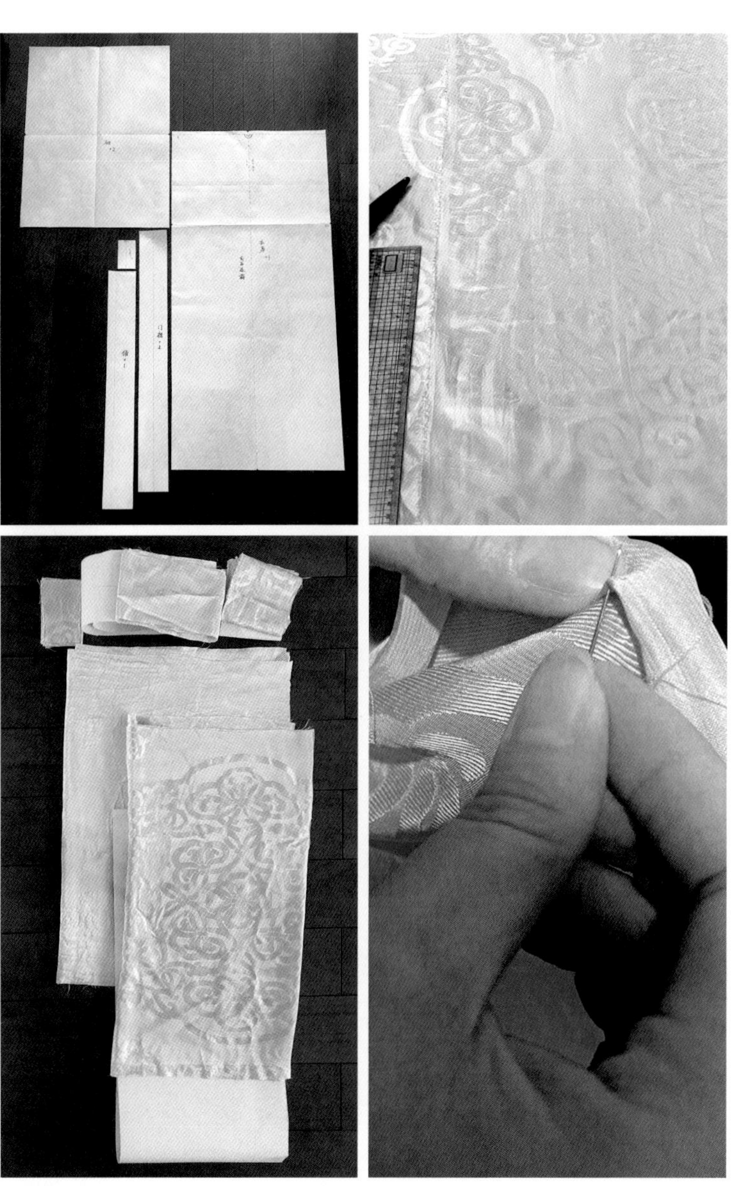

图16-9 浴袍制作过程

图16-10-1　复制完成的盘绦缭绫浴袍（正面）

有前襟两根不长的系带，正可以作为浴后所服。（图16-10-1、16-10-2）

浴袍复制至此，我们不禁想起白居易《长恨歌》中的诗句：

春寒赐浴华清池，温泉水滑洗凝脂。
侍儿扶起娇无力，始是新承恩泽时。

图16-10-2　复制完成的盘绦缭绫浴袍（背面）

致谢

白居易的一首关于“缭绫”的新乐府诗篇虽然只有十三行，但我却读了三十多年，也思考了三十多年。今天终于在诸多朋友和同事的鼓励下，写成了这一册《寻找缭绫》的小书。这册书的主题很小，篇幅不大，但因为我涉及了考证、寻找及还原缭绫的全链条，所以我要感谢的人也很多。

首先要感谢在缭绫文物研究过程中为我提供研究资料的陕西省考古研究院、内蒙古自治区文物考古研究院和中国丝绸博物馆的大力支持，其中特别要感谢的是孙周勇院长、王小濛副院长、路智勇等。笔者分别于2020年12月4日和2023年3月31日两次实地考察缭绫浴袍实物。同时我要感谢多年以前在我研究耶律羽之墓出土辽代绫袍纹样和结构的过程中为我提供方便的内蒙古博物院与内蒙古自治区文物考古研究院的邵清隆、黄雪寅、傅宁、塔拉、齐晓光等几位同行，中国丝绸博物馆特别是纺织品文物保护国家文物局重点科研基地的周旸、王淑娟、刘剑、龙博、张国伟、薛雁等几位同事。

其次，我也要感谢在我写作过程中提供学术指导和资料帮助的几位专家和学友：他们是荣新江、尚刚、扬之水、梁桂林、张维慎、刘波、袁宣萍、任新来等。

缭绫是中国古代的一种丝织艺术，绘图必不可少。这其中为我及协助我画过图的有：王乐、韩萌、万芳、冯荟、郑巨欣等。

在完成缭绫的名物考证之后，一次偶然的机缘让我有机会实践缭绫的全链条保护。我见到海宁天一纺织的鲁建平和广州例外

服饰的毛继宏先生，我们讨论了缭绫开发创新的可能性。于是我专门建立了一个缭绫复原的工作小组，由浙江理工大学国际丝绸学院的鲁佳亮负责织造，中国美术学院郑巨欣教授和象限公司赵宇负责染色，而服装复原则由许李道承担。

在出版的过程中，我得到了浙江古籍出版社王旭斌社长、钱之江总编辑的全力支持，特别是姚露责任编辑的细心编辑，此外还有平面设计师张弥迪的创意和蒋玉秋的意见，让书更臻完美。

在获取图像资料时，则得到了来自中国国家博物馆、大英博物馆、大英图书馆、日本正仓院、敦煌研究院、陕西省考古研究院、陕西历史博物馆、法门寺博物馆、昭陵博物馆、台州博物馆、渭南市文物局、新疆维吾尔自治区博物馆、新疆文物考古研究所、青海省文物考古研究所和甘肃省文物考古研究所等的大力支持。

最后，我要特别致谢老友扬之水先生为此书作序，序虽短却文采飞扬，情意深长。

谨以此书献给中国名物和唐代舆服研究的前辈孙机先生。

赵丰

2023年7月25日

图版目录

前言　研究缭绫的缘起

导读　白居易和讽喻诗

解题　缭绫：念女工之劳也——关于“缭绫”一词的考证

1 缭绫缭绫何所似？不似罗绡与纨绮——唐代丝织品的分类

2　应似天台山上月明前，四十五尺瀑布泉——唐代的织物规格

3　中有文章又奇绝，地铺白烟花簇雪——唐绫种类详分

4　织者何人衣者谁？越溪寒女汉宫姬——浙江丝绸的起源与发展

5　去年中使宣口敕，天上取样人间织——唐代的贡织户

6　织为云外秋雁行，染作江南春水色——唐代官服纹样和色彩

7　广裁衫袖长制裙，金斗熨波刀剪纹——唐代女性服装

8 异彩奇文相隐映，转侧看花花不定——唐代织绫纹样演变

9　昭阳舞人恩正深，春衣一对直千金——唐宫舞女与春衣制度

10　汗沾粉污不再著，曳土踏泥无惜心——唐代女性的妆容术

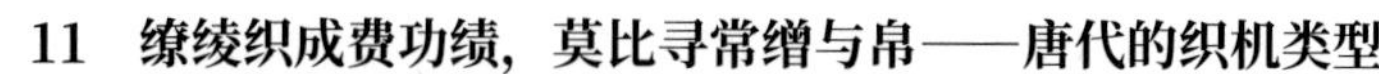

15 寻找缭绫之二——耶律羽之墓中的紫绫袍

16　寻找缭绫之三——缭绫和缭绫浴袍的复原

图书在版编目（CIP）数据

寻找缭绫：白居易《缭绫》诗与唐代丝绸 / 赵丰著
. -- 杭州：浙江古籍出版社，2023.8
ISBN 978-7-5540-2668-7

Ⅰ. ①寻… Ⅱ. ①赵… Ⅲ. ①古丝绸－研究－中国－唐代 Ⅳ. ①K876.94

中国国家版本馆CIP数据核字(2023)第125589号

寻找缭绫

白居易《缭绫》诗与唐代丝绸

赵　丰　著

出版发行　浙江古籍出版社
（杭州市体育场路347号　电话：0571-8506 8292）
网　　址　https://zjgj.zjcbcm.com
策　　划　王旭斌
责任编辑　姚　露
责任校对　吴颖胤
书籍设计　张弥迪
责任印务　楼浩凯
制　　版　杭州聿书堂文化艺术有限公司
印　　刷　浙江海虹彩色印务有限公司
开　　本　965mm×635mm　1/16
印　　张　23.75　　插页　1
字　　数　320千字
版　　次　2023年8月第1版
印　　次　2023年8月第1次印刷
书　　号　ISBN 978-7-5540-2668-7
定　　价　168.00元